剑羽岚心录

『白青岚，我的剑在心里，你的剑在哪里？』
『我的剑只在手中。』

玉琪◎著

天津出版传媒集团
百花文艺出版社

图书在版编目（CIP）数据

剑羽岚心录 / 玉琪著 . -- 天津 : 百花文艺出版社，2024. 8. -- ISBN 978-7-5306-8935-6

Ⅰ . I247.5

中国国家版本馆 CIP 数据核字第 202484GV72 号

剑羽岚心录

JIANYU LANXIN LU

玉琪　著

出 版 人： 薛印胜

选题策划： 郑　爽

责任编辑： 由高峰

书名题字： 杨争光

插图作者： 如　乔

装帧设计： 百悦兰棠 [BAIYUE LANTANG]

出版发行： 百花文艺出版社

地址： 天津市和平区西康路 35 号　**邮编：** 300051

电话传真： +86-22-23332651（发行部）

+86-22-23332656（总编室）

+86-22-23332478（邮购部）

网址： http://www.baihuawenyi.com

印刷： 廊坊市海涛印刷有限公司

开本： 787 毫米 ×1092 毫米　1/16

字数： 280 千字

印张： 20.75

版次： 2024 年 8 月第 1 版

印次： 2024 年 8 月第 1 次印刷

定价： 88.00 元

如有印装质量问题，请与廊坊市海涛印刷有限公司联系调换

地址：河北省廊坊市安次区码头镇金官屯村海涛印刷有限公司

电话：（0316）2516002　邮编：065000

目录

第一卷　牡丹派

第二卷　幽棠花

第三卷　花夫人

第四卷　蝴蝶秘境

第五卷　慕容青火

第一卷　牡丹派

第一章　渭城朝雨

“先生，什么时候教我剑法？”渭城排云楼二楼，青火忽然停住搛菜的姿势，看着面前一袭白衣的先生，很认真地问道。

“再过三天。”对面的白衣先生吃了一块翡翠鲢鱼，认真地回答道。然后闭起眼睛，细细地咀嚼起来，他吃得也很认真。

“从谷里出来，先生就是这样说的。”青火知晓先生的记性非常好，但他还是忍不住提醒，因为青火还只是一个九岁的男孩，天性使然。“今早已经是第四天了。”青火又补了一句。

“那就再过三天。”白衣先生又搛了一块鱼肉放进嘴里，似是察觉到青火仍未动筷，白衣先生便睁开眼睛，平静的脸上嘴角极其细微地翘了翘。青火却眼里一亮，他知道，先生一定有话要说，而且是跟剑法有关的。

“青火，你跟我几年了？”白衣先生问道。

“回先生，已经九年了。”跟在无名谷的时候一样，先生问话的时候，青火显得非常尊敬，因为先生是一位非常值得尊敬的人，以前两个人在谷里的时候是，现在出谷以后仍然是，或者在青火心里永远都是。

“你练剑几年了？”白衣先生又问道。

“回先生，九年了。”青火的答案如果放在江湖上，也许会有人很吃惊，也许会有人拊掌一笑，也许会有人百思不解，但他说的却是事实。

青火第一次看见这个世界的时候，眼睛里就是一片剑影，然后就一直在无名谷跟着白衣先生练剑，过去的九年，剑便是他最好的玩具和伙伴。

“九年间可曾停歇？”白衣先生继续问道。

“回先生，未曾停歇。”青火对剑的悟性相当高，通过九年不间断的学习，他已将白衣先生所教的剑术悉数练熟，但他心里清楚，剑术不是剑法，因为先生教过，剑术只有在经历过战斗后才能成为剑法。

“这里的饭菜不错，你要多吃点。”白衣先生突然不再多说，只是让青火吃菜。

“是，先生。”既然先生都说这里的饭菜不错，那肯定是不错的。青火的悟性真的很高，他听明白了先生的意思，人饿了要吃饭，剑练多了也要消化，消化了才能品出新的味道。

“九爷上楼喽，饭菜照旧。”楼下传来了一声吆喝，江湖上能称爷的人物不多，爷这种人物能上排云楼来的更是稀罕，可偏偏今天就有这样一位，而且排云楼内的伙计都习以为常。

大多数人士和青火一样，盯紧了二楼的楼梯口处，想看一看这位九爷的风采。

九爷出现的时候，没有任何排场，独自一人却震撼了全场，除了楼上那几位熟悉他的人士。

青火那炯炯有神的眼睛也不禁一缩，因为他看见了一个乞丐。没错，就是一个乞丐，他一头蓬发、一撮长胡、一双赤脚，身上套了一件破得不能再破的麻衣，手里拿了一个很大的钵，很大且很新。

从店伙计的殷勤来看，他就是那位九爷，只是全身上下看不出哪里像爷，而且年岁似乎也大了些，胡子花白。

九爷径直坐到一张饭桌前，桌子跟青火隔了一扇窗，上面摆了一瓶花雕酒，还有一条清蒸的肥大鲈鱼，这两样是九爷一生当中最念念不忘的东西。

九爷盯着肥大的鲈鱼，胡须微翘，一口气喝掉半瓶的花雕酒，九爷发现今天这条鲈鱼的眼睛瞪得很大，瞪得他很是不舒服。九爷抬起头，原来隔窗不远也有一双炯炯有神的大眼睛看着他。

从无名谷出来后，一切对青火而言都显得很稀奇，从九爷上楼以后，青火就一直看着，甚至忘掉了剑法的问题，也忘掉自己桌子上的菜。

九爷很恼火，眼睛一瞪，跟肥大的鲈鱼眼越来越像。在九爷看来，对面那穿着青衫的孩童，长得倒是讨人喜欢，却不懂道理，自己桌上明明有翡翠鲢鱼了，还非得盯着他的鲈鱼。

青火看着九爷凸起的眼珠，想到自己盘子里的鱼眼，愈发认真地看起来。九爷觉得更不舒服了，所以他站了起来，随后二楼的眼睛都望了过来。

这一望却让楼上不少人倒吸一口冷气，原来这位九爷真是位爷，甚至是位“九爷爷”。

江湖上能人异士不少，就算是丐帮，高手也有不少，这位九爷的确是丐帮的，因为他穿的破麻衣上挂了不少袋子，九个袋子是为九爷。

丐帮唯一的九袋长老在排云楼上跟一个孩子吹胡子瞪眼，这让楼上众人又惊又喜。喜的是能亲眼看到江湖中享有盛名的高手，惊的是今天这位高手可能要动手。

整个二楼渐渐安静下来，只有这一老一少在比拼“瞪功”，只是青火没了兴致自顾自地吃菜去了，九爷松了一口气的同时，心中却颇为不爽，因为他觉得这个孩子有点古怪。

虽然九爷没用内力，但是在他几十年内功修为下的眼神，一个孩子竟然不受干扰。突然，九爷心里也一惊一喜，惊的是这个孩子很不简单，喜的是自己今天可能寻获一个传人。

于是，九爷忘记了清蒸鲈鱼，拎着剩下的半瓶花雕酒就向青火走来，楼间响起一阵轻微的骚动声。来到近前，九爷细细打量，心里越发喜爱。

青火青衫合体，眉清目秀，背负一把桃木剑，搛菜的动作准确迅速，这是有良好功底的体现。

“你可愿拜我为师？”九爷上来这一问，可谓惊天动地。按他在江湖中的地位和辈分，要收徒是一呼百应，连身在京城的现任丐帮帮主都比他小了两辈。

青火看这老头儿像是对他说话，见先生没动，他也默默吃菜。

“你想学什么？”见青火闷声不响，九爷急了。

“剑法。”青火认真地回答。

九爷听完眼珠一瞪，喝光了瓶里的花雕酒，说道：“我可以教你棍法。”此话一出，楼间再次哗然，丐帮的棍法只有一套，这种机会可遇而不可求。

“不学。”青火直接拒绝道。

九爷翘了翘胡子，继续说道：“你知不知道我是谁？”

“不知道。”青火回道。

“你想不想知道？”九爷显得很恼火。

“不想。”青火回道。

“我还没有弟子，今日你若答应，他日传你衣钵如何？”九爷很不甘心，继续问道。

“我有先生。”青火回道。直到此时，九爷才注意到旁边静坐无声的白衣先生。不是九爷大意，而是他性情如此，眼中容不得他人，况且他也并未觉察这白衣先生有何不妥。

“老朽乃丐帮程天甲，小子贵姓？”既然青火提到了这人，他也不得不放下身段，只是斯文难学。

“先生姓古。”青火在旁言道。

九爷又是狠狠瞪了青火一眼，然后等着白衣先生的回话。

“青火，向前辈讨教。”古先生（从这里起白衣先生姓古了）对青火言道。程天甲见此也并未动气，直接从桌子上抽出一根筷子，与青火摆开阵势。

“是，先生。”青火起身，从身后抽出桃木剑，木剑长四尺，宽二寸，无鞘。

青火起手，抖出三朵剑花，直指程天甲双眼和心脏位置，程天甲喝一声“好”，筷子连点三下，全部点中剑尖挡下攻势。

青火再起，桃木剑刺、挑、点、破，一时间竟略显破空之声，程天甲眼神何等锐利，筷子连动之下，后发先至，全于剑尖处破除剑势。

楼上“嗒嗒”声中，在座宾客尽皆动容，程天甲的打狗棒法天下一绝，而青火以孩童之龄施展出来的剑术，竟然隐隐有大家风范，确实让人心惊。

连程天甲也暗自动容，他行走江湖几十年，如此资质的孩童还从未见过，能教出这般水平的先生，水平肯定不一般。想到这里，程天甲心中一动。

“天造良材啊。”程天甲又一次点开青火桃木剑后顺势收手，然后径直走向自己的桌子，把早已冷却的清蒸鲈鱼倒进钵里，转身下楼去了。

“青火，走吧。”青火和程天甲交手的时候，古先生吃完了剩下的鱼，他没有看交手的过程，他也不需要看。

“是，先生。”青火将桃木剑重新收起，与古先生一道也下楼去了，留下二楼众人一片的愕然。

从今日起，这对新出现的神秘师徒，必将从渭城的排云楼传遍整个江湖，而江湖上一场新的风雨也将从这里开始。

渭城春季多雨，一大早就下起淅沥的雨来，大街上的人很少。

古先生和青火离开排云楼后朝城门走去，没有人知道他们会去哪里，包括古先生自己，但是这并不妨碍有人去找他们的麻烦。

离城门还远的时候，古先生和青火便被四个人围住了，四个人都戴着斗笠，雨帘遮住了面容。

雨势渐大，青火的手已经握紧了桃木剑柄，随时准备拔剑，四个人也渐渐向中间靠近，面容逐渐清晰。这是四个杀手，因为他们面无表情。

古先生用手按住青火的肩膀，示意他不用动手，青火依旧紧握剑柄。青火睁大眼睛，环视四周，抿紧了嘴唇，心里想，也许不用再等上三天了。

雨滴飞旋，杀手们动了，青火也想动，但是他没有动。不是因为古先生按住他的手，而是他不需要动了。

“嗒”“嗒”“嗒”“嗒”，四声清脆的声音响起，四个杀手已经

“睡”在渭城的朝雨里。

“哎，九爷我今天真是很没面子。”程天甲说的没错，主动收徒没收到，还帮青火跟四个杀手打架，确实没面子到家了。幸好现在街上无人，不用担心被人看到。

古先生带着青火继续向城门走去，大雨把两人淋透了，留下了身后的程天甲孤身一人站在雨中。

“古重山是你什么人？”程天甲站在雨中，雨滴在内力的逼迫下，无法近身，所以他还可以悠闲地吃着清蒸鲈鱼，只是吃得很艰难。因为之前与青火在排云楼上比试用掉了一根筷子，刚刚敲晕了四个杀手又用掉了一根筷子。

“家师。”古先生这一次答得很干脆，程天甲却很头痛。

“姓古，应该出身古剑门，但是‘家师’好像就不太对……”想起青火，程天甲不由得胡子一翘，又满面愁容。

春风袭来，渭城的雨好像更大了。

第二章　卿本佳人

离开渭城，青火不知道要去哪里，他只知道跟着先生走就对了。只是古先生想去哪里，谁也不清楚，他们只是沿着城外的官道一直往前。

古先生知道自己不需要知道，因为很快就会有人来找他们麻烦，古先生从无名谷出来，就是来找麻烦的，所以他不怕麻烦。

第二批的杀手来得不快，毕竟官道上要找一个无人的现场还是比较困难的，但是这个机会终究会出现，于是杀手便来了。

同样还是四个，同样戴着斗笠，不同的是天气晴了。

经过一天一夜的赶路，古先生和青火的衣服早已干透，在春风下熨帖自然，一袭白衣，一身青衫，一大一小望着逐渐逼近的四个杀手。

青火这次可以动了，桃木剑从背后拔出的瞬间，便已经递到一个杀手的眼前，这个杀手原本面无表情的脸上突然流露震惊的神情，因为这一刻他发现只剩下他自己，他的同伴们已经不能动了。

杀手喽啰也是杀手，喽啰是相对九爷来说的，也许对古先生来说也是。古先生没有看他，所以他能动，他动得毫不犹豫，手里的刀迎向桃木剑，他想斩断桃木剑。

为什么杀手总喜欢用刀，因为刀可以壮胆气，背厚刃薄，杀人快，割首级更快。

杀手不是白痴，他知道这两个人很不简单，哪怕是这个拿着玩具般桃木剑的孩子，于是在刀刃迎接剑锋的瞬间，他眯起双眼，暗暗将全身的内劲送到刀上。

下一刻，他就知道这一决定是多么明智，他的刀断了，就像他先前预想的桃木剑断裂横飞的画面一样，只是桃木剑未断而他的刀却飞走了一半。然而他没有遗憾，人生的最后一战，他没有轻视对手。

在桃木剑刺碎杀手喉结的时候，这个杀手的脸上甚至有些欣慰的表情，为自己的明智选择而感到得意。

青火没有得意，因为他知道桃木剑是多么的坚硬，只要这个杀手还是个喽啰就拿桃木剑毫无办法，所以他只是认为这个杀手有一点白痴。

“白痴”这个词是青火脑海里突然冒出来的，青火觉得很好用。但毕竟是青火出谷以来亲身经历的第一场战斗，所以他还有点兴奋，收起桃木剑，发现古先生已经在不远处等他。于是，青火赶上前去。

春风下，官道旁，另外三个杀手早早就“睡”倒了，跟渭城朝雨里的四名同伙不同，跟喉结破碎的同伙一样，“睡”倒了就起不来了。

“先生，他们是什么人？”青火从兴奋中平静下来后，想把事情弄得清楚一些。

“杀手。”古先生答道。

“杀我还是杀先生？”青火悟性很高，也认真好学。

“杀他们自己。”古先生道。

“为什么要找我们？”青火真的很好学。

“他们想找高手。”古先生清楚这些杀手属于那里，九年后，他回来也是要找那里。

“他们还会来吗？”听到古先生的回答，青火很开心，他想成为高手，至少要像先生那样。

“已经来了。”古先生说完，停下了脚步，官道不远处有一个酒肆，酒幡在春风中轻摇，一个女子如火般的红衣也在春风中摇摆。

从渭城跟到这里，她一身红衣，一尘不染。

青火觉得这个女人很漂亮，至少在出谷以来这些天所见过的女人当中，是最出众的。

江湖上女人越漂亮就越危险，那么这个女人一定是一个可怕的杀手，比之前那八个加起来还要可怕。

青火没有动，古先生也没有动，可是春风在动，于是这个女人来到了他们面前。

“我叫木小灵，江湖上都称我‘牡丹信使’。”红衣女子开口说道。

“送什么信？”古先生似有所料。

“帮我们杀人，或者被我们杀。”木小灵轻轻笑道。她说得很自然，很自信，漂亮的脸庞上有着一对迷人的眼睛，就像雨水化在春风里。

“你认识我？”古先生听到木小灵这个名字的时候，联想起九年前的一个名字。古先生相信，那个女人跟他一样，都是不容易死的狠人，对别人狠，对自己更狠。

“不认识，也不需要。”似乎是为了表明自己的目的，木小灵继续说道，“四个喽啰换来一个高手，已经足够了。”

这个时候，青火皱了一下眉头，他一直都没有说话，想从先生和木小灵的谈话中分析自己想要的信息，这也是先生教过的。

“你以后肯定是，但现在还不是。”木小灵这句话是对青火说的。望了一眼无比清秀而天赋惊人的青火，她又补充说：“前提是你能活着。”

听到这里，青火笑了，是小孩子那种天真得意的笑。

青火知道，从小到大，先生从来没有接受过任何威胁，他不行，木小灵更不行。

木小灵不知道，她只好皱起了眉头。迷人的眼睛上方，两道柳叶眉慢慢舒展，长发微动，一道迷人的剑光伴着春风，送给对面那两个恼人的男子。

青火没动，但桃木剑动了。古先生挥手的瞬间，桃木剑已经领略了木小灵的丝丝“情意”。

木小灵的剑是软剑，盘在头发之间，既软又细。

这一剑太快，快到木小灵来不及出第二招，软剑就已经完全被缠绕在桃木剑上。灵动受制于人，是软兵器最大的忌讳。

木小灵抖手，软剑并没有挣脱的意思，反而继续螺旋着向前攻去，像是一条攀爬枯枝的小蛇，可以自由地延长身体。

剑尖直指古先生的手腕，手腕不是最致命的部位，但却是离剑尖最近的。最近的便是最好的攻击目标，这是高手的选择。

木小灵是高手，古先生也许是。

来而不往是为非礼，在木小灵抖手的同时，古先生把惹上“小蛇”的桃木剑往前一送。

“啊！”只听得木小灵一声轻呼，软剑便已经落在了地上。

最近的便是最好的选择。桃木剑再重也是直的，软剑再软还是曲的，直的总比曲的来更近一些。

木小灵的手缩得再快，还是没有桃木剑快。右手手背上冒出一点嫣红，慢慢扩散开，像是一朵盛放的桃花。

木小灵很生气，拾起软剑之后更是咬牙。她是牡丹信使，也是高手，从来没有这样败过，也从来没有人敢对她不敬。

她不知道这是古先生人生当中第二次手下留情，否则，她已经拾不起软剑了。

直到后来知晓了古先生的来历后，木小灵才觉得自己幸运，幸运得有点害羞，只是那时候手背上的桃花早已化作春泥许久。

“我只是信使，牡丹派的强大是你无法想象的。”此时的木小灵恢复了迷人的姿态，她有信心说这样的话，因为牡丹派掌门是如今江湖上稀少的绝世高手。

“我会去看看的。”古先生说得很直接，很随意，很自然。

“为我们杀人总比被我们杀好。”不知道为什么，木小灵今天有点优柔寡断，也许古先生太神秘，实力又强大得离谱，她不想错过为牡丹派招揽顶尖高手的机会。

“你为什么叫木小灵？”古先生貌似随意地问道。

“我十二岁那年，牡丹派掌门救了我。从此我就是木小灵，也是牡丹信使”。提到牡丹派掌门，木小灵的眼里流露出万分崇拜之意。

牡丹派在江湖中的兴起也要归结到九年前的那场大战。

九年前，江湖第一门派古剑门爆发了一场突如其来的大战，古剑门掌门古重山负伤闭关，三大杰出弟子销声匿迹，江湖上没有人知道真相，从透露出的风声中推断，事情与如今盛名在外的牡丹派有关。

牡丹派其实是一个杀手组织，让江湖上的人不解又头痛的是，它只对那些真正的高手感兴趣。牡丹派看中的高手必须完成牡丹派给出的任务后才能脱身，否则就会被追杀。

真正的高手从来不会轻易就范，如果高手不被杀死，那么他们的亲人、朋友可能就活不了。所以，牡丹派就成了近年江湖人士避之唯恐不及的存在。

至于牡丹派掌门，能被列入绝世高手，就不是江湖中一般人能见到的，见过的人要么臣服，要么已经死了。

所以，见过派主的木小灵在心中无限崇拜，她不仅仅崇拜牡丹派掌门的实力，更崇拜牡丹派极致展现女子在江湖中的地位和权势的做法。

“卿本佳人。”古先生轻轻说道，他并不了解牡丹派如今的盛况，但他清楚那个女子的手段。

“你……”听到这句话，木小灵以为这是在说她，正要愤怒的时候想起这句话应该算是夸奖。于是她微笑起来，想知道古先生接下来对她的评价。

青火明白，古先生不是对木小灵说的，虽然木小灵真的很迷人。古先生从来不会称赞一个人，所以青火又不明白先生说的到底是谁。

“青火，我们走。”古先生说道。

“是，先生。”青火背起桃木剑，从木小灵身旁经过时，看了一眼她受伤的右手。

“你们……”木小灵一时之间说不出话来，迷人变成了恼人，她想甩一下头发，又记起刚才青火看她的那眼神，气得跺了一下脚。

狭长的官道上，两道恼人的身影渐行渐远，一把剑尖带着嫣红的桃木剑，不停拍打着青火的脊背。

青火皱着眉，他不清楚佳人到底是谁。

第三章　人间烟火

想起那天木小灵在后面喊的那句“你们是到不了洛阳的”，青火就忍不住想笑，不知道这个女人为什么总喜欢威胁别人?

只要是她威胁的是先生，那么她就一定会输。虽然青火不知道牡丹派的总坛是在洛阳，但他知道先生一定会去。走过去，或者杀过去。

青火跟着先生在官道上单调地走了七天，不停拍打着脊背的桃木剑，让他觉得不太舒服。他不能把剑放下来，因为自从木小灵出现后，便再也没有杀手喽啰来麻烦他们，所以他只好背着桃木剑。

从渭城到洛阳，千里迢迢，韶山城是必经之地。韶山城虽然比不上渭城的规模，但城内的建筑、物什却更加气派多样，只因为这里人多，特别是商人多。

在韶山城，古先生寻了一家叫“田园斋”的小楼，田园斋是个饭馆，只卖斋饭。

从无名谷出来后，古先生对食物都非常讲究，似乎想将九年间未曾吃到的美味都尽情品尝。

青火一点都不怀疑先生的眼光，既然先生选择这里，这里就应该很不简单。在这一点上，他跟木小灵很相似，只不过青火没有发现，他也不会承认。

田园斋果然很不简单，不是因为这里连茶杯都是玉石做的，而是因为来这里吃饭的都不是普通人。

青火和古先生走进田园斋后，一队人马也跟了进来，他们身着一样的帽子、一样的衣服、一样的鞋子，最主要的是腰间还挂着一样的令牌。

大宋的百姓都知道，他们是官差，只是今天来这里吃饭的官差好像有点多了。

“阁下可是姓古？”一位领队的官差问道。

青火没有作声，他静静地看着先生。古先生闭着眼睛，在静静地喝茶，喝茶的人是不愿意被打扰的。

“阁下可是从渭城外官道过来？”官差自然知道这位古先生不是普通人，但他还是要问。

因为他也不是普通的官差，他们是都尉，是大宋的禁卫军。并且今天真正主事的大人来自宫里，所以相对而言他只是个喽啰。

喽啰就要做喽啰的事，所以都尉们上前围住了青火和古先生。

古先生喝完一杯茶后，依然闭着眼睛。出谷以后，古先生睁开眼睛的次数越来越少，甚至在官道上走路的时候都是闭着眼睛的，虽然这完全影响不到先生，青火还是很担心。

都尉们也很担心，担心藏在他们中间的大人会怪罪。他们害怕得到办事不利的罪名，但他们更害怕自己会变成渭城官道旁的那些“睡倒”的杀手。

“你们应该知道，我比较喜欢斯文。”田园斋的主人终于出来了，这让都尉们暗地里松了口气，他们突然觉得今年的春天就像夏天一样热。

田园斋的主人很儒雅，穿着长衫，摇着纸扇，年轻且俊美。这样的人都非常有气度，都尉们自然知道有气度的人一般都有底气。

“让管事的出来说话吧。”田园斋主人随意地说道。

“一个边城小地的商人，也敢藐视朝廷？”藏在都尉间的大人终于出声了，他知道今天的事情不简单，所以他必须站出来。

“你也敢代表朝廷？”田园斋主人轻笑问道。

“我可以代表内廷，内廷也是朝廷。”这位大人从都尉们中间走出，约莫四十岁上下，瘦削，眼光很冷。

“原来出身内廷，那马总管就是你了？”田园斋主人说道。

“何出此言？”马总管双眼紧缩，沉声问道。此次替牡丹派出面，实属朝廷绝密，现在事情没办成，身份却被识破，让他很警惕。

“看出来的。”田园斋主人轻松答道。

马总管的脸虽然有点长，但还不像马脸，可是听完这句话，马总管的脸就变得更长了一些，而且像春天的树叶一样有点发绿。沉稳多年的他，此刻心中不禁升起一股杀意，想要杀一杀春意。

如果他知道田园斋主人是古剑门少掌门古枫，那么就一定会知道古门三剑“青玉剑”古枫，更会知道九年前的古枫就已经踏足顶尖高手行列，也就不会认为古枫是在羞辱他。

可惜的是，虽然这世上认得古枫的人不少，但马总管不是其中之一。

为了朝廷，为了自己，他都要出手。马总管自信凭着多年的经验和身手可以拿下这个年轻俊美的商人。

古枫从不认为自己是商人，他只会用剑。离开古剑门的九年里，他就很少动手了，他要学斯文。

因为他表现得斯文，牡丹派没有来找过他的麻烦。只是现在麻烦找上门来，他也不用再装了，何况他并不喜欢装斯文。

马总管最擅长的是硬功，双手是他最好的兵器，戴上金丝套，可以开山裂石，可以隔空杀人。

明晃晃的金丝对于商人来说是致命的诱惑，对于古枫来说金丝还不够分量。

虽然青玉剑不在手中，可是古枫还有扇子，这把扇子从金丝笼里突围而出，逼得马总管攻势皆空，不得不回救自己的咽喉。

看到这里，青火的眼前一亮，这一扇的风情是他自小就熟悉的。于是，他极为认真地观看起来，不肯放过这个学习剑法的机会。

马总管轻哼一声，那把扇子从刺出第一刺后，就直来直去，一刻没停，刺得他金丝套下的双手发麻，发酸。此时，他拼着身体硬受一记攻击，也要起身挥拳。

双拳只有触摸到对手的皮肤，才会有感觉，才可能让对手致命。

马总管吐了一口血，也靠近了一步，这是他用血换来的距离，近了才有可能赢。

在马总管吐血的瞬间，古枫退后了一步，像是怕血溅到他的长衫上似的。所以，马总管的血白吐了，一进一退，那把温柔而固执的纸扇继续刺得他苦不堪言。

马总管决定拼命，他继续吐血靠近，而古枫继续后退，退到斋堂的墙壁处时，马总管大声说道："退无可退，看你如何再退。"全身功力灌满双拳，送向古枫年轻俊美的脸庞。

古枫摇了摇头，青火也摇了摇头，而马总管和都尉们都抬起了头。因为古枫现在就站在墙上，纸扇一如既往地向马总管刺去。

"你究竟是谁，为什么要阻挠我们办案？"马总管认输了，他已经没有血能吐，可他有点不甘心。

"我说过，我比较喜欢斯文。"古枫站在墙上答道。

"他们杀了人，我们依法办案。"马总管看着古先生和青火说道。

"他们是杀手。"青火冷冷回道。

"杀手也是人。"马总管回道。

"死人不是人。"古先生说了一句话。古枫笑了笑，从墙上跳了下来。

马总管听完，想了一会儿，带着都尉们出门而去。离开的时候，他觉得这个春天有点冷。

田园斋只剩下三个人，古枫盯着青火看了一会儿，夸道："很好。"

青火看着古枫，没有说话。他知道先生会说的，因为他们两个都姓古，古剑门的古。

"白师兄，别来无恙。"还是古枫先说。

"你就一直守在这里？"白先生问道。（从白衣先生到古先生，又到白先生，这是故事发展的需要，姓氏不会再变了。）

青火撑着脑袋，听白先生和古枫叙旧，他不管先生姓白还是姓古，只要还是他的先生，他就不会在意。

“既然她都没死，你自然也死不了。”古枫继续说道：“你要找她，这里是必经之路。”

“所以，你把名字写在门上。”白先生语气很冷，但青火知道先生其实有些高兴，这种语气只有在他自作聪明的时候，先生才会用到。

想到这里，青火细细一想，心里道：“原来如此。”

原因很简单，田园斋，田就是古，文而不文则武，田园斋就是古剑门，只是不懂的人终归是看不懂。

“你知道的，我真的在学斯文。”古枫笑道。

白先生看了他一眼，古枫俊美的脸上露出讪讪的神情，白先生想笑，但是笑不出来。

“枫师弟，辛苦了。”白先生收回目光，说道。

“当年的事总是要查清楚的，等不来你，我自己也是要去的。”古枫平静地说道。

九年前的事情彻底改变了古剑门，江湖第一门派一夜间元气大伤，掌门闭关。三大弟子从江湖消失或隐退，古枫更是在韶山城独等九年。

终于，当年剑压天下高手的大师兄来了，古枫认为水落石出的时间也到了。哪怕如今的牡丹派实力惊人，哪怕如今的她惊为天人。

在田园斋附近的一处酒楼上，一道火红的身影凭栏远眺，一个人竟成了一处风景，就像里牡丹派总坛内那个孤傲可怕的身影一样，让人充满了向往。

到马总管受伤离开，木小灵迷人的眼睛终于下定了决心，“既然连朝廷都动不了你，那就用牡丹令吧。”

能接受牡丹令的人都是牡丹派里绝对的高手，是为完成牡丹派派出的任务而招揽进来的。只是昨日派主已亲自下令，必须解决掉这对师徒，生死不论。

当信鸽飞向远方的时候，木小灵浅浅地笑了。她知道，那对师徒将会邂逅一场美丽的人间烟火。

第四章　桃花依旧

这几日，前往洛阳的官道上多了一辆马车，马车很大，坐着也很舒服。

青火以前跟着白先生都是步行，他的脚步非常扎实，所以他的剑术练得没有破绽。不过他还是非常喜欢这辆马车，因为这是枫师叔送给他的见面礼。

车厢里，白先生依旧在闭着眼睛休息。

看着窗外一成不变的尘土，青火偶尔会怀念一下在无名谷中的生活，而古枫却会经常说话，提出一些问题，这会打断他的思考。

“为什么朝廷会替牡丹派出手？”古枫有点不解，牡丹派一直都只是在江湖上行事，现在牵扯进了朝廷，中间肯定大有文章。

问题总需要有人来回答，白先生不说话，回答的便是青火。何况青火认为这位枫师叔很不错，尤其是剑法不错，这也是白先生的评价。

“朝廷人多。”青火不知道原因，他只是代表先生回答，并说出这是自己的想法。

“你说得对，朝廷人是多，但高手不多。”古枫说的高手不多，是指能出宫的高手，皇宫里面的高手足以凌驾于任何一个门派之上。

“朝廷权大。”青火继续猜测到。

“也对，但朝廷的权可管不了江湖。”古枫觉得这个问题应该不难，因为都尉是在光天化日下来抓人的。一般情况下，朝廷和江湖是有默契的，互不干涉各自的权力范围。

“那朝廷为什么要听牡丹派的话？”青火实在答不上来，只好反问道。

古枫微笑着说道：“朝廷只会听皇帝的话。”于是，青火已经想明白了，朝廷来抓人不是真的要抓人，否则不会就派一个内廷的总管过来。

朝廷人多权大，不管是民间还是江湖，韶山城里这次的动静必然会传出去，传出去自然就有人能猜到他们是谁。

比如，一直都不见踪迹的三师弟。又比如，当年那个绝世毒辣的刺客。牡丹派放出消息，总归会有人过来，到时候就要看谁的剑更快、更狠。

“很好。”古枫看着青火笑道，他知道白师兄一直都在听。

青火转过头，窗外的景物已经有了变化，几朵桃花随风潜入车厢，是桃花，前面便是大宋著名的西山桃林。

西山并不是真的山，而是一处地名。桃林却是真的桃林，这一段官道从桃林间细细穿过。春天的时候，众人会到西山桃林踏青寻乐。

这时候，官道上行人逐渐增多，在车厢里都能听到外面熙熙攘攘的喧哗声。

古枫挑起车帘，看到路上行人过往，马车穿梭，煞是热闹。青火也从里面探出脑袋，觉得这里跟无名谷很像，他身上的桃木剑就是用无名谷的桃树制的。

似乎是这里的景色太美丽了，马车渐渐地迟缓了下来。古枫不急，青火也不急，白先生更不会急。

既然是要去洛阳，走过去，坐马车过去，哪怕是被春风吹过去都是可以的。什么时候去，洛阳都在那里。

但不是所有人都与他们一样，迎面驶来的一辆马车就很急，拉车的黑马打着响鼻拖着车厢呼啸而过，惊起一路春风，卷起无数桃花。

花瓣向四面八方落下，落在车厢顶上，落在马脖子上，落在桃树根下，还有几瓣轻轻地向古枫飘来。

古枫自言自语笑道：“难道我一出山，便要走桃花运？”他伸出手掌想接住那几瓣桃花，可是桃花很调皮，绕过手掌朝他那俊美的脸庞飞来。

眼中的桃花越来越近，古枫叹了口气，因为那些桃花虽美，却不是真的桃花。

不知何时，拉车的那匹马已经跪倒在地，它脖子上流出的血比桃花还红。马头憨厚地甩了甩，它不知道这几瓣桃花为何如此沉重，便用嘴想去地上寻几瓣来嚼嚼看，却怎么也使不上力气。

春风过，桃花落。古枫也落在了桃林里，打开的折扇上面嵌着三瓣桃花，铁一样的桃花，铁一样的冰冷。

青火手里也有一瓣桃花，这朵桃花是白先生从窗外摘进来的。

桃林里这时候突然很冷清，除了他们和先前那辆马车外，再也没有其他人了。

古枫的脸上也很冷，他知道今天遇上了江湖上极其罕见的高手，一个顶尖的暗器高手。

在暗处用暗器杀人的人，只能勉强算是高手。敢在光天化日之下，当着你的面告诉你，我要用暗器杀死你，这才是最可怕的、真正的高手。

古枫不会害怕，因为到现在他还没有出过青玉剑。他只是担心，当然不是担心车厢里那对师徒，也不是担心另一个车厢里的暗器高手。

他担心的那个人在不在这里，或者说在不在这个桃林里。因为古枫的眼里出现了一幅奇怪的画面，他的四周都是“桃树”，本来四周的桃树不应该一样，但是现在四周的桃树每一棵都一样。

所以，能够确认的是，今天这里不仅有一位暗器大师，还有一位擅长布阵的阵法师。

今天的阵法就叫桃花阵，古枫觉得很好听，但他很不喜欢。

如果暗器大师和阵法师单独遇上古枫，他们都会输，但现在他们一起来了。所以，就算是青玉剑出鞘，古枫胜算的希望也不大。

幸运的是，古枫今天也不孤单。

于是，古枫决定动手，他的手里已经多了一把剑，青玉剑。没有人知道古枫的剑从哪里来，因为青玉剑出现得太自然，自然得浑然天成。

就跟春天到了，桃花盛开一样，古枫要用剑，青玉剑就出现了。这样的剑手绝对是最可怕的。

桃花不仅盛开，而且开得很鲜艳、很怒张。一棵棵桃树像少女一般翩翩起舞，向古枫抛媚眼，送秋波，试图将他拉入这妖魅的桃花阵中。

看不到阵法师就没法破阵，不破阵便看不到阵法师。古枫很清楚这个道理，一旦他踏入桃花阵，便万劫不复。

古枫不能入阵不代表不能破阵，因为白先生已经站在桃花林里很久了。在温柔似剪刀的春风里，在漫天飞舞的桃花间，他闭着眼睛，静静地站着。

白先生没有动，阵法师就不能动，所以暗器大师也没法动，因为他站着的地方就是阵眼。阵眼可以杀人，却杀不了现在站着的这个人。

白先生终于动了，他向桃林深处走去，穿过桃花，又穿过桃树，就像这些东西本来就不存在一样。

无数的花瓣从各个角度向古枫飞来，像是要把他也撕成花瓣，桃花阻止不了白先生的脚步，但总要有人来消受这些尤物。

看着漫天飞舞的桃花，古枫俊美的脸庞上露出了笑意。他凝神运气，剑气遍布全身，连长衫都猎猎作响。

持剑向前，他要辣手摧花，摧桃花，催桃花的命。

一瓣娇艳的桃花在空中突然静止，花瓣中间出现一条裂缝，然后迅速向两旁崩散。一道青色的剑气从中迸出，势不可挡。

桃花太多，青玉剑只有一把。

古枫挥一挥衣袖，斩落一朵、两朵、三朵……

他笑意不减，桃花的数量也不减，一朵斩成两半，两朵斩成四半，层层叠叠，无穷无尽。

青火在车厢里看得出神，眼看着桃花在古枫周身的剑气中被惨烈地摧残，又眼看着桃花飞蛾扑火般前赴后继而去，就像是一场美丽的人间烟火。

他甚至在想，如果把青玉剑换成桃木剑，或许会比现在更好看一些。

青火觉得有点儿兴奋，他摩挲着手里的那瓣桃花，不知道先生什么时候回来。

白先生何时归来决定了这场战斗的输赢。在他归来之前，古枫只要活着，他们就赢了。

古枫当然会活着，既然桃花阵困不住白先生，那么桃花自然也杀不了他。这是简单自然的道理，前文我们已经说过，古枫也是这么想的。

于是，桃花不再咄咄逼人。

于是，古枫乐得清闲自在。

于是，白先生飘然归来。

西山桃林也回来了，行人、车马依旧如常，只是漫天桃花不见了，青玉剑也不见了。

那匹憨厚的大马从地上嘶鸣而起，甩了甩脑袋，它不明白自己今天为什么会打瞌睡，只是觉得脖子上那几瓣桃花弄得它很痒。

“那位阵法师是谁？”古枫问道。

“我到之前就已经走了。”白先生答道。

“看来他很走运。”古枫笑道。

“你也很走运。”白先生睁眼看着古枫说道。

古枫哈哈大笑，没有丝毫高手的风范。如果真是独身一人，古枫今天极有可能就折戟在这里了，牡丹派的实力确实可怕。

但是，没有如果。

“走了一个，还有一个。”古枫望向之前驶过的马车，马车里面还有一位暗器大师。

“你能留得下我吗？”古枫说过话后，竟然从车厢里传出一个女童的声音。

第五章　情为何物

“留与不留，稍后再议。”古枫说完，纸扇轻摇，三瓣桃花循着春风，回归自己的主人。

如乳燕投林，桃花遇到桃花主人，便没有一丝波澜，甚至连车帘子都没动，三瓣桃花就消失得无影无踪。

古枫合起纸扇，他已经表明了自己的态度，希望车中的人也能够拿出自己的态度。

暗器对资质的要求很高，并对时间的要求更高。江湖中只有寥寥几位才有资格称为暗器大师，古枫想知道，牡丹派凭什么能够让他们出手。

春风拂面，桃花依旧。时间似乎走得很慢，车厢内外一片寂静，外面在等，里面也在等，难道那人已经走了？

“不用猜了。”车厢里女童的声音再次响起。

古枫笑了笑，他确实猜不到，但是他会见到。

车帘自己打开了，一个身材四尺多高的女人走了出来，她走得很慢，走得很稳，走得古枫的眉头很皱。

这是女人，而不是女童，其实这是事实，因为除了声音是女童外，这个女人没有一点儿女童的样子。

她个子不高，身材不错，关键是她的脸。她的脸让她的年纪看起来像是十八岁，又像是二十八岁，甚至是三十八岁，就像一朵千变万化的桃花。

古枫看得越认真，眉头就皱得越厉害。他只是觉得很不对劲，但看不出来破绽在哪里。

白先生又闭起了眼睛，虽然这个女人露面后就一直看着他，可是他不看就不知道，不知道就不用管。

“不愧是生死剑，我低估你了。”女人对白先生说道。

古门三杰之首，生死剑白青岚，一剑断生死。九年前这个名字就惊动了整个江湖，如今再出现，依然人如其名。虽然现在他手里没有剑，但没有人会怀疑。（白青岚。千呼万唤始出来，主角终于可以用自己的名字了。）

女人说得没错，如果她在桃花阵刚刚被破，白青岚还未归来的时候，古枫留不下她。但是她很自信，所以她现在走不了了。

“以你的身手，在江湖上不可能是无名之辈，暗器手法足以排进前三。”古枫说道。既然看不出破绽，直接问便是了。

“哼，江湖排名算什么，要成名二十年前便成了。”女子傲然说道。

二十年前，古枫的眉头并没有舒展，他不是青火，所以他九岁的时候没有这般经历。他只好苦笑地望着白青岚。

“你是桃花。”白青岚说道。

“何出此言？”没有否认，便是承认。

“我猜的。”白青岚之前虽然怀疑，现在可以确定了。

“凭什么去猜？”桃花对自己的身份很有信心，在遇到白青岚之前，她一直都很有信心。

“你没杀死的人，被我杀了。”白青岚杀的人不多，但都很有名。

“原来如此。”明白之后，桃花反而平静下来。

桃花，桃花的桃，桃花的花。

这个名字二十年前有一段时间曾经很红，只不过红得很短，春风一过就消失了。

但桃花曾经是最可怕的金牌杀手，因为她是暗器大师。除了今天，她只失手过一次。金牌杀手怎能失手？失手便失业了。

时隔二十年，桃花竟然再次出现，只是她没有想到的是，为她弥补过当年遗憾的人反而又带给了她新的遗憾。

青火也许是最先看出问题的人，不是因为他是旁观者，而是因为他小。有时候，年龄小也是一种优势。

在青火眼里，桃花的童声离他很遥远，远到他感觉不到一丝丝熟悉。因为他才是真正的孩童，孩童的世界，桃花不懂。

不懂就要问，桃花真的来问了。

青火眼里的桃花变得越来越近，那张不知道真实年龄的脸也越来越清晰。他甚至在那张脸上看到了皱纹，就跟桃树树干的褶皱一样。

古枫还在思考，他有许多想不通的地方。既然得到青火才是桃花的真正目的，那么她有什么理由还要出手。

不管桃花之前是不是真的被白青岚留下的，就算是，她也可能是自愿的，因为她本来就没想过要走。

但是对桃花来说，现在出手没有任何机会，他在这里，白青岚也在这里。古枫的眉头皱得更紧，心里只有一个疑问：她凭什么就敢出手？

桃花离青火不远，白青岚比她还要近一些，自然白青岚的速度不会比她慢。那么在她问青火之前，还要先问问白先生。

桃花用“桃花”问的。

她就像一棵桃树，携带着满枝花瓣朝马车飞去。

投花问路，所有的花瓣都飞向白青岚，像蜜蜂，像蝴蝶，有毒刺，还有毒粉。暗器大师也有不怕近身的，距离越近，越是防不胜防，这是搏命的招数。

这正是桃花的信心所在，之前她希望桃花阵能够困住白青岚，那么古枫也就拦不住她，所以阵法师和古枫都在等。从阵法师远去的那一刻起，桃花就知道，自己今天真的要拼命了。

唯一让她欣慰的是，白青岚手里没有剑，至少现在没有，那便足够了。桃花当然没有指望暗器能够打败曾经的生死剑，所以她跟在桃花后面也飞了过去。

暗器和桃花的速度都极快，一前一后，机会只有一次，因为古枫还没有动。古枫不是不动，而是他相信白青岚，他不相信桃花，所以他在等。

桃花不能等，她必须越快越好，因为她是在拼命，所以桃花很快，甚至快到追上了自己发出的暗器，或者说是暗器在那里等她。

“先天真气！”桃花不禁惊呼出口。

白青岚仍然没有动，甚至连眼睛都没有睁开，然而所有的暗器到他的身前便静止，前进不得。

白青岚用先天真气告诉桃花，此路不通。

桃花也到白青岚的身前了，她没有停下，也不能停下。一双苍老的孩童般的小手，从先天真气中缓缓穿过，插向白青岚的胸口。

内力外放的先天真气可以阻止暗器，但阻止不了人，尤其是一个拼了命的女人。

双手堪堪突破先天真气，十根手指便开出十瓣桃花，暗器大师全身都是暗器。

白青岚终于动了，他挥出了一剑。确切地说，应该是他挥出了一只手，手也可以是剑。

生死剑，一剑断生死。

桃花一直相信这句话不是江湖传闻，而是真的。所以她看到自己的下半身飞了出去，就像一朵分成两半的桃花，一半还在空中，另一半已经落下。

她的眼里没有犹豫，没有痛苦，没有恐惧，这是拼命换来的结果，她很满意。所以当“上半身”从空中落下时，她笑了，笑得很开心。

“下半身”落在马车边上，离车厢很近。这个位置本来应该是桃花的，可惜她只过来了“一半”。如果她还能动，也许今天她就真的成功了。

白青岚突然睁开眼睛，古枫也终于不再皱眉，因为桃花真的动了。准确地说，是桃花的“下半身”从地上爬起，向着车厢走去。

因为很近，所以走便够了，“下半身”来到了车厢前，纵“身”一跃，想从窗子翻进去，而青火就在车厢里。

“下半身”没有看到青火，只看到了一朵花，一朵剑花，一朵桃木剑开出的剑花。

那么“下半身”只好回头，回头便再也回不去了。一道青色的剑光从天而降，没有腿的“下半身”再也不能动了。

白青岚把桃花斩成两半，古枫把一瓣斩成三瓣。

青火从车窗探出头来，他看到一个老头儿坐在一堆衣物之中，正在大口地喘着气。老头的前额极度凸起，脸庞紧缩，就像是一个颠倒的寿桃。

“童花，是我没用，打不过一个孩子。”老头儿虚弱地说道。

“不要说了。”童花声音呜咽地说道。原来，桃花本来就是两半的，上半身叫童花，下半身是这个老头儿。

“就差一点我们便成功了。”老头儿有点遗憾地说道。

“你死了，我的病治好又如何？”童花安慰道。

“我不想看着你死。”老头儿显得很虚弱。

“你背了我四十年，还想背多久？”童花呵斥道。

“可是以后不能了……”老头儿惭愧地说。

“以后我来背你。”童花认真地说。

老头儿听完，紧缩的脸庞露出一丝微笑，然后晕了过去。

“寿桃，你不能比我先死。”童花紧张地向老头儿爬去。

老头儿真的叫寿桃。

江湖上没有人知道，童花原来出身暗器世家，但自小身患怪疾，双腿萎缩，直到遇到侏儒的寿桃。

寿桃不会武功，但他有腿。

从此，寿桃便成了童花的腿。从此，江湖上便多了一个暗器大师桃花。

只是童花的病从未治愈，现在更是病得厉害，能治这病的条件就是抓到青火。因为这是牡丹派的条件，牡丹派能治童花的病。

人有缺，情无缺。狼狈的桃林里，只剩下同样狼狈的寿桃和童花。

马车朝着洛阳的方向前进，青火沉默地坐在车厢里，他刚刚救了自己的命，但他没有觉得兴奋。他只是静静地擦拭着桃木剑，擦到剑尖的时候，他想起了木小灵。

木小灵这个时候却很生气，她不想听到失败的消息，更不想见到那两个再也不会走路的侏儒。

她生气的时候，眼睛更加迷人，迷人的眼睛里闪过那两个恼人的身影。这让她很烦躁，可今天还有一件事让她更烦，烦得有点莫名其妙。

牡丹殿是牡丹派掌门居住的地方，牡丹派中除了木小灵其他成员都不能随意进入。但今天却有了一个人，他是一个和尚，一个非常年轻又非常帅气的和尚。

牡丹派绝对是江湖中最危险的存在，可是越是这样明海和尚就越想来看看，于是他就来了。

明海自然不是来化缘的，他忘记了自己要来做什么，于是便在牡丹殿里打坐。看到牡丹派掌门来了，明海抬起光头，对她说："我要度化你。"

牡丹派掌门笑了，回道："好。"

明海

第六章　暗香浮动

西山桃林发生的事传得很快，该知道的人都知道了。

批完奏折，夜已经很深，大宋皇帝赵准靠在龙椅上，听安逸王赵怀安禀报桃林中的经过。

“竟然练成了先天真气。”赵准淡淡地说道。似乎对这件事不是很在意，身为一国之君，眼界和气度自然不一样。

“江湖上又多了一个绝世高手。”赵怀安轻轻说道。

“再多几个也无妨。”赵准平静地说道。

“陛下英明。”赵怀安笑道。

赵准也笑了，他并没有觉得赵怀安的行为有何不妥。因为除了江湖上有绝世高手，皇宫里也有，赵怀安就是。

既是赵准的亲弟弟，又是皇宫唯一的绝世高手，赵怀安想当王爷，他就是王爷。他不想再有其他王爷，天下便只有一个安逸王。

赵准说的话并不代表他自大，作为一国之君，江湖对他来说实在太小。就算再多出几个绝世高手，对大宋整体而言，也没什么影响。

况且，江湖上已知的四个绝世高手里面，古重山闭关未出，程天甲游戏人间，牡丹派掌门现在和朝廷算是盟友，就算多出一个白青岚，又能如何?

至于般若寺的那个老和尚，自从成为绝世高手的那天起，就再也没有离开过寺院，以至于江湖上都快把他忘了。

“洛阳的事情准备得如何？”赵准问道。

“万事俱备。”赵怀安说道。

“听说老和尚的弟子去了牡丹派。”赵准的语气稍微重了一些。

“般若寺的和尚都是白痴，慕容嫣不是。”赵怀安回道。

“那就好，最后可不要出什么乱子。”赵准眯起眼睛，他在下一盘棋，一盘可以影响天下走势的棋。

“有长阴候亲自在洛阳主持，陛下大可放心。”赵怀安对长阴候还是比较欣赏的，因为长阴候虽然是赵准在民间的私生子，但比皇宫里那些皇子要好用得多。

“等洛阳的事情落定，朕就把洛阳送给他。”赵准讥笑道。

赵怀安笑了笑，没有再说什么。

“过几天，程天甲就到洛阳了，你安排一下。”赵准吩咐道。

“是，陛下。”赵怀安又跟平时在朝堂上一样，表现得十分恭敬。

万安镇是离洛阳最近的一个小镇，醉西楼是镇里最好的酒楼，酒是最好的，草料也是最好的。

一匹憨厚的大马在醉西楼的马厩里啃得摇头晃脑，这些草料比桃花好吃多了。

青火看着桌子上的珍珠鳜鱼羹，显得极为高兴，他知道先生喜欢吃鱼，因为吃鱼对眼睛有好处。

古枫摇着纸扇，看着白青岚和青火这对师徒，心里有一种羡慕的感觉，他想这次洛阳之行后，与他们一起回古剑门。

古剑门是他们师兄弟三人从小长大的地方，他希望青火也可以在那里长大。这个时候，古枫想到三师弟这些年一直不知道在哪里，但这些天的事情他肯定会知道，说不定随时都会出现。

真的有人出现。店伙计端着盘子送菜过来，这个伙计很年轻，比三师弟还年轻。古枫知道他不是三师弟，因为他比三师弟腼腆。

古枫看着伙计，觉得他如果练剑，也可以成为一个高手。于是，他微微点头，笑了笑。伙计很有礼貌，微笑着向古枫点头致意。

古枫偏过头去，没有承受伙计的回敬，他承受不起。因为伙计点头的时候，他身后有一把剑也一同向古枫致意。

这是一把很短的剑，但很灵活，就像水里的鱼一样。古枫偏过头，这把剑也偏过头，它是如此的执着，就跟它的主人一样。

如果有人这个时候仔细看，就会发现在剑的后面还有一个人，一个灰色的人影，像影子一样挂在短剑的后面。

古枫没有时间去看，他甚至连拿青玉剑的时间都没有，只好用纸扇去挡。纸扇可以挡住桃花，却挡不住水里的鱼。

于是，纸扇破了，碎了。剑意还在，像鱼一样继续游来。

桃花流水鳜鱼肥。游向古枫的这条鱼不肥，甚至很瘦，瘦成一道光，让人无处藏身。

藏不住就不藏了，古枫不再躲避，瘦鱼便撞在了桃木剑上面。

剑意在桃木剑上游走，瞬息便消失得无影无踪，包括那把短剑和剑后面的影子。

这个时候，伙计抬起头来，却看到古枫的脸色有些冰冷。他感到惶恐，以为自己刚刚的行为冒犯了客人，赶紧放下菜，作揖退去。

古枫确实有点冷，刚才的那一剑和那个人都极度可怕，如果不是白青岚挡住了剑锋，他不知道这次自己能不能活下来。

“这是一个绝世高手。”古枫摇着手里破损的扇子，苦笑道。

“他是佘余。”白青岚舀了一勺鳜鱼羹，回答道。

“竟然是他。”古枫感到有些意外，“难道又是来杀她？”

鱼肠剑佘余是燕国第一高手，也是第一杀手，手里那把鱼肠剑不知饮过大宋多少高手的血，有江湖上的，也有朝廷里的。

古枫猜得没错，佘余正是为杀牡丹派掌门慕容嫣而来，路过万安镇，顺手杀了他一剑。所以，一击不中，便离去。

“他想试试我的剑。”白青岚明白佘余的想法。

九年前，他替慕容嫣挡了佘余一剑，身受重伤隐逸无名谷。现在重出江湖，佘余当然要确认一下他恢复了多少。

“师父的伤势如何？”白青岚问道。古剑门一战，古重山与佘余两败俱伤，现在看来佘余已经恢复如初。

古枫摇了摇头。

从洛阳出来快一天了，木小灵依然在生闷气，因为她身边的和尚确实太闷。不管木小灵说什么，问什么，明海都只管赶路，从不多语。

“应该已经动手了，不知道空谷姐姐能不能应付？”快到万安镇的时候，木小灵看着渐渐西下的日头自言自语道。

明海突然停下了脚步，垂首静立，落日的余晖照在他的光头上面，就像生出万道金光。

他双手合十，一动不动。

风不动，林不动，明海不动。

木小灵也不敢动，她静静地看着地上，迷人的眼睛不敢眨一下。因为地面上有三道影子，一道是明海的，一道是她的。

还有一道，一道像鱼一样的影子，在地上缓缓游动。

那道影子向明海游去，最后游进他的影子里。影子从两道融为一道，明海抬起了头。

“可惜了。”明海的脸上露出惋惜的表情。

“可惜什么？”木小灵终于可以说话了，她的脸色很苍白，额头上渗出一层薄薄的汗珠。

“错过了。”明海显得很是心痛。

“错过什么？”木小灵一直不知道明海的光头到底在想什么。

“一个绝世高手。”明海转身，看着洛阳的方向，帅气的脸上满是遗憾，“我可以度化他。”

“那你为什么不度？”木小灵想起明海对牡丹派掌门说的那句话，心里一阵悸动。

“因为有你。”明海说完，朝万安镇走去，留下木小灵独自参悟。

在不远处的阴影里，佘余的脸上面无表情。万安镇的时候，他杀不死古枫，因为有白青岚在。

刚刚他准备顺手杀掉木小灵，谁知又有点麻烦，因为有明海在。

吃饭也是个大麻烦，因为古枫发现自己今天真的很慢。比佘余慢，比白青岚慢，连体内的真气运行都开始变慢。

佘余走后，醉西楼便没有人进来过，也没有人出去。如果木小灵现在进来，一定会发现所有的人跟之前的明海很像，除了不是光头，都一动不动。

已经过去两个时辰了，古枫心里叹了口气，他已经有九年没有中过毒。于是，古枫端起桌子上的酒杯，一饮而尽。

青火知道，现在整个酒楼都被人下了毒。所以他瞪大眼睛看着古枫，觉得这一刻枫师叔让他充满敬意。

古枫看了看白青岚，希望先天真气能够解毒。因为他现在除了能喝酒，什么都做不了。

“咯咯咯，不用看了，我李空谷的毒，对绝世高手一样有效。”隔壁的桌子上，站起来一个身着绿裳的女子，她笑起来的声音很清脆，很动听。

李空谷走到古枫他们的桌子前，看了看古枫，又看了看白青岚，然后捏了捏青火的脸。她坐了下来，对今晚的结果很满意，所以笑得很妩媚。

青火觉得她的手很光滑，还有一阵淡淡的香味。只是他想不通，为什么坏女人都长得很漂亮？木小灵是，李空谷也是。

“你是怎么下毒的？”古枫确实很不解，就算他没有察觉，白青岚也应该能发现。

“我想毒谁就能毒谁。”李空谷骄傲地说道。

“那你怎么不毒佘余？他也是绝世高手。”古枫故意说道。

“他从来不吃鱼。”李空谷认真地回道。

“鱼没有毒。”白青岚突然睁开眼睛说道。

“鱼是没有毒，但鱼是我养的。”李空谷撑着下巴，妩媚地说道。

李空谷

“有劳了。”白青岚微微点头，便闭上了眼睛。

李空谷盯着白青岚看了一会儿，提醒道：“就算你用先天真气逼毒，至少也要三个时辰以后。”

古枫又喝了一口酒，似乎是对李空谷的话表示认可。因为这段时间足够让李空谷做许多事情。比如杀了他或者白青岚，又比如抓走青火。

但是李空谷没有做这些，她只是走到白青岚身边，温柔地给他倒了一杯酒，一杯加了蚀心散的酒。

“我从小就听过你的故事，所以我很尊重你。”李空谷甜甜一笑，她虽然年纪很轻，却很谨慎。

古枫手里的酒壶没有酒了，李空谷没有给他倒酒，也没有看他。但他不能动，所以古枫的手有点颤抖。

白青岚没有拒绝，也许他没办法拒绝。

九年前，当时的木嫣，现在的牡丹派掌门慕容嫣也曾给他倒过一杯酒，一杯毒酒，他也没有拒绝。

这个时候，外面传来了木小灵的声音：“和尚，就是这里。”

第七章　月满西楼

听到木小灵的声音，李空谷急忙迎了出去。

“小灵妹妹，人我帮你们逮着了，说过的话可要作数。”李空谷出来的时候，看到木小灵和一个身穿白袍的和尚沐浴在月光之下。

看着这个帅气的年轻和尚，李空谷心想，待会儿要是有机会，也给他弄点蚀心散吃。

“我不吃毒药。”明海合十道。

“啊！”李空谷惊呼出声，漂亮的脸上露出异常吃惊的表情，她突然觉得这个和尚非常可怕。

“你的药也毒不了我。”明海继续说道。

“你怎么知道？”李空谷不解地问道。

明海没有说话，他看着李空谷身后，眼睛明澈而兴奋。

李空谷没有回头，强忍惧意直接掠到木小灵身边。当看到白青岚果然站在酒楼外面时，顿时感到全身上下一片冰凉。

她想不通，木小灵也想不通。

古枫和青火更想不通，为什么白青岚能动还要喝那杯毒酒？为什么又抛下他们独自出去？

“我要度化你。”明海对白青岚说道。

“如何度？”白青岚问道。

“你我打一架，我赢了，你跟我走。你赢了，我跟你走。”明海觉得这个方法很好。

“你度我还是我度你？”白青岚又问道。

“度人即是度己。”明海虔诚地答道。

明海是在般若寺长大的，他不知道自己是怎么来的，但他知道自己要到哪里去。

因为师傅苦叶大师跟他说，寺里已经教不了他了，他必须自己去修行。于是，明海进了江湖。

可他不明白怎样才算修行，他很困惑。既然度化不了自己，只好先度化别人。

“你是我出师以来第一个要度化的人却要提出要度化我的人。”明海表明白青岚对他的重要性。

这句话虽然有点拗口，但白青岚听得懂，因为木小灵就在边上。白青岚认为明海在这一点上跟他有点像，所以他告诉明海：“你应该直接度化她。”

“我现在打不过她，”明海很诚实地回答道，“她说只要我度化了你，她就跟我走。”

“你度化不了我。”白青岚平静地说道。

“我想试试。”明海很真诚地说道。

醉西楼外，月光如雪。

明海的白袍也如雪，因为他要度化白青岚，所以明海先动。他的眼里无悲无喜，无欲无求，就像是天上的那轮明月。

明海平静地向白青岚走去，他走得不快，也不慢，但走得让人感觉非常舒服，甚至认为走路就应该是这样，其他的走法都是错的。

白青岚没有动。既然明海动了，他就不需要动，他在等，看明海如何来度化自己。

明海依然在走，走得安详且理所当然，走得大家都觉得他是对的。所以，大家都跟着他一起走。

地上的石头也走了起来，从小到大，从轻到重，跟着明海开始一起滚动。滚动得很整齐，很有节奏，不快也不慢。

木小灵的心突然跳了一下，她感觉牡丹派掌门来了，就在空中默默地注视这一切。她想过去行礼，却发现自己不能动，也不能发出声音。

木小灵只好紧紧地盯着天空，希望派主能发现自己。渐渐地，木小灵感觉到自己的眼睛越来越干，越来越涩，而牡丹派掌门却越来越亮。

闭上眼睛，木小灵觉得这份明亮不像派主那样冰冷，而是很温暖，很熟悉，就像天上的那轮明月，或者是某人的光头。

木小灵突然睁开眼睛，心中极为骇然，拉起旁边逐渐恍惚的李空谷，一直退到很远才停下来。

这个时候，风起了。

石头、树木，还有风，跟着明海一起向白青岚走去。

明海突然停了下来，一切也跟着停了下来。

在白青岚身前好像好像出现了一扇门，把明海和他的世界拒绝在外。明海虔诚的脸上出现一丝明悟，他现在的修行也遇到了一扇门。

明海明白，要度化白青岚就要通过这扇门，门后面就是路。

如何通过？打破便能通过。

如何打破？以力破之。

明海伸出一只手，向身前劈了出去，这叫大力金刚掌。

明海是和尚，所以他会佛法。先天真气虽然厉害，却只能在体外形成，可佛法无边。

明海的手突破先天真气后继续向前，他想一往无前。但白青岚不答应，桃木剑也不答应。

在明海出手的时候，桃木剑便从青火背上飞了出来。白青岚握着桃木剑，剑身上面有一只金色的手掌。

白青岚开始挥剑，在明海手掌的压力下，很慢很慢，但总归在移动。只要是在移动，就总会有挥出的时候。

明海的神情开始变得凝重，整个人像一尊庄严的佛像。

明海向前踏出一步，他不能让这把剑开出花来，如果要开也应该开在彼岸。

要想花开彼岸，首先要度化桃木剑。

于是，在明海的度化下，桃木剑想开花就变得无比艰难。剑身也开始出现一道裂缝，并向四周缓缓扩散。

明海金色的手掌也逐渐变淡，直至苍白。而这时，桃木剑上的裂缝也不再扩大。

同一个时刻，明海发现那些裂缝很像一朵花，一朵怒放的桃花。

明海漂亮的脸庞露出笑意，他收回手掌，双手合十，端坐于地。他要度化自己，他要迎接白青岚那一剑的生死。

桃木剑轻盈地从明海胸前划过，没有停止，一直向天空飞去。

没有人知道它会飞向哪里，白青岚也不知道。因为他看不到了，他的眼里一片红色，就跟木小灵的红衣一样，鲜红如血。

在那道生死的剑意临身的刹那，明海想到的是，也许师傅和师兄都错了。

明海一朝顿悟。因为修佛修的是自己。

自己即是佛，又何须成佛。

桃木剑斩去了他的因果。

因为没了经脉，从此，明海只能修自己。

桃木剑从天而降，并没有落在地上，而是被古枫接在手里。喝了那么多的酒，就是为了尽快地把毒逼出体外。

但还是迟了一步，望着一动不动的明海和眼睛紧闭的白青岚，古枫一时之间也不知如何是好。

木小灵和李空谷也跟了过来，他们看了这交手过程，自然知道明海已经输了。但白青岚的状况好像也不好，因为他的眼角正渗着血泪。

“原来如此，原来如此。”看着受伤的白青岚，李空谷突然喊道。

木小灵一脸疑惑地看着李空谷，古枫也在一旁皱眉，他们不知道李空谷到底想说什么。

“我终于知道之前他为什么没有中毒。”李空谷盯着白青岚的眼睛说道，然后一字一句地说道，“因为他本来就是中毒的。”

“什么毒？”木小灵问道。她跟白青岚交过手，刚才也见过他出手，根本看不出他有中毒的迹象。

“红萼草。”李空谷的声音竟然有些颤抖。

“什么？”木小灵惊呼出声，连古枫也大吃一惊。

幽棠花，红萼草，紫叶七星。

这是江湖上流传的三种至毒毒物，中毒无药可解。传闻幽棠花在极北之地的天山出现过，红萼草则只有燕国境内才寻得到，而紫叶七星根本就没有人见过。

在三种至毒毒物当中，以红萼草的毒性最为霸烈，中毒以后毒性会沿经脉侵向脑部，只能以内功压制，没有办法根除。

中了红萼草毒的白青岚，其他毒药对他自然再无作用。

“没想到佘余这么阴毒。”古枫心里清楚，白青岚九年前中了佘余一剑，只是佘余人毒，剑更毒，竟然在上面涂抹了红萼草的毒。

“中毒这么久还没死，果然厉害。”李空谷惊讶地说道。

“因为我还不想死。”白青岚说道。

“可是你的境界再也不能突破。”李空谷一眼就看出白青岚现在的情况不妙。

自从中毒以后，白青岚只能靠内力逼迫毒性，护住脑部。随着时间推移，毒性也越来越强，他只好将头部的毒性都集中控制到眼部。

从那时起，他的视力就一直在减退，就算今天不跟明海对决，也是要瞎的。只是今天破了境界，毒性又开始蔓延了，如果再破境界，必死无疑。

“有没有办法？”古枫确实很担心，便向李空谷问道。

“没有。”李空谷这次出手就是因为牡丹派答应给她一株红萼草，之前她都没见过，谈何解毒。

既然人没有抓到，她自然是不会再向木小灵提这件事。于是她走向明海，想看看这个和尚是死是活。

就在这时候，突然出现了一个人，竟然也是一个和尚。他扛起地上的明海向远处奔去，洁白的月光下，两颗光头熠熠生辉。

第八章　倾国倾城

般若寺内，烛火通明，天已经快亮了

寺内苦叶大师仍然在打坐，明德站在身后沉默不语。将明海救回后，明德就一直站着，但苦叶大师未发一言。

看着天色渐渐变得明亮，明德抬起头，忍不住说道：“师傅，师弟快死了。”

“不破不立。”苦叶大师低声说道。

“弟子不明。”明德再道。

“佛是过来人，人是未来佛。”苦叶大师静静说道。

“阿弥陀佛。”明德低喧一声，不再言语。

一阵清风吹进寺内，烛火闪烁异常，但未曾熄灭。只是当风从苦叶大师身旁经过时，卷起僧衣，露出两条空荡荡的裤腿。

而这个时候，白青岚三人正坐在马车上赶往洛阳。青火的毒被白青岚解了，白青岚自己的毒也重新得到压制，只是以后再也看不见任何东西。

但这对白青岚而言，并没有什么影响。九年来，他就很少睁开眼睛，或许他早已习惯了在黑暗中生活和战斗。

“要不是阵法师出手，那两个女人一定逃不走。”古枫有些遗憾地说道。

明海被救走的时候，木小灵和李空谷就开始逃了，白青岚没有动。不是因为红萼草的毒在发作，而是青火还在醉西楼里。

古枫追了下去，然后便回来了。因为他遇到了一个人，一个熟悉的人，那个在桃林布阵的阵法师。

“没有必要，她解不了的。”白青岚淡淡地说道。

其实古枫最想抓住的是李空谷，既然这个女人擅长用毒，那么抓住她以后便可以问出解除红萼草毒的办法。

“有总比没有要好。”古枫叹道。

“没有也许更好。”白青岚看着前方说道。虽然看不见，但是他知道前面就是洛阳。

洛阳是大宋除了京城以外最大最繁华的城市，城内江湖门派林立，关系错综复杂，但最让人忌惮的是牡丹派。

因为牡丹派总坛就在洛阳，牡丹派掌门也在洛阳。

“既然跟明海已经交过手了，那么他就再也不是绝世高手了。”慕容嫣冷冷地说道。

“可他还是来了，”木小灵看着冷艳的慕容嫣，内心崇拜异常，可是她还是忍不住问了出来，“灵儿不解。”

木小灵确实不理解，就算白青岚是绝世高手，也没有必要为他耗费如此精力，毕竟慕容嫣的计划才是最重要的。

“你不需要知道。”慕容嫣的口气愈发寒冷，木小灵只是她八年前顺手救下的。

可能是一种天性，女人就算心再狠，也有柔软的一面。更何况慕容嫣作为一个女人，她本来可以有自己的孩子，只是她将孩子抛弃了。

但是现在这个孩子出现了，这对她来说是一个最好的消息。所以，就算白青岚不来找她，她也不会放过白青岚。当然，她不会放过的还有青火。

“城里现在很乱，赵怀安也来了。”看到慕容嫣动怒，木小灵便转到洛阳的形势上来。

“赵准倒是打的好算盘，无论最后谁输谁赢，燕国都将元气大伤。”慕容嫣冷哼一声。

赵准的想法，慕容嫣很清楚，赵准也知道慕容嫣清楚。但双方都愿意投身在这场棋局里面，因为赵准想削弱燕国，而慕容嫣则要借助宋国来夺回皇位。

皇位本应属于慕容嫣的，只因为九年前她的叔叔，现在的燕国皇帝暗害了她的父亲，夺得皇帝之位。所以她现在不是公主，而是燕国的头号要犯。

如果她的武功不够高强，如果她没有逃到大宋，那么或许她早就已经死了。

当然，如果当年没有遇到白青岚，她也已经死了。因为九年前她还不是佘余的对手，而古重山是。

“佘余也来了，但查不到他人在哪里。”木小灵继续说道。

“到时候他自然会出现，这个你们不需再管。”慕容嫣知道佘余的目的，只要有机会他就一定会出手，因为他是真正的绝世杀手。

“丐帮也在城里，不知道他们有什么目的。”丐帮的出现是计划中没有预料到的，所以木小灵必须尽快禀报。

“很好，你先下去吧。”慕容嫣吩咐道。

木小灵走后，慕容嫣冷艳的脸上浮现出一抹笑意，笑得很冷，很美，很迷人，比木小灵和李空谷更加迷人。

不是因为她的容貌倾国倾城，而是因为她真的要“倾国倾城”。

洛阳的牡丹天下闻名，而牡丹派的出现则让洛阳名声更胜。大宋敢让牡丹派在洛阳借势发展，自然有着自己的底气，或者说有着周全的安排。

所以当白青岚三人进入洛阳城后，城门便关闭起来，比以往任何时候都要早。因为今天的洛阳会很热闹，热闹到大宋不想让天下的人知道。

白青岚没有理会城门的问题，既然进了洛阳，就必然会见到她。这就是他的目的，也是青火的目的，只是青火自己并不知晓。

古枫依旧风度翩翩，手里早已换了一把崭新的纸扇，这把扇子是从万安镇出来的时候买的，非常新，新到扇面都没来得及装裱。

古枫觉得洛阳真的是一个很好的城市，想要什么便会有什么。因为前方的大街上就有着一个画摊，还有一个年轻的画师。可古枫俊美的眉梢还是挑了挑，因为这个画摊的位置让他不太舒服。

虽然有些碍眼，但大街正中间的画摊并不大，年轻的画师也显得很有礼貌，所以画师开口说道："我姓洛，洛阳的洛，名丹青。"

"好名字。"古枫由衷称赞道。

"我是一个画师。"洛丹青朝古枫点头示意，继续说道。

"也是一个阵法师。"古枫补充道。

"画画是我最擅长的，阵法只是爱好。"洛丹青纠正道。

"那你不在洛阳好好画画，跑到西山和万安镇去凑什么热闹？"古枫问道。

"因为我最喜欢画美女，画绝世美女。"洛丹青认真地回答道。

"有什么关系？"古枫不介意与洛丹青聊聊艺术，因为他需要时间，白青岚也需要，他们需要弄清楚城内的情况。

"因为牡丹派掌门就是绝世美女，我便要为她作画，"洛丹青解释道，"美女当然是笑的时候最好看，所以我要替她解决烦恼让她笑。"

"那你打算怎么解决？"古枫笑着问道。

"我会画画。"洛丹青腼腆地答道。

于是，洛丹青拿起画笔，蘸满墨水，从半空一划而过。

墨水很重，一半落在了画摊的纸上。墨水又很轻，另一半飞向了古枫。

古枫打开崭新的纸扇，朝着墨水迎了上去。他想，或许可以请洛丹青帮他裱一裱这空白的扇面。

紧接着，古枫发现洛丹青好像并没有这个打算。因为墨水遇到扇面的时候，没有在上面留下任何痕迹，而是穿了过来。

的确是穿，而不是渗。就像古枫布满内力的扇面不存在一样，墨水没有收到任何阻碍，继续飞来。

越飞越细，越飞越淡，越飞越可怕。

直到在空中形成一道若隐若现的圆弧，古枫的青玉剑才堪堪出现。

“呲”的一声，就像一根琴弦从中间断裂，古枫双袖上墨迹点点。

青玉剑横在身前嗡嗡作响，而古枫脚下殷红一片。他左手臂骨已碎，而洛丹青的画笔也再无笔锋。

看着秃了的画笔，又看了看古枫。洛丹青抖手轻弹，将画笔掷向空中。

画笔在空中开始旋转，墨水如雨，从天而降，滴滴致命。

古枫持剑而立，右手轻挥。青玉剑泼洒出一片剑光，剑身如骨，剑意如伞，密不透风。

雨过天晴，笔杆从天而降，势如破竹。

那便破了竹子吧。于是，青玉剑逆势而上，直刺苍穹，一剑擎天。

古枫微咳，血气上涌，内力竟隐隐不稳。

此时，洛丹青身前画纸墨迹已干，画纸三尺三，画有边塞山城。

而此时古枫的眼里没有洛阳，也没有洛丹青。只有黄沙满地，风尘万里……

他持剑闭目，不动不语，感受那风沙里的丝丝杀意。

“先生，枫师叔陷入阵法了。”青火有点担心，因为洛丹青的阵法确实可怕。

“不需担心。”白青岚回道。他早已看出洛丹青此阵为五行阵，古枫必会破之。

洛丹青眼见古枫身陷阵法，双手轻搓，画纸自燃，五行阵中烈焰横空。

以风沙困之，以真火焚之，非绝世高手不得活。

洛阳街上，一片寂静。

良久，古枫慢慢睁开眼睛，他全身都在颤抖，唯有青玉剑不抖。而洛丹青嘴角鲜血溢出，阵法已破，身为阵法师，他必然受到牵连。

“我最擅长的果然还是画画。”洛丹青自嘲道。

“你的阵法很好。”古枫再次由衷地称赞道。

“但是杀不死你。”洛丹青摇了摇头。

“因为他是青玉剑。”白青岚说道。

“天不怜我。”洛丹青叹道。

洛丹青明白了，隐藏在四周的人也明白了。洛丹青的五行阵非常强大，强到绝世高手以下接近无敌。

他以意为弦，墨为雨，笔为箭，画为城，将古枫困入阵中，最后真气化火发出致命一击。

可惜他遇到的是古枫。青玉为剑，不在五行之中。既然五行阵不能真正困死古枫，输的只能是自己。

看着白青岚，洛丹青笑了，他笑得很腼腆，还有点羞涩。因为他觉得白青岚太了解古枫了，或者说也了解他。而慕容嫣为什么就不了解呢？

他可以为她画像，为她布阵，为她杀人。可慕容嫣从来都没有在意过，而他也不在意。

洛丹青知道慕容嫣就在这里，他想再看一眼，可惜再也看不到了。因为他的胸前有一把剑，一把很短的剑，像鱼一样游了出来。

第九章　柳暗花明

鱼肠剑从洛丹青胸口缓缓消失，就像之前没有出现一样。但是洛丹青知道，他再也见不到她了。他的眼里逐渐显现出一幅红色的世界，那是红萼草。

慕容嫣也知道，从佘余出剑的时候她就发现了。可是她不会去救洛丹青的，佘余可以动手，她不行。

因为白青岚没动，赵怀安也没动，所以慕容嫣便不能出手。她不会拿自己的性命去冒险，因为她是牡丹派掌门，她要的是燕国的皇位。

佘余袭杀了洛丹青之后，便再次消失不见。在洛阳这个大池子里面，他就是一条鱼，一条夺命的鱼。

如果有机会，他可以杀掉这里的每一个人，因为他是绝对的杀手。

但有人不给他机会，一道剑光划过，斩碎了洛丹青留下的画摊，也斩碎了佘余的藏身之所。

佘余对洛丹青出手，便已经暴露了自己的位置。哪怕他藏得再好，也不可能躲过慕容嫣的眼睛，所以他被慕容嫣从阴暗中逼了出来。

佘余的年纪很大了，人又很瘦小，灰色的袍子遮住全身，站在街上就像是一道影子。

慕容嫣站在不远的阁楼上，冷冷地看着街上，她手里的惊鸿剑，还是古重山送的新婚贺礼。至今还在用，是因为她觉得这把剑真的很好用。

佘余就这样站着，没有动，也没有说话，甚至没有再隐藏自己。因为他知道，既然已经现身了，便没有必要再藏。

除了是天下最毒的杀手，他还是绝世高手之一。所以他站在这里，有资格，有底气。

因为无论是慕容嫣、白青岚，还是赵怀安，谁都想杀他。可是当这些人在一起，谁也不会先动手。

这很微妙，很简单，也很平衡。于是洛阳城突然变得非常沉默。

“笃”“笃”“笃”……一阵击打竹子的声音传来，打破了沉默，也打破了平衡。

一群衣衫褴褛的乞丐从大街四周缓缓出现，而且从近到远，竟越来越多，就像天下的乞丐突然都到了洛阳一样。

最先出现在大街上的是一个胡须花白的老头儿，正是丐帮唯一的九袋长老程天甲，也就是渭城出现过的九爷。而丐帮的现任帮主王走儿恭敬地站在他的身后。

程天甲跟古重山是旧交，既然白青岚是古剑门的弟子，青火又被他如此看重。那么，他便要来洛阳看一看热闹，或者也可以打一打狗。

九袋长老要来，王走儿当然要顺从。王走儿这一顺从，丐帮便就跟着来了。

只是今天狗倒没有，鱼却有一条。于是，程天甲看着佘余，胡须微翘，手里便多了一根竹子，一根像棒子的竹子。

今天，他要会一会这条危险狡猾的鱼。

程天甲要动手便可以动手，因为慕容嫣不会阻拦，白青岚更不会。至于赵怀安，同是大宋人，如果能除掉这个燕国的第一杀手，他同样可以接受。

所以，佘余只好化作一条鱼，在天地之间游走不停。因为他不能停，不能让竹子将他串起来，那样他会变成一条死鱼。

灰色的影子移动得越来越快，程天甲的手也越来越快，竹子落下的地方都是骨节，都是穴道，都是要害。

佘余的每一剑都刺得极为精准，而每一次都溜得极有分寸。就像咬饵的鱼，轻轻一点便再次避开，不给程天甲丝毫机会。

但竹子既可以是鱼竿，也可以是鱼篓。

于是，一时间竹影纵横交错，丝丝入扣，在程天甲手里形成一个光明的陷阱，请鱼入阱。

鱼肠剑本来就小，现在则变得更小，仿佛是一根针。而佘余拖着长长的影子，就像穿在鱼肠剑上的线一样，在陷阱中游走。

针能过，线就能过。

鱼肠剑可以走，佘余就可以走。

绝世高手的对决的确少见，尤其是这样惊险无比却又玄妙万分的对决。

但有人不想再这样看下去了，所以他出手了。这个人不是绝世高手，却胜似绝世高手，因为他一招便可置人于死地。

程天甲一声怒吼，满口鲜血倒喷而出。突然变故让佘余觉得隐隐不对，所以他也退后，静观其变。

“给我一个理由。”程天甲转身问道，表情痛苦，但他更心痛。

“今天你不应该出现在这里。”王走儿平静地说道。

“你意欲何为？”程天甲确实不解。王走儿少年起加入丐帮，然后一步步成长为帮主，是他最为看好的后辈。

“我想要洛阳。”其实王走儿心里想说的是要天下，可是赵怀安在这里，他不敢这样说，至少现在不敢。

“王走儿，王走儿，哈哈哈……”程天甲突然大笑起来，然后恨声说道：“赵准，你好大的心机啊。”

“长阴候，你这次可立了大功。”安逸王赵怀安这时候接口道。

“多亏父皇和王爷深谋远虑。”王走儿向赵怀安行礼道。

“程天甲已废，你还不率领丐帮归顺朝廷？”赵怀安说道。

“理应如此。”王走儿答道。

“我还没死。”程天甲闻言更是大怒，强提真气，却又咳出一口鲜血。

“离死不远。”赵怀安笑道。为彻底威慑丐帮众人，他又道：“紫叶七星的毒，谁人能解？”

这句话一出，全场哗然。天下三大至毒毒物中最神秘的紫叶七星竟然被大宋皇室得到，难怪王走儿敢对程天甲出手。

与红萼草霸烈的毒性不同，紫叶七星的毒性没人清楚。但从程天甲的情况来看，绝对不比中红萼草的毒要好。

“既然安逸王胜券在握，你我一同携手灭敌吧。”慕容嫣突然笑道。

“敌自然是要灭的，携手就没必要了。”赵怀安说道。

赵怀安话音刚落，洛阳城内便出现了众多都尉，城墙和楼屋之上，都尉手持弓箭包围了白青岚等人。

“看来你们赵家筹备这么多年，今天准备翻脸了。”慕容嫣冷笑道。

“彼此彼此，”赵怀安言道，“这些年我大宋也帮过你不少忙，现在你应当成全大宋。”

“你以为凭这些都尉便可以杀了我们？”慕容嫣问道。

“杀不杀得了我不知道，但从今天起大宋再也不会有牡丹派。”赵怀安答道。

这是赵准和赵怀安筹备多年的棋局，自从九年前慕容嫣建立牡丹派以来，大宋朝廷就与其结盟，暗中大肆扶持。借助慕容嫣动荡燕国政局，而慕容嫣也许诺复位之后将边塞三城送与大宋。

可随着牡丹派发展壮大，慕容嫣更是成为绝世高手，朝廷对牡丹派的控制日显不足。而白青岚重出江湖，对牡丹派造成了很大冲击，佘余再次潜入大宋，这个千载难逢的机会让赵准决定出手。

赵准算得很准，洛阳成了最终的战场。除了提前调遣军队和都尉之外，甚至还动用了自己暗中布置二十年的棋子王走儿。

只要此次洛阳之事功成，清除牡丹派，收服丐帮，震慑江湖，大宋国内安定。而无论慕容嫣还是佘余若能被杀死，对燕国而言都是极大的损失，大宋定会趁机出兵燕国。

慕容嫣脸色变得极为寒冷，她知道形势对她和牡丹派来说，极为不利。

既然大宋准备动手，牡丹派在大宋将再难立足，今日无论胜败，根基必然受损。

望着满城的军队和蓄势待发的都尉，赵怀安觉得很满意，这就是朝廷的力量。绝世高手又算得了什么，你可以杀一人，杀十人，杀百人，可你杀的了千人、万人吗?

赵准又算什么，只要赵怀安愿意，随时可以取而代之。只是赵怀安不愿，因为他是绝世高手，他喜欢那种控制一切的感觉。

所以，他是安逸王。然而天下却不得安逸。

赵怀安想着，只要灭了眼前的这些人，他或许真的可以安逸一阵子。

只是人都是这样，你若让他不安逸了，他也必然不会让你安逸。

也许是气氛太过紧张，也许是手心出了些汗，也许是有人不想让赵怀安太安逸。

沉默的氛围被利箭划过空气的尖锐声打破。一个普通的都尉松出了手里的弓箭，很突然，很快。

不只是箭的速度快，而是他射箭射得更快。一根接着一根，毫无停留，箭鸣声竟然就像万箭齐发般壮烈，让人心惊。

因为太快了，赵怀安刚开始皱起的眉毛还来不及舒展，他甚至还没来得及在心里讥笑这个紧张的都尉，就被满腔怒火所替代。

这些箭没有射向白青岚，也没有射向慕容嫣，甚至连佘余那里也没有。

就在其他都尉为这个同行的箭术所震惊的时候，他们眼里出现了一个熟悉的箭头，越来越大。

从远到近，从高到低。这个普通的都尉瞬间几乎射杀了所有制高点的同行，而且他还在射，不停地射，直到将箭壶里的箭射光。

然后，在都尉们目瞪口呆的眼光里，他跃身而起，拔出一把剑来，在漫天血雨当中挥洒出一道彩虹。

于是，断肠人在天涯。

赵怀安惊怒异常，这个隐藏的高手出手的时机太突然，出手的手段太凶狠，瞬间便打乱了整个部署。

他是绝世高手，本应在弓箭连发的时候他便可以阻止。但是赵怀安过不去，因为白青岚在他面前。

一阵腥风血雨之后，场面又复归沉默。

所有目光都被这位都尉所吸引，古枫看着那张冷酷而熟悉的脸庞，缓缓说道：“段师弟，原来你比我们来得都早。”

第十章　弱水三千

“等了半个多月，总算可以动手了。”段天涯拭去剑上的血迹，向白青岚、古枫行礼道：“见过二位师兄。”

天涯剑段天涯虽然是“古门三剑”中最小的师弟，却是三人中名号最响的。因为他的名号是杀出来的，冷酷的性格和高超的剑术让他成为江湖中最难缠的人物之一。

“你倒是自在，躲在军营里逍遥。”古枫轻笑道，却掩盖不住苍白的脸色。

“下次换你。”段天涯说道。

“你知道我一向都吃不得苦的。”古枫回道。

“那就先止血吧。”段天涯说完，扔给古枫一瓶金疮药，还是内廷专用的那种。

“好。”古枫接过药自行处置起来，他的左臂确实伤得不轻。

段天涯一身都尉服无比合身，神情冷峻地走到古枫身边。他不需要管白青岚，因为他清楚就算自己死了，白青岚也死不了。

从得知白青岚重现江湖的消息开始，段天涯便动身赶往洛阳，古枫知道白青岚的目的，他也知道。九年前没有能够并肩作战，九年后段天涯不想缺席。

段天涯不仅是一名江湖剑客，他还懂得朝廷的习惯。因为他曾经是大宋的武状元，内廷的副大都统。但是后来他走了，看不惯便不干，江湖才是他最想要的。

所以，他比都尉更优秀，比赵怀安更熟悉军队，比朝廷更狠。

就这样，段天涯跟着军队来到了洛阳，他就这样一直等。直到刚才的时候，他才从天而降，为白青岚送上自己的“见面礼”。

只是赵怀安对这样的“见面礼”非常不喜欢，他更没有把握击败白青岚，虽然传来的消息说白青岚再也不是绝世高手，可他还是没有把握。

生活太安逸了，人的胆子就会变小。于是，赵怀安只好向段天涯表达不满：“你擅自脱离朝廷的账还没算，如今又杀害同僚，这是公然谋反。”

“有本事就来杀我。”段天涯答得很简单，很直接。

“哼。”赵怀安心里也清楚，段天涯境界不如他，但论杀人他却不如段天涯，所以他也没有把握一定能杀掉段天涯。

更何况，白青岚此时已经转过身去，背对着赵怀安。这让赵怀安很愤怒，白青岚的眼睛眯成了一条缝，但赵怀安不敢动，也不想动。

因为白青岚看的是慕容嫣。

九年不见，慕容嫣一如从前。

只是容颜不变，人非昔比。除了绝世高手的境界外，那种由冷艳、高贵、权势交织在一起的外表和气质，让白青岚感到很陌生。

仅此而已。

陌生也好，熟悉也罢，慕容嫣就是当年的木嫣，就是当年他带回古剑门后来又引发血战的女子。

九年后，他活着回来了。古枫和段天涯来了，青火也来了。

所以，他要问清楚。

慕容嫣没有任何表情，她知道白青岚那双黑色的眼睛能够看见她。

就像九年前她决定利用他的时候一样，那双眼睛很冷但让她感受到了温暖。

就算这双眼睛现在再也看不到任何东西，慕容嫣仍然觉得跟当初的那双眼睛一样。

只是对她而言，结局也都一样，是无法改变的。

她要复仇，她要夺回皇位，她要遵从自己的内心。哪怕毁了古剑门，哪怕负了白青岚，哪怕杀死她自己。

如果还有选择，依然挥剑相向，今生的爱就在她的剑里。

“当年是你的计划。”白青岚说的话只有慕容嫣明白。

“现在你已经知道我的身份。”慕容嫣说道。

“当年不知道。”白青岚道。

“当年你不需要知道。”慕容嫣依旧很冷。

“所以现在我要知道。”白青岚道。

“没有意义。”慕容嫣回道。

九年前，被燕国杀手重伤的慕容嫣遇到了白青岚，那是生死剑第一次出手后未见生死。于是，化名木嫣的慕容嫣跟着白青岚来到了古剑门。

古剑门不收女弟子，但是慕容嫣能够进去。因为她不仅是白青岚的女人，更是一个怀有身孕的女人。

古剑门的强大让慕容嫣看到了希望，于是她将自己的行踪透露出去。燕国的杀手们果然寻上门来，为首的正是燕国第一杀手佘余。

“古剑门替你杀了杀手。”白青岚缓缓说道。

“所以这些年我没找过他们麻烦。”慕容嫣道。

燕国最强的杀手们在古剑门几乎全军覆没，连佘余也重伤而逃。但古剑门也损失惨重，掌门古重山的伤势至今未愈。

“我可以帮你的。”白青岚道。

“但古剑门不会。”慕容嫣道。

白青岚不语，他静静地站着，看着，似乎可以看见当年的事情。

杀手来犯的那天，慕容嫣刚好产下一子，这是她无法计算到的。但她必须走，而且这个孩子她也要带走，带走燕国真正的皇子。

“所以你给我的酒里下毒。”白青岚想起当年最后的那杯酒。

“我打不过你，生完孩子更打不过你。”慕容嫣说得很平静，很有道理。

所以当年她给白青岚的酒里放了散功散，白青岚知道酒里有毒，他还是喝了。

因为他相信慕容嫣，他不相信自己。

“但你终于失算了一次。”白青岚的脸上似乎浮现出淡淡的笑意。青火知道先生这时候真的很高兴，这九年来在无名谷的时间他最清楚。

“因为佘佘来得太快。”慕容嫣终于露出一丝叹息。

就在慕容嫣趁着白青岚中毒，准备抱着孩子离去时，佘佘的鱼肠剑出现了。那一刻，慕容嫣很绝望，很不甘，很无助。

但是白青岚挡住了鱼肠剑，用自己的身体挡住了。中了散功散的白青岚让慕容嫣很吃惊，很幸运，也很无奈。

所以慕容嫣只好看着中剑的白青岚抱着襁褓里的孩子一同离去，因为鱼肠剑已经从白青岚身上再次拔出，而她依然抵挡不住。

让佘佘吃惊的是，身中散功散和红萼草毒的白青岚，竟然可挡住他九剑，最后还能抱着孩子跃下后山的山崖。

佘佘只好面对闻讯而来的愤怒的古重山，然后双双两败俱伤。

就在跃崖的一瞬间，婴儿睁开了眼睛，他看到的天空，是一片剑影。

青火看着先生，又看了看慕容嫣。他清秀的脸上很平静，一如他看到了自己的父母。

“所以你派人沿途拦截我。”白青岚平静地说道。

“我只是接回皇子。”慕容嫣也很平静地说道。从白青岚和青火现身后，她便确认青火就是她的孩子。

白青岚笑了，笑得很真诚，像一个孩子。这个时候，青火觉得先生很亲切，很温暖，跟他有点像。

慕容嫣也笑了，很冷，很美，很没有道理。

慕容嫣好像动了，因为她在空中留下一道道美丽的影子。惊鸿剑跟她一样的冷，一样的美，一样的没有道理。

从天边就到眼前，剑没有翅膀，更没有轨迹。眼看如流云般在空中流淌，实则却像流星一样一闪即过。

这便是慕容嫣的剑，代表了一种极致，一种速度的极致。

她不是要杀白青岚，因为夺回青火比这更重要。而且她相信这一剑白青岚很难接下，真的很难。

不破境界不可能接下，破了境界，则死。

慕容嫣就像一道轻烟，随风而动，又随风而散，不可观摩，不可琢磨。

但青火的身份不可能消失。

所以，佘余的身体开始变淡，淡成一道灰色的影子，淡成一条鱼的样子，向青火游去。

所以，赵怀安开始吸气，空气就像云雾一样吸进他的鼻子，周围的生命开始感觉到窒息。而下一刻，他便出现在青火的身旁。

这个世界是美丽的，因为有速度的极致。

这个世界是残忍的，因为有暗杀的极致。

这个世界是空虚的，因为有气功的极致。

同样的极致，不一样的目的。

慕容嫣只想夺回青火，她跟当初一样，不在乎白青岚的死活。

佘余只想杀死青火，因为杀死皇子跟杀死慕容嫣一样重要，而且青火比较好杀。

而赵怀安的想法则不那么单纯，他想从佘余手里救下青火，然后又想抓住青火。

因为控制了青火，不仅可以威胁到白青岚和慕容嫣，而且还可以立青火为新君，彻底动摇燕国。

但事实告诉赵怀安，他想多了。

他们都想多了。

无论他们的手段如何，目的如何，青火都是唯一的。

对他们来说是唯一的，对白青岚来说也是。

于是，白青岚到了青火身边，桃木剑到了白青岚手里。

桃木剑也是唯一的。

就在白青岚刚刚握住桃木剑的时候，慕容嫣的惊鸿剑剑意已经到了，这道剑意好像就是针对桃木剑而来，并且确实做到了。

经过明海度化的桃木剑上，那道桃花一样的裂缝彻底绽放开来。

来不及阻止，甚至来不及看，桃木剑就像自己从内部开始凋零，化作漫天碎片。

生死剑如果没有了剑，便不再掌握生死，无论他是绝世境界还是没有境界。

但是大家好像都忘记了一件事，生死剑白青岚才是自己的剑呢。

从一开始，桃木剑便是青火的。

白青岚的黑铭剑慕容嫣知道，佘余清楚，赵怀安可能也听说过。

只是从白青岚重现江湖以来，他就没有用过。或许是当年跳崖遗失了，或许是他的剑生锈了，或许连他自己都遗忘了。

以至于大家也跟着一起遗忘了。

桃木剑破碎飞舞的时候，青火笑了，笑得很天真，很渴望，很担心。他终于可以再次见到先生真正的剑法。

记得在无名谷时，那时候还是自称古先生的白青岚告诉过青火，说自己在江湖上的名号是黑白剑。

青火信以为真，其实生死剑真的就是黑白剑。

青火也是对的。因为白是白青岚，而黑自然就是黑铭剑了。

桃花尽，黑铭出。

白青岚什么都没有动，黑铭剑就这样平静地出现在他手中，因为这把剑一直都在，在青火心里，在桃木剑的心里。

白青岚睁开眼睛，他看不到，但青火看得到。

他看不到天地，看不到人，看不到剑，看不到世间的一切。

所以他不需要看到。

青火看到了，青火看到先生手里的黑铭剑轻轻一挥，就跟第一次教他剑术时一样，轻轻从身前划过。

于是，风停了，云停了，一切都停了。眼前的世界一分为二，一黑一白。

于是，洛阳城里的风真的停了，云也停了，一切都停了。世界仿佛被一道黑色的光线一分为二，一生一死。

慕容嫣吃惊地感到惊鸿剑剑意随着桃木剑的破碎彻底消失，而白青岚跟她之间出现了一条黑线。

黑线像裂缝一样越来越大，越来越深，越来越远，形成一道恐怖的深渊。

她知道，自己无法靠近白青岚，更无法夺回青火，因为她的绝世境界竟不能越过这道黑线。

佘余的眼里闪过一丝疑惑，就像水底的鱼看到天空有黑影闪过，抬起头却寻不到黑影的痕迹一样。

然后，这条鱼便感觉到全身突然很痛，是一种撕裂鱼鳞、切割鱼肉的痛楚。

这条鱼不敢继续往前游去，继续前行会被剖成两半。于是，佘余从阴影里走了出来，把他的双手留在了水底。

而赵怀安因为想法多，自然便成了三个人当中最慢的那个。正是因为慢，他才能看到慕容嫣在极速地远去。

看到佘余从空中出现，只是他的样子有点怪，但又说不出来。

没有鳍的鱼当然有点古怪。

他觉得不对劲，但青火和白青岚就在眼前。他的心有点颤抖，这是多么难得的机会，他从来没有展现过如此鼎盛的实力，他认为自己该拼一次，而且一定能够成功。

所以他不知道一道黑色的光线穿透了他的皮囊。他只知道自己的身体不受控制地飘走了，而且不知道会飘向哪里。

九年前，白青岚为慕容嫣挡了一剑，从此与世相隔。

九年后，白青岚为青火挥出了一剑，从此天下无剑。

白青岚将黑铭剑放到青火手上，静静地朝城门走去。

“先生，等我。”青火背起黑铭剑，紧紧跟上。

第二卷　幽棠花

第一章　北国风光

从洛阳一直向北，便可看到阴山。阴山再往北，穿过阿兰草原东侧才到天山脚下。而天山是一道天然的屏障，大宋极北边塞就在此。

北风镇里因为接近边塞，充满异域风情的场景与中原风俗交相存在，使其成为大宋边疆地域最为繁华的地方之一。

离洛阳之战已经过去三个多月的时间，但江湖中逐渐流传出的消息却在此时愈加真实。绝世高手的横空出世让江湖变得更像江湖，连一直低调沉敛的天山派都不甘于寂寞。

“一剑破洛阳，龙凤下天山。”

这是现如今江湖中流传最广的两件事，也是唯一可能改变江湖局势的两件事。所以，只要是武林中人都会往北风镇赶来，因为这两件事最终的会合点便是在这里。

所有人都知道古剑门大弟子，曾经的生死剑，如今这个世上最强大的剑客白青岚前往的方向就是北方，而北方能够让白青岚重视的只有天山和山巅之上的天山派。

因为天山有雪莲，天山派有剑，有真正的剑。

天山派是唯一一个在剑法成就上不弱于古剑门的剑道门派，只是因地处塞外，加之行事低调，让江湖人士经常感到云雾缥缈而不识其全貌。

自从二十年前天山派掌派华家三小姐嫁入宋朝皇宫，整个天山派便更加沉寂，似乎想遗世独立于江湖与朝廷之外，让人倍感唏嘘和神秘 。

但无论是大宋朝廷还是江湖都知道，宋国现在最得宠的女人就叫华妃。

所以，这一次天山掌派华如松派出一对年轻儿女下天山，遍邀天下高手齐聚天山之巅共赏天山雪莲，在江湖中掀起轩然大波。

江湖流传：天山雪莲，一甲子一成熟。服之，可祛百毒、增内力、清明目、驻容颜，为天灵地宝之宝物。

更何况，白青岚的到来必将是与天山雪莲盛开同等重要的大事。为什么要来天山？他想做什么？他是否还能用剑？一连串的疑问和讨论已经随着冷冽的北风逐渐在北风镇里流传不息。

白青岚从马车里下来的时候，很安静，一如他的眼睛。

他的周围也渐渐变得安静，就像一道涟漪拂过，整个北风镇都好像突然静了下来。只有北风的声音，还有青火下来时黑铭剑与脊背的撞击声。

无论白衣还是青衣，这对师徒在江湖中带有的传奇色彩甚至已经超越了天山派一直以来的神秘。

是的，白青岚就这样出现在了北风镇。

“终于到北风镇了。”一声幽怨的声音自青火之后从马车上传出，一道火红的身影飘然落地。

两个多月的赶路并没有让木小灵变得安静一些，只要一有机会，她就会不停地问。她有太多的疑惑，她不敢问慕容嫣，但是她敢问这对师徒，只是问了也没有得到任何答案。

这一路行来，除了吃饭、喝水，白青岚就在马车里闭眼打坐。而青火只对他感兴趣的话题才会接话，其余的时候也是一言不发，这让木小灵无数次想过把他们两个轰下马车。

望着这一大一小两个人如此孤傲的面容，木小灵心中气愤不已，却又无可奈何。因为陪同他们去天山不仅是慕容嫣的意思，也是她内心想去做的。

不知道为什么，每次看到青火背负着的黑铭剑时，木小灵都会想起洛阳城里的那一剑，想起官道上的那一剑。

看着自己手背上的伤痕，她的心里升起一片柔软的敬意。

所以她落地的时候看着白青岚，似乎忘记了自己的身份和任务。

就像一路走来那样，白青岚的沉默和安静往往正表明了一种态度和方向，她情愿这样时而苦恼时而气愤地走下去。

可是，现在北风镇到了，她反而有些迷茫了，甚至没有察觉到耳边的风声中有一丝低沉的声响。

熟悉草原的江湖人都知道，阿兰草原有一种流传广泛的暗器：百草梭。其薄如蝉翼，以手指扣射而发，无声无息，是让人最为忌惮的暗器之一。

但是只有真正的百草梭高手才清楚，无声无息的百草梭不是最可怕的，能够让百草梭在空气中摩擦出声，这份速度和自信才是可望而不可即的。

而在你听到声响的时候，百草梭往往已经穿透你的咽喉。所以，当白青岚周围的人群中有人已经神色慌张的时候，白青岚却往前走去。

车夫驾驶着马车紧紧跟着，马鞭轻轻挥舞，在空气中抽出一朵朵小小的鞭花，清脆而悦耳。

木小灵回过神来，皱了皱眉，也跟了上去，仿佛什么都没有发生过。

“刚才有人对你出手？”饭桌上，木小灵望着白青岚问道。

白青岚静静地吃着食物，好像没有听到木小灵的话一样，他吃得很慢，很仔细。

“是草原流传的百草梭吗？”木小灵的声音显得有些凝重，她不知道为什么刚到北风镇就有人来找麻烦，而且还是当着牡丹使者的面找麻烦。

木小灵没有觉得很丢面子，就算牡丹派在洛阳之战后被朝廷打压，但依然在江湖上有着无比的震慑力，所以她只是有点担心。

既然对方敢当着她的面出手，就说明对方不怕或者不在乎牡丹派，无论哪一种，都不是木小灵愿意看到的。

这三个月来，木小灵再也没有从白青岚身上感觉到任何内力，木小灵不知道白青岚还能够再坚持多久。

虽然慕容嫣只要求她无论如何保护好青火，虽然她自己的实力不算出众，但木小灵也绝不想白青岚在自己面前出现任何差错。

也许天山雪莲可以治好他的眼睛，也许找到幽棠花可以解他的毒，也许他还可以挥出那样的一剑……

发现青火奇怪地看着自己，木小灵的脸上闪过一丝淡淡的红晕。

木小灵转头看向屋外，车夫正在门前给马喂着草料，周围来去的江湖人士好像又多了起来。

在不远处的一座酒楼上，一个草原装束的中年男子盯着车夫看了很久。

他是阿兰草原的风云人物，只是受制于一次赌约而不得不向白青岚出手。虽然他也知道这次出手必然是失败的，但是他还是很不甘心。

因为他根本都没有试探出白青岚的任何东西，九枚凝聚功力的百草梭，甚至连碰都没有碰到目标就消失了。这让他既惊恐又有着一丝兴奋。

观察了这么久，他知道当时出手的人就是这个车夫。他也知道，就算用的是自己的成名暗器，结果也不一定就比现在好。

虽然只要出手一次，他便算完成了赌约，可他并没有就此离去。他感觉到自己的血液正在逐渐地沸腾，就像当年自己第一次准备猎杀对手的时候一样。

所以，他在等。

车夫喂完草料之后，靠在门边把玩着手里的马鞭。当他从马鞭上取下第九枚百草梭的时候，竟然从他的身下传来一声女童的声音："我吃好了，轮到你了。"

"好。"车夫温柔地回答道，转过身来，寿桃那张褶皱的脸望向远处酒楼的方向。

那里已经没有人了，不过寿桃和童花知道，那个人还在。不过他们不担心，因为即便是在北方，他们依然是桃花。

想起分别时木小灵的不舍，李空谷不禁又幽幽地叹了一口气。她在阿兰草原待了整整一个月，终于采集够了还魂草，这些可是中原极少能见到的草药。

从洛阳出来后，她和木小灵就跟着白青岚师徒一路向北而行，直到两个月前进入阿兰草原东侧后，她发现这里竟然生长着大量的还魂草。

要不是听她说还魂草以后可能对白青岚有作用，木小灵是绝对不会答应把她独自丢在这里的。想到这里，李空谷对木小灵是又爱又恨。

不过，经过近两个月的观察，她可以确定白青岚的红萼草毒已经顺着他洛阳的那一剑扩散到了全身。

他所有的功力只能勉强压制毒性还有不足，要不了多久一旦白青岚压制不住的时候，必死无疑。也许，天山的极寒可以对毒性的压制起到些作用。

除非真有传说中的幽棠花，而且幽棠花还能够真的对抗红萼草的毒性，李空谷才有可能尝试一下为白青岚解毒。

就在李空谷带着还魂草向北风镇出发的时候，她发现不远处一道白色的身影在草原中若隐若现。

当李空谷出现在面前的时候，明海合十施礼，一身白袍在草原上随风鼓动。

“和尚，你没死啊？”发现真的是明海，李空谷相当惊讶。

“不想死便不死了。”明海微微笑道。

“你还能动？”李空谷心里满是疑惑， 当时明海全身经脉尽断，就算不死也是废了。

“想动便动了。”明海继续笑道。

“和尚，别跟我打禅语，快来让姐姐看看。”说完，李空谷抓住明海的手腕，细细探寻起来。

明海没有拒绝，也没有动，他就站在那里。

北风依旧，百草依旧，明海也依旧，只有李空谷发出一声惊呼：“怎么可能？”

李空谷不会怀疑自己的判断，但是这次她不敢相信自己的判断。

明海全身经脉竟然还是断的，但是好像相互之间又有着丝丝缕缕的联系。明海的气息就这样在他全身游走，说气若游丝也不为过，却能够一息永存。

“和尚，你去哪里？”李空谷从惊讶中回过神来，追上已经走远的明海问道。

“天山。”明海答道。

“意欲何为？”李空谷便决定这一路跟着明海，想办法弄清楚明海行为古怪的原因。

“雪莲花开，一睹天灵。”

“和尚，你没经脉，还走那么快……”

随着李空谷和明海渐渐走远，草原一处的百草突然渐渐分离开来，一个魁梧的人影从中站了起来，身体比百草还要高。

“大哥去找白青岚，我只好陪废和尚了。”人影的语气有些不甘。随后，他弯下身子，重新淹没在百草之间。

第二章　一叶知秋

北风镇最大的客栈是天山客栈，最有名的地方也是天山客栈，现在全镇里最热闹的场所还是在天山客栈。

华逸飞和华菁菁可能从来没有想过，江湖人士对天山派，更准确一点说是对天山雪莲会如此狂热。

他们几乎从小就一直在天山派内长大，二十年来难得有几次跟随长老或父亲下山的机会。这次父亲派他们下山邀请武林人士，兄妹俩可是兴奋了许久。

可此时，他们却怎么也兴奋不起来。

“为什么只有三份请帖？”铁达尔粗黑的脸上显得很愤怒。

“今天只送三份。”华逸飞平静地说道。

“我们兄弟今天就有五个。”想了想，铁达尔又加了一句，“在座的天下英雄更是无数，你天山派此举何意？”

铁达尔的话虽然在语气上显得狂妄了些，但熟知他的北方诸人却不以为意。

阿兰草原幅员辽阔，东侧横亘天山和阴山之间。草原民风强悍凌厉，最强大的战士被称为猎人。而铁达尔就是当今阿兰草原十大猎人之首。

“得请帖者可上天山之巅。”华逸飞说道。

“你是怀疑我们的实力？”铁达尔脸色有些难看，“大家从各地赶来，为的就是一睹天山雪莲之姿。如果连山峰都上不去，那么赶来又有什么用呢？”

“下山之前，爷爷让我们给大家带了一句话。”这个时候，华菁菁清脆的声音响起。

看着这个年纪与自己相仿的女孩，木小灵不禁想起自己在牡丹派的日子。或许，这就是她们在这个世上不同的使命吧。

“什么话？”铁达尔听到华菁菁这样说，语气也缓和了下来。毕竟按照天山派的作风来说，这样做一定有它的理由。况且，如果这个理由是华震南说的，那么这就一定是对的。

华逸飞和华菁菁的爷爷华震南是天山派前任掌派，内力深不可测，剑术极高，也是华山派中的绝世高手。

“非高手不足以登顶，非绝世不可以采撷。”华菁菁说出这句话的时候，天山客栈之间仿佛升起了一股雪山之巅的严寒。

铁达尔沉默不语，作为阿兰草原的猎人他心里清楚天山的可怕，天山的严寒就跟阿兰草原的广阔一样，是人力不能够揣测和亵渎的。

除了天山派宗门所在地的南侧，再也没有任何一条路径可达天山之巅。

“请帖给谁？”铁达尔虽然完全相信这个理由，但是他和所有的人一样，都想知道今天这里是哪三位人物可以获得天山派的邀请。

“古剑门生死剑白青岚。”华逸飞手中的请帖缓缓飘向白青岚他们的桌子，被青火接在了手里。

说是请帖，其实更像是一个玉佩。一片薄薄的寒玉上面，刻了一朵天山雪莲的图案，青火拿到手中，顿感一股清寒从手上经脉流经全身。

“好玉。”白青岚手碰到寒玉后评价道。

“此乃五百年寒玉所制。”华逸飞朝白青岚方向抱拳解释道，四下里又是一片哗然。

“阿兰草原猎人王九幽。”华逸飞继续说道，随即第二块寒玉直直地飞向空中，在半空略微停顿后，又直直地掉落下来。

听到猎人王九幽的时候，客栈里大部分人都已经变色。铁达尔更是震撼，九幽前来的消息他是知道的，但其他人不应该知道。

“天山派就是天山派。”只见第二块寒玉在下降之后突然拐弯飞向了客栈门口，然后出现在一个灰麻布衣草原装束的中年男子手中。

“参见猎人王九幽。”铁达尔和他身后的四个兄弟看到九幽现身的时候都齐齐行礼。在阿兰草原，出名的是十大猎人，但真正的高手和主事的人则是九幽和地暝两个猎人王。

九幽朝铁达尔摆了摆手，然后盯着华逸飞说道：“我也很想知道第三位是谁？”说完，九幽看了一眼白青岚身后那个身子佝偻着的车夫。

自从听到九幽这个名字，寿桃和童花心里也是一怔，他们交流之后认为，如果是在草原上，他们没有胜算。但在这里，就算是九幽，也无法避开他们而对白青岚和青火造成威胁。

想到此，两人稍微放下点心来。那次偷袭之后，寿桃虽然身残，但命保住了。而且在木小灵的要求下，童花的病也被李空谷治好了。

寿桃欠白青岚一条命，童花欠木小灵一条命。所以，他们现在的命就不是他们自己的了，他们自愿扮作车夫一路跟随。

“乾坤剑客秋弘毅。”虽然华逸飞事先早已知晓是哪三位，但读到这个名字的时候，他依然有些莫名其妙。

秋弘毅是最近几年在北方声名鹊起的一个年轻剑客，为人侠义，剑法大开大合，让北方江湖人士对他隐隐有一种期待，甚至希望他能成为当今江湖年轻一代的代表，就像当年的“古门三剑”一样。

华逸飞的疑问不是没有道理的，就算秋弘毅名声不错，但终归年轻，又非出身名门。就以剑术而言，华逸飞对自己更是拥有一份信心，他不知道为什么秋弘毅会如此受到重视。

“我不同意。”铁达尔此刻开口说道，“我们猎人王九幽获得请帖是实至名归，白青岚曾经也算是绝世高手，这个秋弘毅算怎么回事？”

“白青岚不是你能够评价的。”木小灵听到铁达尔的话，俏丽的脸上顿时布满了寒霜。

“江湖上都知道，白青岚中了红萼草毒，无药可解。”铁达尔却是丝毫不为所动，他已经得到九幽示意，要一探白青岚的虚实。

“中红萼草毒又怎样？”木小灵突然微笑起来，冷冷地反问道。

听到这句话，铁达尔一时愣住了。九幽的眉头也皱了起来，因为他们似乎忘记了很重要的一件事情。

白青岚的红萼草毒应该九年前就中了，可是九年后他还能重出江湖，剑法更胜往昔。战明海、破洛阳，境界一破再破，最终成为江湖上的一个传奇。

但同时大家还有一个疑问，如今的白青岚还能压制得住红萼草毒吗？如果还能绝世天下，牡丹信使木小灵何必一路相随，还有身边跟随的那大师级的暗器高手又做何解释？

想到这里，九幽和铁达尔也都松了一口气。在北方，就算是牡丹派也无法对阿兰草原形成有效的威胁。

所以，铁达尔看向白青岚，缓缓地说道：“既然天山请帖如此看重实力，我想向生死剑讨教讨教，也好让我等之人心服。”

木小灵此刻脸上的微笑竟丝毫没有变化，她只是轻轻地说了句话。寿桃和童花听到了，所以白青岚身后的车夫微微动了一下。

白青岚也听到了，只是他什么都没说。

白青岚确实不需要说什么。

就在车夫身子微微一动的时候，九幽的眼里闪过一道光芒，他绝不会让自己的手下死在暗器下。

“我与剑相伴多年，今日得见剑术绝世人物，定要切磋一场，以慰平生。”这个时候，秋弘毅站了出来，从华逸飞手中接过寒玉，面对白青岚抱拳道。

白青岚依旧没有任何表示，但是青火能够察觉到先生其实已经动了。

这是一种对剑的纯粹的直觉，白青岚确实是感觉到了秋弘毅身上那股剑意。

木小灵自然知道九幽就是那位用百草梭的高手，也知道铁达尔是九幽的人，但她不知道秋弘毅为什么也要插手。

不过，她的疑问来不及思考便消失了。因为秋弘毅转而对铁达尔说道：“铁兄，你我可先行切磋，胜者再与青岚兄讨教如何？”

“好。”铁达尔只说了一个好字。于情于理，他对秋弘毅的这个提议都无法拒绝，况且他对天山派将秋弘毅排在他之上早已心生不满。

这份不满就跟他体内的真气一样，愈来愈大，在到达临界点的那一刻，随着一片耀眼的刀芒，与他手里的草原弯刀一起倾泻向秋弘毅。

秋弘毅淡淡一笑，手中的剑从剑鞘中缓缓流出。

是流出，而不是拔出，因为秋弘毅的剑名叫：秋水剑。

剑如其名。秋水剑在秋弘毅手里真的就像一汪秋水，缓缓流向那片耀眼的刀芒。

秋水绵绵无绝期，抽刀断水水更流。

所以，从秋弘毅出剑的时刻，九幽就知道铁达尔败了。

只是他没有想到会败得如此之快，只有一招。更没想到会败得如此之直观，以质地坚硬著称的草原弯刀竟然会被秋水剑从正面镶嵌进去。

“承让。”秋弘毅收回秋水剑，向铁达尔抱拳道。铁达尔仿佛没有从之前一个回合的交手回过神来，茫然地点了点头。

此时，九幽的眼睛缩得极小。因为他非常清楚，秋弘毅的剑法似乎对他的暗器也是一种极大的克制。

此时，白青岚却睁开了眼睛。

他平静地看着秋弘毅，秋弘毅也刚好转过头来看向白青岚。

两道同样领悟剑意又各有特质的目光在空中交织在一起，安静而绚丽。

青火看到一片落叶顺着北风飘进了客栈，从白青岚和秋弘毅之间零落而下。

在两道目光交织的刹那，青火似乎感受到落叶边缘发出了微弱的光，然后在空中翻转了千次百次。

每一次翻转都让他觉得那么的熟悉，就像自己练剑时的身影一样。

北风从客栈里打了一个圈儿又走了，众人还沉寂在秋弘毅对铁达尔的那一剑当中时，九幽极度缩小的眼睛又再一次地极度放大。

他有些骇然地发现地上的那片落叶，在北风吹过后，竟然消失不见了。

不是真的消失，而是随风而逝，就好像从来没有出现过。

第三章　无色无相

“和尚，怎么不走了？”望着停下来的明海，李空谷疑惑地问道。

“前面无路。”明海看着眼前那一片郁郁葱葱的百草，平静地说道。

这是阿兰草原与天山山脉的交界之处，穿过了这片百草，离北风镇就不远了。李空谷甚至可以透过摇曳的百草看到不远处的山麓。

她知道明海不仅年轻，而且还极为聪明。是的，眼前可以看到百草，看到山麓，可以看到一切，却看不到路。

于是，李空谷也静静地站着，草原还是原来的草原，除了风只有百草。她倾听着北风与百草的交织声响，甚至还能从中嗅出一丝还魂草特有的气味。

风势似乎渐渐大了起来，压低了百草，吹乱了她的秀发。李空谷的心也仿佛百草一样不再安定，她伸手将额前的乱发捋向鬓角旁，好让自己的眼睛看得更清楚一些。

是的，她看得很清楚。

身前那片葱郁的百草渐渐分离开来，就像有人用一把梳子从中间一划而过。十丈开外，一个魁梧异常的身影在百草之间逐渐清晰。

“你是明海？”阿兰草原猎人王地暝虽然只是普通的问话，声音却依然如一片低沉的雷音。

“是。”明海合十行礼答道。

“我乃猎人王地暝。”在整个阿兰草原，地暝对自己非常自信，哪怕是猎人王九幽也不见得就比他强，况且他们联手才最强。

“为什么要阻拦我们？”李空谷却不这么认为，在一路北行的时候，阿兰草原上的消息通过牡丹派她也了解了不少。九幽和地暝就是在整个江湖也绝对算得上是顶级高手，更何况还是在他们最为熟悉的草原当中。

所以，李空谷非常担心，她担心明海。

“因为这里是阿兰草原。”地暝平静地说道，草原就是他的家。

“这个理由不充分。”李空谷这个时候显得很优雅，她本就是个优雅的女子。举手投足总是那么赏心悦目，让人觉得很自然，很美。

“那这些够不够？”地暝看着李空谷身旁的包袱说道，包袱里装着还魂草。

“不够！”李空谷知道真正的原因并不是这样，因为还魂草在中原虽然稀有，但药用价值有限，除了几种特殊的方子外几乎没有其他用途，“不过，我可以还给你。”

李空谷并不想这个时候与地暝动什么干戈，因为她的身边还有明海。

“不必了。草原上的生命离开了土地，只有重生或者死去。”地暝说这句话的时候，显得很虔诚，这是阿兰草原古老的传统。

听到这句话，明海抬起了头，望着地暝。在他眼里，地暝就像是一尊金刚，一尊充满力量、庄严、信念的金刚。

他眼里的那抹光亮一闪即逝，沉静的眼瞳就像是一口古潭，明海越来越清晰地感觉到修人和修佛的差别。

在人间，他就是明海。

地暝从明海身上感受到了一股气息，这股气息是如此的浩瀚，就像阿兰草原带给他的感觉一样。但是明海只是一个人，一个经脉尽断的和尚。

地暝必须出手了，他不能让明海的气息取代他心中的阿兰草原，不管明海是废和尚，还是真佛陀。

所以，当地暝的拳头从前方飞过来的时候，李空谷显得很无奈。她的毒没有对地暝产生丝毫的影响，如果给她时间，她或许更有把握些。

但是，没有如果。

但是，还有明海。

地暝庞大的身躯在草原上却有说不出的轻盈，他就像百草一样属于草原的一部分。无数拳影从四面八方向明海和李空谷袭来，连百草也向他们所在之处汇集，仿佛要把他们一起吞没。

这个时候，李空谷反而异常平静，甚至在她心里还有着一丝丝窃喜。因为不知不觉之间明海便到了自己身前，眼前的背影和光头是那样的伟岸和光亮。

突然之间，李空谷发现这份伟岸和光亮不仅仅只在眼前。她的左边有，她的右边也有，甚至当她回过头去的时候，才知道四面八方都有。

她就好像处在明海的世界中一样，或者说，她的世界里只有明海。

明海合十的手已经分开，并且伸了出去。风跟着地暝的拳头一道袭来，风也跟着明海的手一道迎去。

明明只伸出一只手，但无数的明海便有无数只手。

是千手观音还是千手如来，都不重要。李空谷甚至觉得，这个时候的明海比她还要优雅。

无数的身影在李空谷眼前缓缓重叠，当她回过神来的时候，地暝的拳头已经被明海抓在了手中。

李空谷怎么也想不通，地暝那只比明海光头还要大的拳头怎么就会被明海抓住了呢。

地暝更想不通，他的彻地拳一向以力破万法，戴上特制的手套之后，更是不惧刀剑。从来没有遇见过像今天这样的怪事，不过此刻的他终于明白那时那个人的那句话：你们或许可以去尝试一下。

那天，那个人在阿兰草原上一招便击败了他们的兄弟联手，但是仅仅要求他们做一件事，要他们阻止所有准备来天山派观看雪莲盛放的人。

不管是谁，他们只需要出手一次，能挡则挡，不能挡则放。也因为如此，他们兄弟才答应下来。

“和尚，厉害啊。”虽然不明白明海是如何做到的，不过看到眼前这一幕，李空谷还是轻笑道。

地瞑盯着明海看了许久，将注入内力的拳头不断地向明海冲击过去，但内力一出拳头就消失得无影无踪。

“我输了，你们可以走了。”地瞑终于是有些明白过来，如果说他的力量来自草原，那么明海的力量则来自人间。所以，他知道明海的境界远远超过自己。

“可你还不能走。”李空谷笑吟吟地看着地瞑。

“什么意思？”地瞑看了李空谷一眼，沉沉地问道。

“我想问你几个问题。”李空谷说道。

“你没有赢我。”猎人王自然有自己的原则。

“可你的命在我手上。”李空谷看了明海一眼，显得有些小小的得意。

这个时候，明海松开了地瞑的拳头，他知道抓与不抓都是一样。

“你……”得脱的地瞑正要发怒，突然发现体内的真气极度紊乱，静静感应之后，地瞑怒道，“好厉害的毒药，不过毒不死我。”

“不过在此之前，足够我杀死你。”在地瞑被明海控制的时候，如果李空谷还不能得手，那她就不叫李空谷。“可不能让和尚小瞧了我。”李空谷心里暗道。

“你问吧。”地瞑也看得开，既然受制于人，那就没必要逞强。何况，当初那个人并没有要求他们保密。

“为什么拦我们？”李空谷问道。

“因为一个赌约。”地瞑就将那天的事情说了一遍。

“那个人叫什么？”李空谷非常想知道江湖中还有谁是这样的高手。

“天弃子。”地瞑说出的这个答案让明海和李空谷都陷入了沉思。

在大宋皇宫御书房内，皇帝赵准将所有侍从斥退后，缓缓走进房内的密室。密室内竟然还有三间密室，这是赵准最大的秘密，连安逸王赵怀安也完全不知情。

走进最后一间密室之后，赵准松了一口气。这段时间来发生的事情已经脱离了他的控制，朝廷与牡丹派已经决裂，赵怀安竟然重伤归来，听说可能还被废了武功。

不过这些他都不是很在意，只要他还是皇帝，只要她还在他身边，这一切都不是问题。

看到她还在运功调息，赵准在一旁的椅子上坐了下来，静静地看着她。这个时候，赵准的眼里充满了自信和溺爱。

许久之后，她醒来看到赵准来了。轻轻说道："你来了。"

赵准点了点头，问道："如何？"

"略有精进。"她笑道。

"哈哈……哈哈……"赵准笑了起来，说不出的兴奋。

"多亏了皇上宠爱。"这次虽然是感谢，也称呼了皇上，但她依然很平静，就跟平时聊天一样，没有丝毫波澜。

"爱妃何须此言，你是朕的女人，这天下有的你尽可享有。"说到此处，赵准更是说不出的高兴，并未对她有任何不满。

"今年是天山雪莲盛开之时，皇上一定要取来一朵服用，可以延年益寿。"见赵准如此开心，她心里也有一丝感动。

说实话，这些年来，赵准对她可谓一片倾心，动用全国之力为她收集所需物品，加上她本身天赋极高，才使得她能够在短短十数年达到绝世的境界。

幸好她与赵准的追求不同，赵准要的是一统天下，而她要的只是武功盖世。不同的追求刚好将他们牢牢地绑在一起，彼此帮助和守护。

"爱妃放心，朕早已有布置。待天山雪莲拿来，华妃你一定可以更进一步。"赵准认真地说道，原来她就是如今最受宠的华妃。

"皇上不可，雪莲对我已无大用，你一定要亲自服用，才能真正君临天下。"华妃劝道。

"说得好，世人皆知怀安是绝世高手，任谁也想不到朕身边还有华妃这样的绝世高手存在。"赵准正是因为有这样一招凌厉的暗棋在手，才会对朝廷上下有恃无恐。

“安逸王虽好弄权术，但其心不二，可堪大用。”华妃不仅武功高超，而且在皇宫这些年，对整个天下局势也了然于心。

“怀安乃朕同胞兄弟，只要他心向大宋，我由之任之有无不可。”

“皇上大义。”华妃答道，她知道天山雪莲虽然对她用处不大，但对于破功的赵怀安来说，确是恢复功力的最佳宝物。

“姐姐，如果当年你也有绝世的境界，结局就不会是现在这样。”华妃在心里暗暗地说道。

第四章　山雨欲来

这些天，聚集到北风镇的江湖人士越来越多，而天弃子这三个字也成了整个天山一带讨论最多的话题。

“到底是什么人在暗中作祟？”天山客栈一间客房内，华菁菁显得很生气。

很显然，天弃子想要阻止江湖人士来天山的消息已经不是什么秘密了，这让本就不平静的北风镇更显热闹。

“全天下都知道天山雪莲要盛开，这个天弃子的胃口未免太大了。”华逸飞冷冷地说道。

“你是说他想要独占天山雪莲？”华菁菁也猜到了这种可能性，毕竟也只有天山雪莲值得对方如此去做。

“不好说。”华逸飞毕竟是天山派掌派的儿子，他仔细分析了一下手里接到的情报。

因为到目前为止，出手拦截的人都是江湖上成名已久且口碑不错的人士，这期间虽然也有人受伤，但还未有人因此丧命。

真正的问题在于，这些人替天弃子出手的理由都是同样一个：天弃子一招击败他们然后和他们订立赌约。

对于天弃子的目的，除了天山派，江湖上人并不是很关心，但是如此众多的成名高手都能被其一招击败，这才是让人惊骇的地方。

“我们是不是要去调查一下？”华菁菁气愤之余，不禁有一点点兴奋。

“这件事情不简单，我们还是尽快将请帖送好，然后将此事禀明父亲。”华逸飞谨慎地说道。

“还有两份请帖。”华菁菁点头说道。华菁菁虽然在门派内比较任性，但她毕竟年纪尚小，遇到此等事情发发牢骚也就过去了。提到请帖，此时的她却又有另外一番心思。

当日，秋弘毅一剑破了铁达尔的草原弯刀，气势如虹，让她为之侧目。后来她才知道秋弘毅随后竟又与白青岚进行了一场更为精彩的剑意对决，只是当时在场的人只有极少数的几个人觉察到了。

想到一会儿出去发请帖便可看到秋弘毅，华菁菁心里竟有一份羞怯和窃喜。但是，今日发完请帖便要回门派了，顿时又有一丝懊恼。

就在华菁菁胡思乱想的时候，华逸飞的内心却震动不已。作为当今天山派掌派华如松唯一的儿子，他对整个门派的了解要比华菁菁多，当然包括一些机密的事情。

天弃子这个名字让他想到了曾经听过的一个故事，他的姑姑华如筝也就是当今的华妃，在进宫之前竟然曾育有一子，只是这个故事和那个传闻中的孩子在华如筝进宫之后就再也没有人提起过，仿佛天山的冰雪一样消融得无影无踪。

天山客栈里面，坐满了江湖人士，这些都是冲破天弃子安排的拦截来到天山脚下的人。

他们每一个都很镇定，很自信，也很期待。期待自己能够得到天山派的请帖，那片薄薄的寒玉不仅代表了可以接近天山雪莲的机会，还代表了自己在江湖上的地位。

所以当华逸飞和华菁菁出来的时候，场面上顿时变得极为安静，静得有些过分。

白青岚这几天这个时候都会出来坐坐，不是他心情好，而是每天新赶来的江湖人总有不少想要见他，见见这个年轻而武功绝世的剑客，见见这个孤傲而将绝命的男人。

只不过再也没有人去向白青岚挑战，因为没有人可以越过秋弘毅的剑。

九幽也一直在他们对面不远处站着，他也没有把握可以穿过那道秋水。那道秋水太正义、太磅礴，磅礴到即便在十丈开外，九幽仍能清楚地感觉到那份连绵不绝的压力。

秋弘毅背对着白青岚，而他正对着的却是整个江湖，他不愿意如白青岚这样伟大的剑客被俗事所干扰。

因为他是秋弘毅，他知道白青岚就算没有内力仍然是绝世的，至少在剑意上还是。他尊重这道剑意，就如同尊重自己的秋水剑一样。

看着秋弘毅如剑般的背影，木小灵没有欢喜，只有担心。虽然秋弘毅替白青岚阻挡了不少麻烦，但木小灵知道，秋弘毅才是最大的麻烦。他是要等白青岚身体精神提升到最佳时与他一较高下，哪怕是剑意上的决战。

青火也知道，只是他不担心。他在意的是剑意，所以他看着秋弘毅问道："先生，他的剑意很强吗？"

白青岚点了点头，依旧闭着眼睛。他不用看便知道秋弘毅在哪里，因为秋弘毅的剑是一柄真正的剑。

"有多强？"青火继续问道，他很好奇。木小灵也很好奇，所以她和青火一样看着白青岚。连身后的车夫也竖起了耳朵。

"没有生机。"白青岚说出这四个字的时候，眉头微动。因为秋弘毅的剑太过正义，形成了一种冠冕堂皇的霸道，他的剑就是最可怕的，可以摧毁一切的剑。

如果他要杀人，那么，他的剑则更加可怕，剑意吞吐之间，有死无生。

就在客栈里的氛围静到极点的时候，一个身着白袍的和尚从客栈门口走了进来，紧随其后是一个身着绿裳的女子。这两个人正是从阿兰草原一路赶来的明海和李空谷。

明海白袍飘飘，从门口径直向白青岚走来，大家都看着他，他却没有看任何人。

没有看不代表看不到。

明海看到自己前面出现了一汪秋水，无边无际，波澜壮阔，秋水中央，一道明亮的身影凌空而立。

明海继续向前走去，竟然也踏入秋水当中，他没有沉没也没有挣扎，就像一叶扁舟在秋水里漂荡。

只要是舟，便总有抵达彼岸的时候。

只要你想抵岸，便总要见到中间那道人影。

明海看到了，那道人影正是秋弘毅。秋弘毅整个人发出耀眼的光芒，如同太阳般正义而伟大，那些光芒倒映在秋水里显得色彩斑斓。

明海没有闭眼，闭上眼睛他就过不去了。所以，他继续往前走，走到秋弘毅的身前，走进秋弘毅的身体，走出秋弘毅的光芒。

这个世界的光与暗，与我无关。

秋水褪尽，光芒消散，明海便抵达了彼岸。

明海的彼岸是白青岚。

所有人都不明白秋弘毅这一次为什么没有阻拦明海，他们只看到明海在经过秋弘毅身边的时候停了一下，然后又继续前进。

秋弘毅自己明白光凭剑意他拦不住明海，只是他现在还不需要出剑。

看到明海，木小灵的心里惊讶万分。她不知道明海竟然能够完全恢复，更不知道他为什么会出现在这里。

看到李空谷也来了，木小灵赶紧迎了过去，随即，一红一绿两位曼妙的女子便在一旁窃窃私语起来，打破了客栈里那份让人难受的安静。

明海走到白青岚的桌子对面，坐了下来。青火充满好奇地打量起明海，说实话，他对这个和尚的印象不坏。明海对青火微微一笑。

“你不是你。”这个时候，白青岚睁开眼睛说道。

“你还是你。”明海说完。两人相视一笑。

这个时候，一道魁梧的身影也走进了客栈，来人正是猎人王地暝。见到地暝，铁达尔等人自然又要行礼拜见。

地暝看到客栈里的明海和李空谷，脸色低沉，对铁达尔等人的行礼无动于衷，一时之间，让这几位猎人颇为尴尬。

地暝寻见九幽，便走了过去，与九幽低声交谈起来。随后，九幽望向明海的眼神里多了一份忌惮。而地暝对秋弘毅也是如此，不过此刻他们兄弟二人能够联手，倒是又多生出了几分信心。

“般若寺明海，阿兰草原猎人王地暝，这是我天山派的请帖，请两位收好。”华逸飞说完，手里的两片寒玉分别飞向明海和地暝。

“各位，在下与舍妹任务已完，即将回天山复命。望在座的各位能及时来我天山派，天山雪莲将于九月初九盛开。在下先行告辞，后会有期。”华逸飞此话一出，在客栈内又引起一片轰动。

“告辞。”华菁菁在离去之前，看到秋弘毅依旧端坐在那里，一动不动，心里顿时惆怅万分。

不过想到秋弘毅到时也要上天山，又有了些许期待。便狠心转过头来，与华逸飞一道出了天山客栈，直奔天山而去。如今形势日益复杂，他们要尽快回去将有关事项禀明。

而此时天山派内，气氛也是格外凝重。这次天山派开山门迎接众多江湖人士共同欣赏天山雪莲的事，不仅仅外人不知道究竟是何原因，就连天山派掌派华如松心里也不是很清楚，因为这一切都是华震南的意思。

为了守护天山雪莲，华震南在而立之年便将掌派早早传给了当时年幼的华如松，而自己一直深居天山冰洞之中，不惜耗费几十年的光阴。

天山派上下对华震南都异常尊崇，所以这一次华震南要求召集江湖武林高手一同前来，全派上下没有任何异议。不过，像华如松这个层次的人物也都知道，天山雪莲盛开不易，摘取更是困难，就算父亲真的修成绝世武功，光凭一人之力也难以成功取得。

但是，这些都还不是让华如松烦恼的原因。让他担心的是一个人：天弃子。

作为天山派掌派，发生在天山地域的大小事件他都会在第一时间知道，只是这个天弃子恰好在天山雪莲盛开之际出现，而且出现得如此突兀。

“天弃子，天弃子……”念着天弃子这个名字，华如松突然心里一惊，想起了二十多年前的那件事。

“难道当年我做错了吗？”华如松摇头苦笑，充满沧桑的脸上流露出懊悔和无奈的表情。

第五章　焉知祸福

时下虽然才刚刚入秋，但在天山这样的地方，却早已是寒气逼人，等上了天山，绝对是比中原的冬天还要寒冷数倍。

算算时间，离九月初九也只剩下不足半月的时间，天山客栈里的江湖人士也都开始出发，陆陆续续地向天山而去。在华逸飞和华菁菁离去之后的几天里，虽然也还有不少人赶了过来，但大多数名气不大。

况且，天山派也传话说，只要你有足够的实力，到了天山，一样可以获得请帖，这也让还未赶到的江湖人士持续赶来。

这几日，明海倒是与白青岚他们待在一起。只是明海私下里告诉李空谷，白青岚的情况跟他完全不同，他也没有任何办法。

这个答案让木小灵很是失望了一阵，李空谷却是有所预料。红萼草毒与身体经脉无关，只跟随内力真气的运行而动，明海的恢复或许只能说是他功力强大。

不过李空谷通过这些天对红萼草毒的接触，也掌握了其一部分的特性并推测出，即将盛开的天山雪莲或许对解红萼草毒能有一定的效果。

按照白青岚目前的情况，要根除红萼草的毒性，那就只有寄希望于幽棠花了。而且要在入冬之前找到这种至毒之花，并且幽棠花的毒性还要能够与红萼草全面相克才行。

与木小灵他们相比，青火是最为轻松的，他丝毫不担心白青岚。因为从小到现在，他跟白青岚一起遭遇了无数的困境，但是他们都走了过来。

在青火心里，作为先生，白青岚教会了他用剑。其实他现在也体会到，一个人跟一柄剑一样，必须要有一颗平静的、坚定的、永不言败的心。

白青岚是这样的，青火也是这样的。

或者，这些天一直坐在客栈里的那个人也是这样的。至少，青火知道，秋弘毅有着一颗正义的心，就跟他的名字一样。

实际上，这段时间，秋弘毅的心里却颇不平静。作为剑客，通过上次的剑意交手，他非常清楚白青岚的身体情况，如果白青岚的身体情况还得不到改善，这个世上就将失去一位值得自己尊敬的剑客。

秋弘毅这个时候没有机会与白青岚交手，因为白青岚现在根本就无法用剑。他只能希望天山雪莲可以对白青岚起到作用帮助白青岚解毒，那么他也将不再会觉得寂寞。

只是不知道，到那个时候，自己是否还有机会与白青岚一战呢？

天山客栈这段时间人来人往，店伙计已经习惯了这些平时难得一见的江湖人物，只要见到有客人来，不管是哪个门派，哪个世家，一并迎了进去，他们自会寻找属于自己的位置。

至于进去之后这些人物是聊天也好，喝酒也罢，甚至是大打出手也没关系。江湖人总有江湖人的风格，只要事后有人将损失补上就行，往往最后还是能赚的。

遇到这些事情，精明点的老板是不会出来的，只装作没看见，店伙计也只需躲得远远的就行了。但有些事情店伙计是躲不了的，比如现在站在客栈门口的三位客人。

看着三个全身穿得破破烂烂、蓬头垢面的客人，店伙计暗自叹了口气，今天这个“恶人”又轮到他来做了。就算他知道这三个人一定是丐帮的，而且是能够突破阻拦赶来的，一定不是寻常的丐帮人物。

但是，江湖有江湖的规矩，客栈也有客栈的规矩。客栈的规矩就是住店、吃饭是要钱的，而店伙计就是这讨钱的人，这是他的工作，也是他在这世上生活下去的保证。

幸运的是店伙计深知这其中的道理，所以他刻意板起脸走了过去。一般来说，江湖人士不论衣着打扮如何出奇，性格情绪如何古怪，都不会与一名店伙计磨蹭，更不会恃强欺人，因为江湖人士尤其看重名声。

不过很不幸的是，这三个人是真的没钱。

程天甲心里也是暗自叫苦不迭，自从洛阳一战后，他就没舒坦过一天。

那个紫叶七星的毒白天倒还好，只要不运功还算安稳，只是到了晚上就开始侵蚀脏器，让人不得安生。虽然这与传闻中的紫叶七星的毒不太一样，但既然是传闻，也没人见过紫叶七星，毒性又这么怪异，一不一样又有什么区别。

所以听到天山雪莲盛开的消息，在弟子的劝说下，程天甲也赶来凑凑热闹，丐帮派出了两位七袋长老沿途护送。程天甲自己倒是已经看开了，自己的毒估计跟白青岚的红萼草毒不相上下，在有生之年还能看到天山雪莲，也不算吃亏。

只是，他们万万没想到这一路行来是如此艰难，不仅路途遥远，横穿草原，还要面对无休止的阻拦。等到了北风镇，探得消息，来到天山客栈时，那可真叫两袖清风，囊空如洗，成了真真正正的叫花子。

于是，店伙计板起了脸，而程天甲三人则黑着老黑脸。一时之间，双方都不知该如何是好。

“让他们进来吧，都算我账上。”听到秋弘毅的声音，店伙计心里终于松了一口气，赶紧笑脸将程天甲三人迎了进去。店伙计这份神情的转化无比自然，就像一路武功招数练得炉火纯青一样，看得程天甲是直翻白眼。

不说程天甲进了客栈见得秋弘毅后，如何惊异于秋弘毅的年纪和天赋，却说在程天甲进得客栈后，离天山客栈对门不远的一个小面摊上，两个头戴毡帽的生意人也缓缓转过头来。

这两个人面容沧桑，神态略显疲惫。其中一个身材匀称，正襟危坐，似是主事之人。另一个体型高瘦，侧坐而对，应是下属。

“王爷，没想到连程天甲都来了。”高瘦男子轻声说道。

“此等大事，谁来都很正常。”被称作王爷的男子答道。

“只是如此一来，天山雪莲必将又多添变数。”高瘦男子继续说道。

“事到如今，这天山雪莲的变数还少吗？”王爷的脸上看不出任何表情。

“属下是担心王爷您的安全。”瘦高男子恭敬地说道。

“这些天到天山来的高手有多少？”王爷问道。

“但凡江湖成名人士，大半都来了。”瘦高男子答道。

“可曾有人发现你我？”王爷笑道。

“未曾。”瘦高男子此时不觉一怔，自己虽然易容巧妙，但境界极低，只要他不主动出手，一般高手都不会在意他这样的人，但王爷毕竟是绝世高手的境界。

“张远啊，有些时候，失去未必就是坏事。”被称作王爷的男子竟然就是安逸王赵怀安，谁也不知道他什么时候也乔装打扮来了天山。

那日在洛阳，虽然赵怀安被白青岚绝世一剑破了功，但他是最后出手的，慢也有慢的好处，因为白青岚的剑势在与慕容嫣和佘余交手之后，落到赵怀安身上便不再是最强的。

所以，赵怀安多年的内力被剑势席卷而空，他的身体境界却未受太大影响。只要把内力修回来，他就可以恢复，只是几十年的功力想要恢复如初谈何容易。不过，如果有了天山雪莲，那么恢复内力根本就不是问题，甚至还可以更进一步。

赵怀安是一个狠人，对别人狠，对自己也狠。所以，赵怀安后来自己散了功。虽然说散功就等于一切都要重新开始，但若是散功之后能重新恢复功力，必然要比原本变得更加强大。

正是如此，赵怀安此时反而是最安全的。因为他体内此时没有内力，在张远高超的易容术下，江湖中人几乎不会发现赵怀安的存在，他现在就是个普通人。

“白青岚不愧生死剑，只是可惜了。”赵怀安依旧淡淡地说道。

“因为红萼草毒无人能解。”作为赵怀安的贴身下属，张远对江湖和朝廷的事情也了解得非常详细。

“红萼草毒是无人能解，但不是无物能解。我可惜的是白青岚来的是天山。”赵怀安当日听到王走儿说出紫叶七星的时候，心里就感觉有些不对。

大宋皇室有多少秘密不能说他都清楚，但他绝对清楚天山雪莲解不了红萼草毒，而且幽棠花绝对不会在天山。

“王爷深谋远虑，属下等望尘莫及。”张远知道自己的地位，有些话可以说，有些话不能问。

“我这次带你出来，一方面是你的易容术确实精湛，二是你的轻功也不弱。”赵怀安继续说道，“最关键的是你很普通，一个人很普通才可以活得很长。”

“王爷教诲，张远谨记。”张远恭敬地答道。

“军队的事情如何了？”虽然现在浑身上下没有内力，但赵怀安并没有感觉到任何不安，此次就姑且做一次文将也没有什么不可以。

“王爷放心，阴山总兵乃王爷一手提拔。有王爷手谕，沈大都统亲自出马，相信不日必将兵至天山。”张远回道。

“张远，你即刻出发，见到沈梦南让他把军队驻扎在北风镇十里以外再来见我，不要惊动任何人。”赵怀安突然说道。

“遵命。”张远说完，站起身来，背起身旁的一篓货物，慢慢地向镇外走去。

望着张远渐渐远去的背影，赵怀安也站起身来，向天山客栈的另一边走去。北风似乎又寒冷了些，连桌子上的面汤都多了一层薄冰。

此刻的阴山山脉，冷冽的北风已与天山不遑多让，自半山腰以上，河流、湖泊已经开始结冰，原来漫山遍野的野兽现在也鲜有能见。

“段师弟，跟你一起可从来没有过好事。”古枫紧了紧身上的衣服，对旁边的段天涯说道。

“马上就有好事了。”一身黑衣的段天涯笑道。

古枫

第六章　铁马冰河

“这句话你都说了十天。”古枫没有看段天涯，他看的是面前地上的十几个酒坛。这些酒坛在三天前就已经空了，如今除了在这阴山长眠，再也没有任何用处。

“都快过去十年了，你还是过不了江湖人的生活。”段天涯嘲笑道。

“从小到大我就跟你说过，我这个人是吃不得苦的。”古枫似乎完全不介意段天涯的嘲笑，他习惯了相互间这样的说话方式，或许只有这样才能让自己在这寒冷的阴山上感觉到一丝温暖。

确实是寒冷，除了古枫和段天涯两个人，四下里似乎再也没有别的生命。冷冷清清，只有北风的呼啸和身后大北河的河水因逐渐冰冻而发出的“咔嚓”声。

自从知晓白青岚的去向之后，师兄弟二人便打算一路跟去。但是，在经过阴山的时候，段天涯要求留下来，这一留就是两个多月。

古枫没有问为什么，他相信段天涯的判断。所以他跟着段天涯在阴山等了两个多月，喝了无数坛酒。现在附近几十里内的酒都已经被他们喝光了，到身后十几丈宽的大北河都快被冻住了，他们还在等。

等待是一件枯燥、无聊的事情，但是有时候等待又是一件让人兴奋、期待的事情。

让古枫惊叹不已的是，等待对于段天涯来说简直就是一件微不足道的事情，就像生活当中吃饭喝水一样。两个多月来，段天涯跑遍了附近的山头河水，最后选择在这里等。

古枫从来没有感觉到段天涯有过放松的时刻，段天涯总是时时刻刻集中精神，丝毫不放过周围的任何动静。这让古枫非常放心，从放心到放松，又从放松到无聊，最后从无聊到想找人狠狠地打一架。

想到这里，古枫活动了一下自己的左手，似乎在洛阳造成的伤势差不多已经痊愈了。他下意识地用手握紧了剑鞘，一股熟悉而亲切的感觉从手上传递过来，这让古枫感到很满足。

段天涯也很满足，对他来说，这样的生活才是最适合他的。他有着杀手般天生的反应，又有着军人般无畏的气概，所以三兄弟当中，他的剑法不是最高，出剑不是最快，但却是最会杀人的。

“竟然是你。”段天涯看着眼前的人说道。

“必然是我。”沈梦南的出现很突然，也很合理。

“你比我预料的来得要晚。”段天涯说道。

“因为比你预料的人要多。”沈梦南平静回道。

听到这里，段天涯的脸色显得有些凝重，随即他点了点头说道：“看来赵怀安这次是不惜代价了。”

“王爷一向如此。”沈梦南说道。

段天涯没有再说话，他知道看到了沈梦南，就意味着这次赵怀安是下了决心要得到天山雪莲。

沈梦南同样是武状元出身，比段天涯早三年入内廷，剑艺高超，深受赵准和赵怀安看重。作为大宋内廷大都统，沈梦南是没有领兵之权的，除非有征遣令牌，才可调动军队。

此次赵怀安既然让沈梦南领兵，走的又是大北河这条路，只能是一种情况，那就是赵怀安竟然敢抽调阴山铁骑。

古枫自从沈梦南出现的时候，就已经感觉不到天气的寒冷，甚至连段天涯和沈梦南说的话他都没怎么去听。因为此时他的心更冷，冷到想把这些漫山遍野的黑甲骑兵一起冻成碎片。

就在沈梦南出现不久，沙沙的马蹄声渐渐打破了阴山的宁静。当所有阴山铁骑在大北河畔集结完毕的时候，一股浓浓的肃杀之气油然而生。

这些边塞铁骑绝对不是内廷都尉可比拟的，他们极其擅长野外的联合作战。这也是段天涯判断等候的原因，此处正是大北河最窄之处，两岸地形宽阔，只要从冰冻的大北河通过，十日之内便可直达天山脚下。

而天山脚下和阿兰草原，正是最适合骑兵作战的地形，一旦阴山铁骑完成包围，北风镇就是一座没有退路的孤城。

到那个时候，世上没有任何高手可以一人之力和数万铁骑抗衡。赵怀安确实够狠，甚至他还有可能借此机会对江湖力量造成重创。

想到这里，段天涯的眼里涌现出一丝凉意，作为曾经的内廷副都统，他可是知道皇宫那位华妃的来历。

“赵怀安真是好大的胆子，竟敢私调戍边之军。”段天涯转念便否定了天山雪莲作为陷阱的可能性，因为他在铁骑中没看到沈梦南的军旗，没有军旗就不是朝廷出兵。

“胆子再大，也比不上你段天涯。”沈梦南明显对这位曾经的同僚在洛阳的举动存有敌意。

“说的也是。”段天涯眯着眼睛，大声笑道。

两人都不再言语，也不需言语。彼此之间的界限是如此明显，甚至就如大北河般醒目宽阔。

沈梦南必须要过河，而段天涯和古枫绝对不会让他这么轻易离开。只要能够将时间尽量地拖延几天，天山那边的局势就将按照江湖的方式去发展和解决。

这是段天涯和古枫的决心，不仅仅是为了白青岚，而是作为一个剑客和江湖人的决心。哪怕面对的是沈梦南，是大宋朝廷，是上万的戍边精锐阴山铁骑，他们也无所畏惧，并且他们的剑也不答应放行。

沈梦南不仅仅要突破过去，而且要尽可能的快。为了从阴山总兵那里抽调出阴山铁骑，他已经耽误了不少时间，虽然最后只抽调了一万铁骑出来，但对沈梦南来说，已经足够了，因为他还有手里的剑。

于是，天涯剑在北风中逆风而出，向着沈梦南和他身后的大宋朝廷挥出江湖的一剑。

于是，沈梦南从马背上高高跃起，迎向这柄熟悉而又陌生的天涯剑。

沈梦南的剑，剑名明月。乃大宋皇帝赵准所赐，为大宋名剑之一。而沈梦南也正如长空明月，守护大宋皇宫多年，未曾出过差错。

两朵明亮的剑花在阴山绽放开来。

天涯剑如同一道明亮的彩虹从空中一闪而过，剑意由近及远，拒人千里之外。似乎在那天地尽头，一道孤傲的身影背人而立，任凭风吹雨打、沧海桑田而岿然不动。

明月剑便是一轮皎洁的明月高悬半空，剑意由远及近，虽遥远而唯一。无论你人在哪里，剑在哪来，只要是在这天地之间，明月依旧光彩照人。

当时明月在，曾照彩云归。

段天涯此时就像一片云彩，飘忽不定，他要挡住那轮明月，所以他的剑越来越快。

而沈梦南必须要跟紧这片云，否则，这片云彩就会来到他的眼前，将他与这个世界隔离开来。所以，他的剑也越来越快。

上万阴山铁骑只看到两团剑影在相互追逐，空气中的剑鸣声交织在一起，由轻到重，由缓到急，仿佛战场上的战鼓声一样催人奋进。

万匹战马的响鼻渐渐沉重，万人骑兵的呼吸愈发急促。

古枫是唯一可以看得清的人，但是古枫没有看，那是段天涯和沈梦南的世界。

当空气中的剑鸣声宛如紧锣密鼓般急切时，古枫握剑的手也越来越紧，他明显地感觉到那股肃杀之气随时会爆发开来，迎面的上万铁骑即将从他所在的位置横扫而过。

此刻古枫的心里一片平静，比身后大北河冰冻的河面还要平静。他感到北风从阴山吹来，草木向着东南的方向轻轻下压，就像一把压弯的剑。

地上的空酒坛在风中发出低沉的呜呜声，如泣如诉。

突然，一道嘹亮的马嘶声直冲云霄，震得山间的北风都停顿了片刻。紧接着，无数马嘶声此起彼伏，渐渐汇成一股势不可挡的洪流，从阴山山脉咆哮而出。

随着第一名阴山铁骑冲杀而出，上万名的阴山铁骑就像一支满弦的弓箭松开之后，如同一把明亮的黑色锥子向大北河呼啸而去。

而在他们的正前方，只有一道白色身影。

古枫和他的青玉剑一起动了，他没有向左或向右，更没有向上或向后，他只是向前，毫无顾忌地向前。

第一名阴山铁骑看到前方那道白色的身影，在他的眼里越来越大，也越来越刺眼。他是上万名铁骑中实力最强大的领骑，他的任务就是带领阴山铁骑冲过一切阻碍，就算是死也要死在冲锋的路上。

所以，他眯起头盔下的双眼，握紧手里的铁枪，不为眼前同样的英勇而感动，不因内心惊骇的情绪而动摇，恶狠狠地刺了出去，仿佛刺出的是自己的整个生命。

这是一名军人对一位英雄的尊敬。

青玉剑向着黝黑的铁枪迎去，一声沉闷的撞击声之后，铁枪竟被青玉剑从中剖开，从古枫左右两旁飞了出去，就像一只断了翅膀的鸟。而青玉剑此时也斜插在地，摇晃不已。

因为古枫的双手已拍向那匹披满铁甲的战马，一声凄厉的嘶鸣声拔地而起，战马的口鼻之间绽放出一抹艳丽的血花。马背上的骑兵顺势飞了出去，不知生死，而战马却被古枫硬生生拦了下来。

这个时候，第二名第三名铁骑也冲了上来，他们看不到古枫，因为中间隔着第一匹战马，所以他们只能狠狠地撞在战马之上，又是几声凄厉的嘶鸣声响起。

古枫又遭重击，喷出一口鲜血。他不知道自己的双手有没有折断，这样强大的冲击不是内力可以硬抗的，但是他别无选择。

虽然古枫的双脚在巨大的冲击下向后缓慢地滑行，但是他依然是站着的。

第七章　飞星传恨

阴山铁骑不断地撞击在一起，嘶鸣声也不断地响起，直到古枫的双脚滑进了大北河河面的冰层，上万阴山铁骑才最终停止下来。

在一波波强大铁骑的冲击下，古枫不知道吐了多少血，也不知道自己退到了哪里。他只知道自己最终在那股凶猛澎湃的黑色浪涛下坚持了下来，白袍上的斑斑血迹，亦如洛阳城盛放的牡丹一样鲜艳。

此刻，古枫的胸口已经与第一匹战马的胸口紧紧靠在了一起。只是当阴山铁骑静止下来的时候，战马无力地瘫倒在地上，而古枫还没有倒下。

古枫感到自己体内已经没有丝毫的内力，甚至连一点力气都没有了。他就像秋天的一片落叶，只要一阵风便可以将他席卷而去。

上万阴山铁骑竟然出奇般的安静下来，没有怒吼，没有哀号，连战马也没有嘶鸣。他们看着大北河边那道虚弱的身影，眼里浮现出无限的震撼。

就在这个时候，古枫身后的大北河河面，因承受不住之前从古枫身上传递而来的冲击，冰层由古枫脚下开始断裂，往河面延伸而去。最后，“咔嚓嚓”一声巨响，大北河近十来丈宽的河面冰层竟然全面崩塌了。

沈梦南和段天涯也停了下来，他们各自的身上都出现了无数的伤口。只是他们都没有在乎，眼前的场面让他们没有时间去在乎。

“怎么样？”段天涯来到古枫身边问道。

“死不了。”古枫苦笑道。

“这样的好事可还满意？”见古枫真的没有太大问题，段天涯也放松了下来。

“满意，很满意……”话未说完，古枫又吐出一口血来。

沈梦南此刻却很不满意，他知道段天涯可以挡住自己的剑，但他没想过古枫可以挡住一万铁骑。

现在，大北河河面冰层已经坍塌，要等重新冻到铁骑可以通行的程度，至少也要三天。何况，边上还有古枫和段天涯。

对这样的情况段天涯心里也非常清楚，所以他非常满意，满意得想喝酒。可惜现在没有酒，连之前的那些酒坛也早在阴山铁骑的冲击之下，不知所踪。

明日便是九月初九，天山上下此时已是人满为患。这个低调内敛的天山派从来没想过有朝一日会成为江湖武林的中心，所有门派内的大小弟子此刻都像极了客栈的店伙计，迎客倒水，整座天山上下充满了人间烟火。

从山下传来的消息得知，白青岚等人几日前已经从北风镇出发，即将抵达天山派。此刻，天山派的外大殿上，包括天山派掌派华如松，长老华如峰等都在等待。

因为白青岚、程天甲、明海、秋弘毅当中任何一个都是江湖上的名人，这样一群人竟然同时上天山，难怪天山派有如此大的排场，连隐居几十年的华震南都亲自出来迎接。华震南虽然年逾古稀，但整个人看起来除了清瘦点，依旧精神饱满，甚至连头发也没花白多少。

自从他隐居天山后，即便在门派内他也很少现身，此次现身众人前，江湖众人也纷纷打量，只是打量之后又都纷纷惊骇，此老的境界竟然不可揣度。

华逸飞与华菁菁本应在门派内协调事务，可华菁菁却跟了过来，在华如松身后探头探脑，少女的芳心便是天山也无法容纳。只不过，在白青岚等人到来之后，原本纷乱的芳心只剩下一股淡淡的失望。

因为秋弘毅并没有出现。从天山客栈出发之时，秋弘毅看了看明海，他知道有明海在，白青岚便可安全抵达天山，所以只留下一句：“天山一见。”便独自走了。

而自从登上天山之后，白青岚顿时感觉体内红萼草的毒性减缓了一丝，直到现在来到天山派大殿，他才明白为什么江湖上会把天山派与古剑门相提并论。

整座天山无不充斥着一股空灵而悠远的气息，而这正是一个最适合剑客修行的场所。天山派弟子大多心无旁骛，终生与剑为伴，如此条件下其剑法必然不会弱，便是心境也要远远超过江湖上的一半剑客。

也许，天山派与江湖相比，唯一的缺点便是太过独立。独立于众人之外，意境虽然高远，但必然会疏于交流，缺乏经验。经验这种东西又是江湖人必须具备的，所以天山派算不得真正的江湖门派，天山派弟子也算不得真正的江湖人。

所以，当那道明亮的剑光从大殿之外飞向华震南时，天山派弟子竟然丝毫没有反应过来。他们没有想到会有人行刺，更没有想到被刺杀的对象竟是刚刚出关的华震南。

其实，就算他们有着江湖人的经验，他们依旧来不及反应。因为这道剑光实在太快，快到就像是一颗流星，从天际一闪而至。

华震南才堪堪见到白青岚的人，还未来得及开口说出一句话，这一剑就已经到了他的面前。这让他很愕然，很无辜，很恼火，但他并没有动，不是不动，而是不想动。

白青岚和程天甲是想动也动不了，至于青火和木小灵、李空谷三人竟然没有发现出现的异状，还沉浸在天山的冰天雪景之中。

明海也没有动，因为那道剑光出现的时候正好避开了他出手的角度，所以就算他出手也是来不及的，那么干脆就不动。

大家都可以不动，可华如松和华如峰不能不动。一个是儿子，一个是侄子，况且只有他们两个离华震南近，才来得及做出反应。

真的是仅仅做出反应而已。华如松和华如峰一个是天山派掌派，一个是天山派长老，两人皆可位列天下顶级高手行列。可是，那道剑光是如此的怪异，在空中微微弯曲便从两人的剑隙间一穿而过。

这让两人惊骇之余，又心生惧意。想起身后的华震南，两人同时回过头去，却发现这道剑光竟然消失了。

剑光当然不会平白无故地消失，只是停了下来，包括拿剑的人也停了下来。

华菁菁看着刺入胸口半寸的剑尖，柔弱的脸庞上显出痛苦的神情。痛苦并非来自胸口，因为这把剑已经在最为极致的速度下被他的主人硬生生停了下来。

但痛苦却是来自于这把剑，因为这把剑叫秋水剑。

秋弘毅的嘴角渗出一丝血迹，刚才强制性收回秋水剑的剑势，已经让他受了内伤。虽然他很想很想将那一剑一刺到底，可是他发现华菁菁挡在面前的时候，他还是收手了。

幸运的是，华菁菁没事。虽然自己的目的没有达成，可是他不后悔。他从来不会违背自己的本心，因为他是秋弘毅。

“为什么？”华菁菁痛苦地问道。

华菁菁能够挡在华震南的身前并不是她的反应快，而是她从那道剑光出现的时候，就知道那是秋弘毅。

没有任何征兆，没有任何的原因。因为那道剑光当中有她熟悉的味道，那味道已经在华菁菁心里不可磨灭。

所以当华菁菁发现这一事实的时候，她的心就破碎了。但她却又非常清楚秋弘毅的秋水剑是多么的迷人和可怕，为了爷爷和自己的心，她毫不犹豫地挡了过去。

在华如松和华如峰出手之前，她就已经准备用自己的生命去拥抱这早已刺入内心的一剑。

“为了报仇。”秋弘毅看着华菁菁，他的手收回秋水剑的时候没有一丝颤动。他知道华菁菁只是轻伤，他对秋水剑比对自己还要有把握。

“我不相信。”听到这个答案，华菁菁有点迷茫。她不知道如此年轻，

木小灵

如此正义的秋弘毅怎么会和爷爷华震南有如此的深仇大恨。

“我是天弃子。”秋弘毅的话，道破了连日来让江湖人士百思不解的谜团。

其实，除了华菁菁之外，白青岚和明海自那道剑光出现的时候就已经想到秋弘毅了。因为他们都和秋弘毅的剑意交过手，一个人就算宝剑换了，剑法改了，可剑意是不会变的。

只是白青岚真的是想动也动不了，他只是有点担心秋弘毅。而明海是真的不想动。明海觉得，就算华菁菁不去抵挡这一剑，秋弘毅也杀不死华震南。

“天弃子，秋弘毅……天弃子，秋弘毅……”默默念着这两个名字的华如松突然吃惊地看着秋弘毅说道，“原来是你。”

“是我。”秋弘毅看着华如松认真地说道。

“的确是他。”华震南缓缓地说道，看向秋弘毅的眼神也越来越冷。

“难道你还想再杀我一次？”秋弘毅平静的话让在场的众人心中惊疑丛生。

“是又如何，你二十年前就该死了。”华震南淡淡说道。

“可我没死。”秋弘毅道。

“现在死也不迟。”华震南的语气波澜不惊。

“父亲，难道当年的事情还不够吗？”这个时候，华如松悲愤地说道。

“当年要不是你妇人之仁，他就不会站在这里。”华震南扶着华菁菁，一手指着秋弘毅冷冷说道。

“舅舅，今天你不用再为难了。”秋弘毅对华如松说的这句话一出口，顿时天山派上下一片寂静。

华菁菁听到这里，心里一片冰凉，胸中的苦痛和无助再也忍受不住，呕出一大口鲜血，便晕死过去。

第八章　往事如烟

见华菁菁如此模样，华如松大惊失色，随即又好像明白了什么。他无奈地摇了摇头，从华震南手里将华菁菁扶了过来，看着女儿柔弱苍白的脸庞，不禁想起了当年两个妹妹的样子。

二十多年前，年轻的华如松因华震南隐居天山，早早便成为华山派掌派。那次下天山，二妹华如筝和三妹华如眉也要跟着一起，从小对两个妹妹宠爱有加的华如松便答应了。

都说世事难料，华如松没有想到这次下天山会彻底改变两位妹妹的命运。就在他们下山的那天，竟然碰巧遇见了当时身为太子的赵准。

赵准当年被大宋皇帝派到阴山戍边，那天凑巧在副将叶玄的陪同下领兵来到天山脚下，见到华如松兄妹三人后，双方相谈甚欢。

看到华如筝、华如眉姐妹后，赵准顿时便被两人的美貌和那份源自天山的清丽气质所吸引。之后更是对华如筝念念不忘，虽然姐妹二人长相极为相似，可当时的华如筝十六岁，而华如眉只有十二岁。

让人想不到的是，华如筝当时竟也情愫暗生。只不过，她喜欢的不是赵准，而是赵准身边的副将叶玄。叶玄对华如筝也感到惊艳异常，只是陪同赵准执行军务，未曾多言。

叶玄年方二八，乃京城叶家子弟，长相英俊，精通叶家剑法，戍卫阴山多年，前途远大。一见之下，华如筝便被叶玄的军人特质和浩然正气所吸引，顿时芳心暗许。

没想到不久之后，赵准便因京城局势动荡提前回京争夺皇位。而华如筝与叶玄则从此鸿雁传书，最终私订终身，并暗中生有一子。

赵准回京之后，就派人到天山派来提亲。华如松知道华如筝心有所属，便以二妹年纪尚小推脱过去。不久，京城局势惨烈至极，赵准无暇分心，此事也就不了了之。

至于叶玄，得知赵准提亲一事后，就上报家族欲与华如筝成婚以免日后生乱。可京城叶家此时也正处皇位争夺的旋涡之中，眼见赵准占优且大势渐成，不仅没有同意叶玄的请求还勒令叶玄与华如筝断绝往来。

收到回信之后，望着襁褓中的孩子，叶玄悲愤不已，华如筝泪如雨下。没有办法，两人只好如同原来一样，在天山的冰天雪地之下，悄悄厮守着这份温暖。

这一守竟然就是六年。六年后，大宋皇后病逝，赵准下诏书于天山派，要纳华如筝为妃，并永不再立后。

华如松看着诏书，不知如何是好。这六年来，他一直暗中帮着华如筝和叶玄，并下令封锁了一切可能泄露的消息。他只想等赵准当了皇帝，慢慢淡忘了华如筝后，再想办法成全二妹一家。

只是没想到，这一天终究还是来了。天山派传承再古老，也无法与整个朝廷相抗衡，可华如筝是自己的亲妹妹，华如松那个时候真的陷入了两难的绝境中。

“那个时候，我真的没有办法。”华如松无力地说道。

“我不怪你。”秋弘毅平静地说道。

这些年来他也调查了一些当时的事情，但结果总感觉跟自己的印象有出入，所以这次华震南出关，他必须要来。

“是我决定的。”华震南看着华如松说道，“作为一个掌派，天山派的兴盛和传承才是最重要的。”

“所以你拆散了他们。”秋弘毅的眼睛如一口古井，看不出任何情绪。

“我只是把自己的女儿带回天山。”华震南得知整件事情后，立即下天山把华如筝带了回来，“可叶玄竟然敢带着你闯进天山派。”

“所以你杀了他们。”秋弘毅慢慢地说道。

华震南静静地看着秋弘毅，他没有说话，只是看着。嘴角忽然浮现一抹冰冷的笑意，似是不屑，又像是愤怒。

“如筝她是自杀的。”华如松神色悲哀地说道。

听到这里，秋弘毅怔住了。

当时他六岁，他只记得叶玄带着他冲进天山派，一路疯狂拼杀，待冲到华震南面前的时候，华如筝已经死了。她就倒在那冰冷的大殿里，连地上的血都已冻结，就像一朵鲜艳的血莲花。

华如筝那个时候知道叶玄带着孩子正在殿外与自己的门派弟子厮杀，她很无助，她出不去。因为她跟妹妹华如眉不一样，从小就不爱练功，她甚至连高手都算不上。

何况，守在她身边的是华震南，一个接近绝世高手的父亲断绝了她的任何希望。

她只剩下最后一个办法，既可以化解朝廷和天山派的矛盾，又能够保住叶玄和孩子的性命。那就是死，只要她死了，一切就会结束。

华震南没有阻止她自杀，这让华如筝在生命的最后一刻很欣慰，又很不解，也很遗憾。她遗憾自己再也见不到外面那两个男人了。

等到叶玄冲进来后，看到已经死去的华如筝，他的心里一片绝望，重伤的他在华如筝身旁倒地不起，只有身边的小男孩呆呆地望着这一切。

“把这个孩子带走，不要留在世上。”当华如松听到华震南说出这句话时，他看着自己的父亲流露出难以置信的表情。难道隐居天山这么多年，父亲的血液也像冰雪一样寒冷了吗？这可是这个世上二妹唯一的骨血啊。

“不是我无情，而是这个孩子留不得。”想起父亲当年的话，华如松到现在仍然感到全身发冷。但是他当时没有选择的余地，他是华震南的儿子，更是天山派的掌派，所以他咬牙默默地牵起小男孩走了出去。

因为他心里记得自己是华如筝的大哥，是这个孩子的亲舅舅，所以这个孩子在华如松的密室里待了三年，不仅没有死，还学会了天山派的剑法。

“你十岁的时候，叶家派人来将你接了回去。谁能想到当初他们放弃的孩子竟然是叶家当代唯一的男丁。”说出这句话的时候，华如松惨淡地笑了笑。

听到这里，秋弘毅终于知晓了当年的一切，他闭起自己的眼睛。然后，他又睁开眼睛，向华如松问道：“他后来怎样？”

华如松知道秋弘毅问的是叶玄，不由得摇了摇头。

“死了。”华震南冷漠地说道，“叶玄置天山派上下于绝境之中，他该死。”

“你也该死。”秋弘毅平静地说道，秋水剑在他的手里铮铮作响，但是他还有最后一个疑问，也是在场所有人的疑问，“现在大宋皇宫里的华妃是谁？”

华如松看了看华震南，狠狠地说道：“她是你的三姨。”

原来，在华如筝死后，天山派在华震南的安排下封锁了消息，并答应了赵准的提亲。对外则称华如眉突染重病，不幸身亡。

华如筝、华如眉两人本就相像，又隔了六年时间，华如眉顶替华如筝入宫之后，赵准果然没有任何怀疑。所以，一切进行得很顺利，除了死去的华如筝，天山派没有任何损失，反而在皇宫多了一位尊贵至极的华妃。

没有人能想象今天这样的秘密一旦传扬出去，江湖哗然还是小事，就怕整个大宋也要发生一场巨变。

华震南从一开始就没有阻止这个秘密的意思，因为他不想也不用阻止，他的计划就快要实现，其他的一切都没有任何关系。所以他看着面前的这些人，不由自主地笑了，笑得很高兴，很真诚。

就在天山震惊世人的秘密公之于众的时候，远离天山万里之遥的洛阳也并不平静。

三个多月来，成群结队的士兵在全城来回搜索，城门处更是重兵把守，明里暗里的都尉都在紧张地寻找着什么。他们寻找的是燕国刺客杀手佘佘和牡丹派的成员。

慕容嫣坐在牡丹殿内，听着下属汇报洛阳的一切情况。她容颜依旧，冷艳如霜的脸上看不出喜怒。她知道大宋朝廷想抓的是佘佘，至于牡丹派，朝廷还没有真的下决心去打压。

因为燕国正在逐渐强大，大宋需要慕容嫣对其进行牵制。更因为赵怀安去了天山，朝廷没有人可以对慕容嫣造成任何威胁。

其实，赵怀安在对牡丹派也没有威胁，赵怀安不在对牡丹派未必就没有威胁。

慕容嫣走到牡丹派的一个密室内，远远看着眼前的那个床榻，床榻上不时传来阵阵虚弱的咳嗽声，听声音可知咳嗽之人必定身受重伤，甚至有性命之忧。

“你放心，只要小灵能得到天山雪莲，即可为你续命。”慕容嫣轻轻说道，脸上竟然没有显露冷艳之色。

“丹青谢过派主。”在慕容嫣的身影走出很远之后，一个虚弱至极的声音从病榻上传了出来。

而在洛阳城地底下的一条密道当中，另一个虚弱的男子正冷冷盯着站在自己面前的王走儿，这个男子竟然没有手。

“我为什么要教你？”佘佘问道。

“你已经没有手了，而我有。”王走儿低着头答道。

“没有手我照样可以杀人，比如杀你。”佘佘继续说道。

“你可以杀我，但你出不去。”王走儿答道。

“我为什么要出去？”佘佘又问。

“因为慕容嫣和青火都没有死。”王走儿答道。

“那我为什么要教你？”奇怪的是，佘佘又问了和第一句同样的话。更奇怪的是，佘佘这个时候竟然笑了。

“因为我可以出去。”此时低头站立的王走儿全身已经被冷汗浸透，但他也笑了。

第九章　冰冻三尺

天山。

天山派大殿之上，华震南也在笑，他笑得很高兴，很真诚，但其他所有的人都没有笑。

秋弘毅没有笑，他微微颔首，眼睛看的是秋水剑，秋水剑正指着华震南。

白青岚没有笑，他皱起眉头，眼睛看的是天山，实际看到的却是慕容嫣。

明海也没有笑，他合十而立，眼睛看的是自己，因为他修的就是自己。

程天甲、木小灵、李空谷……所有的人都没有笑，却又都在想，于是大殿上就这样安静下来。

“咯咯……”突然，四周同时响起一串清脆悦耳的笑声，打破了天山此时的沉闷。一道优美缥缈的身影从天而降，静静地立在大殿的屋顶之上，身姿摇曳，面纱朦胧。

“你是何人？”华震南眼看一切都在按计划顺利进行，他可不希望此时节外生枝。

“小女子是花夫人。”这名女子看了华震南一眼，静静地说道。

听到花夫人这个名字，不仅是华震南，在场的所有人都有些不解。江湖中从来就没听过有这个名号的人物，就跟天弃子一样，仿佛凭空冒出来的一样。

但天弃子就是秋弘毅，这个花夫人又是谁？为什么现在出来？她来做什么？就好像江湖上所有稀奇古怪的事都在天山出现，一连串的疑问随着花夫人这个名字萦绕在众人心头。

“不知花夫人驾临我天山派有何贵干？”华震南并没有把这样一个顶级高手放在眼里，可他此时也并不着急，因为天山雪莲还没到盛开的时间。

“小女子素来别无他好，只对世间的名花异草颇有爱护之心。”花夫人虽然自称夫人，但她的声音却显得极为年轻，听起来让人倍觉舒服。

“如此雅趣，倒符合花夫人的身份。”华震南略带嘲讽地说道。心里不禁暗笑，原来也是为天山雪莲而来，却在此装神弄鬼。

“听闻天山雪莲乃天灵地宝之物，今日又将盛开，特来相会。”花夫人似乎没有理会华震南的嘲弄，依旧娓娓说道。

“此事容易，待今日过后，花夫人便可与我等一道登顶赏莲。”华震南接口道。

“只是我爱花心切，对天山雪莲更是满怀好奇之心。不如诸位在此静候，小女子就先行一步，好一睹天颜。”花夫人悦耳动听的声音刚刚说完，整个人便悠悠地飞升而起，向天山之巅缓缓飘去。

“放肆。”华震南没想到这个花夫人看似温婉动人，实则不是一个简单人物，竟然敢当着天山派和众人的面，独闯天山之巅。

更让华震南没有想到的是，花夫人看似缓慢的身法，却轻轻松松就避过了天山弟子的拦截。由此可见，花夫人应该是身法出众，才敢如此行事。

“诸位，事出突然，还请各位即刻与我天山派一道登顶，以免天山雪莲妄送小人之手。”事已至此，华震南也顾不得许多了，只得顺着形势把计划进行下去。

众人见事已至此，纷纷施展轻功，在天山派弟子的带领下向山巅赶去。

秋弘毅也赶了过去，因为秋弘毅觉得整件事情绝对没有这样简单，因为华震南这个人很不简单，心思缜密，独断专行，冷血无情，所以秋弘毅是一定会跟过去的。

“我们也赶紧去啊。”李空谷拉了拉明海，对木小灵说道。天山雪莲对精于毒药和医术的李空谷同样具有不可抗拒的诱惑。

木小灵好像没有听到李空谷的话一样，呆呆地看着天山山巅，不知道在想些什么。

“走吧。”白青岚说完便向山巅走去，青火背着黑铭剑紧紧跟着。

李空谷眼见白青岚都走了，抓起发呆的木小灵和身边的明海快速赶了过去。

“没人管我老头子啊。”一看身边都没人了，程天甲在后面嚷道。

“大长老，我们都……”丐帮的两位七袋长老在程天甲的白眼下，把后面的话硬生生吞了回去。

而华如松安排人手将华菁菁送回殿内后，也与华如峰一起一同率领天山弟子往山巅而去，毕竟他现在还是天山派掌派。

真正登临天山山巅，众人才知道华震南所说的“非高手不足以登顶，非绝世不可以采撷”所言非虚。随着海拔越来越高，天山的温度下降得极快，快接近山巅之时，人数已经不及之前的一半。

大部分未到顶级高手的江湖义士都退了回去，因为没有顶级高手的先天真气护体，很难抵挡这些寒气的侵入。

待来到山巅时，已经过去了半个多时辰。山巅上秋弘毅、九幽、地暝等早已经到了，无一不是江湖上的顶级或更高境界的高手。

青火跟着白青岚，木小灵和李空谷的旁边是明海，所以他们虽然境界不够，但没有遭遇什么危险，只是冻得够呛。

望着在山巅跺脚嚷嚷打哆嗦的程天甲，两位七袋长老默契地走向了远处。只是没过多久，又在程天甲的注视下走了回来。

让人感到奇怪的是，不足十丈方圆的山巅之上，竟没有看到花夫人的身影。只见华震南站在一个冰洞之前，面色沉重。

天山雪莲就在冰洞深处，那个花夫人可能已经进入冰洞。不过华震南却不担心，因为这几十年来，他就是在这冰洞里面生活和练功的。

“天山派听令，若无绝世境界或绝世高手庇护的，万万不可让其轻易进入。”华震南对天山派的这道命令，其实也是说给众人听的。

只是经过了之前的艰辛登山之后，没有人会对他这句话表示怀疑，因为从冰洞里逸散出来的寒气明显比山巅上的寒气还要寒冷。

“诸位，天山雪莲就在冰洞之中，还请几位绝世之人随我一同入内。明日若能采得雪莲，华某也绝不藏私。”华震南转身抱拳对江湖众人说道。

说完，华震南便率先走入了冰洞。白青岚和明海带着青火木小灵李空谷也走了进去，程天甲没让两位七袋长老跟着，独自走了过去。

秋弘毅自然是要进去的，而华震南自然是不会阻拦的。

九幽和地暝低声交谈之后，草原人的直觉让他们最终没有选择进去，但他们决定在这里等。剩下的大多数人都抱有这种打算，即使在外面等，也有得到天山雪莲的机会。

华如松和华如峰同样没有进去，天山雪莲现在对他们来说不是最重要的。他们要考虑的是这次事件传出去以后，天山派的未来将何去何从。

进入冰洞以后，严寒似乎超过了江湖众人的想象。洞内的冰层宛如水晶般晶莹剔透，而且坚不可摧。冰内没有一点杂质，每个人都能从冰层四周看见自己众多的身影。

而且冰洞内部又分成无数的小型冰洞，有的是通途，有的是死路。华震南带着白青岚等七人在冰洞内绕行了一炷香的时间，还没有抵达天山雪莲之所在。

渐渐地，冰洞中传来一股似有似无的淡淡的幽香，你可以感觉得到，但当你仔细去感应时，又突然消失不见。越往前走，这种感觉就越发强烈。

就在众人明显感觉到幽香的方位时，冰洞上方突然震动起来，一块巨冰从众人头顶落下。

一阵巨响之后，冰洞内的八人刚好被从中分开，华震南与白青岚、程天甲、秋弘毅在冰洞前方，而明海和木小灵、李空谷、青火却被巨冰挡住了道路。

青火本来是与白青岚在一起的，在巨冰掉落的瞬间被白青岚送到了明海身边。因为白青岚知道巨冰掉落时众人的位置其实是之前华震南领路领出来的。

自己和程天甲现在不能运功，秋弘毅与华震南有着死仇，所以他将青火送到后面。让白青岚意外的是，青火在白青岚出手的同时，已经把身上的黑铭剑送了进来。

望着身后的巨冰和手里的黑铭剑，白青岚发现自己和青火之间似乎早已超越了师徒的默契。

看到巨冰断了退路，程天甲这次没有嚷嚷，若有所思地沉默着。秋弘毅甚至没有回头，他的眼里只有华震南。

华震南也没有回头，他知道自己身后的三个人是谁。所以，他脸上的笑意不自觉地一闪而逝。随后，四个人继续向冰洞深处走去。

“怎么办？”木小灵急切地问道，由不得她不着急，面前的这块冰层连她的剑和李空谷的毒都留不下任何痕迹。

“和尚，你有什么办法吗？”到了此时，李空谷也隐隐感觉到有些地方不太对。

“万物成型，皆有法度。”明海回答道。

“你这和尚，这都什么时候了，你还……”李空谷话未说完，随即便反应了过来，“你是说冰洞形成的时候，不会只有一条通道吧？”

明海微笑不语。

“这世上果然还是和尚聪明。”李空谷赞美完，便和木小灵、青火一道拉着明海往回路寻找起来。

也不知道走了多久，明海四人顿觉眼前一亮，原来在这狭小弯曲的冰洞之中竟藏有一间九尺见方的冰室。冰室内有着简单的生活物品，想必就是华震南的隐居之所。

“既然这里是华震南的住处，想来离那天山雪莲不会太远。”木小灵这番话倒说得极对，李空谷也点头表示认可。

突然，明海伸出一只手，轻轻按在冰室内侧的冰层上。片刻之后，这块两尺见方大小的冰块便向内凹陷进去，冰室里面竟然还有密室，而且密室中还有一个人。

“你是谁？”木小灵询问的这个脸色苍白、面容极其瘦削的中年男子，正是刚刚从密室中救出的人。

“我是叶玄。”中年男子抬起头平静地说道，瘦削的脸上透着一股无法言喻的坚毅。

第十章 天人合一

在冰洞的最深处，是一个较为宽大的冰室，冰室中央竟然有一座冰池，冰池中竟还有水源，水源上方寒气氤氲浮动，缥缈不似人间。

如果有人走近一些就会发现，冰室中央的这座冰池并不是真的冰池，而是由一块巨大的寒玉制成，并且是世所罕见的千年寒玉。

也许只有千年寒玉这样的珍品才能在冰洞深处汇集水源，进而诞生出天山雪莲这种天地宝物。

此刻，一朵含苞欲放的天山雪莲浮现在玉池水面处，雪莲玲珑剔透，似冰似玉，寒气正不断从玉池四周被雪莲依次吸收。而花瓣内的脉络竟如人体经脉一般，肉眼可见寒气在花瓣之中来回运行，条条缕缕，清晰可见。

“老夫守护雪莲一生，只为今日。”虽然华震南无数次看过眼前的景象，但他望着天山雪莲的眼神还是充满火热之情。

“天才地宝，天地所生。”看着这等奇景，白青岚也不禁感叹道。

“不错。绝世高手虽然罕见，但人世间也有不少。可天山雪莲却百年难得一遇。”华震南回过头来，表情认真且凝重。

“可是你不仅遇到，而且还等到了。”白青岚平静地说道。

“正因为如此，我在这冰洞之内耗费了半百光阴。”华震南说到此处，想起这几十年的独居生活，颇为感慨。

“可惜的是，你却享用不起。”白青岚淡淡笑道。

“不愧是白青岚，果然瞒不过你。”华震南听得白青岚所说，心里虽然一怔，但随即又大笑道，“就算我已至绝世境界，可依然承受不起天山雪莲所蕴含的灵气。”

正因为如此，华震南才将天山雪莲盛开的消息昭告天下，就是希望有绝世高手能够前来。到时他便可联合他人之力，安全地吸收雪莲灵气。

只是让华震南没想到的是，绝世高手不仅来了，还来了一群。这样的结果让他先是欣慰，然后又犹豫起来。

因为天山雪莲的灵气虽然充沛，但也是有限的，多一个人分享他还可以考虑，如果多出几个人的话，他岂不是为他人作嫁衣?

直到他看到白青岚和程天甲时，终于想到了一个完美的计划。只要自己能够将他们的内力吸收到自己身上，加上这些年的准备，自己一人便可以吸收完整的天山雪莲的灵气。

到时候，必定一举突破绝世境界，真真正正地成为天下第一人。

“没想到，华震南是如此的歹毒阴险。”惯于用毒的李空谷还是第一次觉得有人比自己还“毒”。

当中年男子说出自己名字的时候，李空谷四人便被完完全全地震惊到了。从之前天山派大殿上他们都已知道，华如筝和叶玄当年都已经死了，那如今的这个叶玄又是谁呢?

世上也许不止一个叶玄，但跟天山派有关的却只有一个。而这脸色惨白、面容极其瘦削的中年男子正是当年华如筝的丈夫，也是如今秋弘毅的父亲。

原来，当年叶玄重伤倒地不起，华如松带着秋弘毅离开后，愤怒的华震南本想就地杀了叶玄。只是突然间，他想到了一个方法，一个惩罚叶玄同时又能提升自己的办法。

等到叶玄清醒过来的时候，他发现自己处在一个小小的冰室之中，身上的外伤部位也被上了药，而旁边正是他最痛恨的华震南。华震南只是跟叶玄说了一句：“你儿子还活着。”

然而，正是这句话让叶玄心甘情愿受了十多年的非人之苦，因为他想保住自己和华如筝唯一的孩子。

从那以后，叶玄就在这冰室之中苟且偷生，他每天都勤奋地修炼着华震南教他的一套功法——天寒诀，在冰洞深处将寒气转化为内力。

而华震南每隔一年半载便会从叶玄身上将这部分内力吸收殆尽，这也是华震南能够如此快速地达到绝世境界的原因。也正是如此，华震南的内力绝对高出同等境界的人，因为他的内力是两个人的。

“秋儿，他真的没事吗？”叶玄从李空谷他们口中得知之前大殿上的事情之后，忍不住喃喃问道。

自从叶玄知道秋弘毅这个名字，他就相信秋弘毅一定是自己的儿子，因为以前他给儿子取的名字是叶知秋，叶落知秋。

“至少目前还没事。”木小灵突然说道。不是木小灵冷心肠，而是她心里正在担心白青岚，她本就是一个情绪复杂的女子。

于是，李空谷又迅速地将之前冰洞内发生的事情说了一遍。

“秋儿他们很危险。”叶玄听完之后，尤其是在知道白青岚和程天甲都身中至毒之后，他立刻就明白华震南打的什么主意。

“和尚，你先去找，晚了就来不及了。”李空谷也知道事情的严重性，不由得催促明海，四人带着虚弱的叶玄在冰洞中急忙寻找起来。

“我要是不同意呢？”就算程天甲脾气再好，听到华震南竟然要向他“借”内力，马上就吹胡子瞪眼。更何况，程天甲的脾气本来就不好。

“白青岚，你以为如何？”华震南根本没有理会程天甲，转而向白青岚问道。

华震南是一个有城府的人，也是一个谨慎的人，自从他将白青岚三人带到这里以后，他就知道自己的计划一定会实现，因为两个绝世高手的内力足够他用来吸收天山雪莲的灵气了。

而华震南没有看出明海的内力深浅，他不想冒险，所以明海此刻还在外面的冰洞搜寻着。至于秋弘毅，在华震南眼里只是一个随手就能解决的麻烦而已。

“好主意。”白青岚淡淡笑道。

听到白青岚这样的回答，华震南笑得更高兴了。

程天甲也听到了，可他笑不出来，连白青岚都没有办法，自己难道还拒绝得了吗？

可是有一个人一定不会答应。

秋弘毅一直没有说过话，他知道自己不需要说话，只需要出剑就行了。

所以，华震南的计划他听没听到都一样。

所以，秋水剑这个时候跟着它的主人一起，仿佛从天而降，带着决绝的气势，向华震南迎面扑来。

在华震南的眼里，出现了无数的秋水剑，这些剑连在一起，就像一湖秋水，反射着日光和月辉，洒落在世界的每一处，当然也洒落在华震南的身上。

华震南不由得眯起了眼睛，将右掌向前伸去。整个冰洞的寒气都在此刻朝华震南汇集而来，就算是一湖秋水，在严寒的逼迫下水流也会逐渐变得缓慢，逐渐冷却，直至逐渐冰冻。

所以，秋水剑的剑影越来越少，而秋弘毅离华震南却越来越近。

当秋水剑在华震南掌心停下来的时候，秋水剑和秋弘毅就像经历了一场秋天的严霜，全都蒙上一层银色的冰晶。而华震南右手手心背面却隐约出现了一个红点。

华震南看着秋弘毅的眼睛里终于出现了一丝动容，他心里清楚，秋水剑和秋弘毅虽然伤不到他，但秋水剑那道凌厉的剑意却穿透寒气的封锁，钻入了他的掌心。

“没想到你还是一个剑术天才，可惜你的秋水剑意遇到的是天寒诀。”华震南收回手掌，望着逐渐冰封的秋弘毅冷冷地说道。

“水中有月，月下有海。”正在此时，明海的声音竟然从冰洞的冰层之中传了出来。这道秋水剑剑意不仅让华震南吃惊，也让搜寻中的明海找到了正确的方向。

“轰”的一声，冰洞一侧的冰层突然炸开，明海从中走了出来。

“苦叶收了一个好徒弟啊。”华震南看着明海说道。

明海双手合十，含笑而对，不言不语，不喜不怒。

华震南没有再说话，他向着明海伸出右掌，掌心处的一点殷红惊心而诡异。他要为明海受戒，受华震南的戒。

望着越来越大的那只手掌，明海还没有动。他不知道该怎么动，他可以借用人世间的力量，可是这里虽是人世间，这里却只有冰。

明海也可以运用寒气，可他没有。因为冰洞是华震南的世界，在这个世界，华震南就是这里的“天”。

“天”手如血，寒气逼人。

明海为了“修”自己也伸出自己的右手迎了上去。他不知道迎上去有什么用，但他还是这样做了，因为他心里就是这样想的。

想了就去做了，做了便会有结果。

两只同样白皙的右手就这样悄无声息地贴在了一起，明海不能动，华震南也动不了。

无数的寒气从华震南手中向明海冲去，而明海就像一个无底的深渊。两个人简单而又霸道地在等待，等待寒气断绝或深渊填满的那一刻。

明海知道这里是冰洞，寒气对华震南来说几乎是永无止境的，明海也知道华震南体内拥有的是两个人的内力。

可他是明海，他的心中是一片洁白无瑕的世界，就像此刻身处的冰洞一样。

看着全身已经冰冻的明海，华震南由开始的震惊转为平静。他自豪地笑了起来，没有人可以承受住自己如此众多的寒气，明海也不行。

于是，他转向白青岚和程天甲，再一次伸出自己的手掌。不同的是，这一次不是赐予，而是索取。

华震南右手伸向白青岚，左手伸向程天甲，轻轻贴在他们胸口，很快手掌边缘便在胸口处留下了一片霜花。

白青岚和程天甲都没有拒绝，他们无法拒绝。

“这就是天寒诀。”感受到自己的内力正源源不断地向华震南流去，白青岚平静地说道。

“不错，正是我天山派的镇派绝学。”华震南此时不仅平静，还很得意，所以他不介意有人跟他聊聊天。

“可惜现在变成了天人诀。”白青岚笑道。

白青岚说得极有道理，天寒诀是吸收寒冰的寒气来练功，而天人诀则是直接吸收他人的内力。一个靠勤奋吃苦得来，一个是损人利己的捷径。

“我功成之后，天山派的镇派绝学就叫天人诀。”华震南点头笑道，心里头还对白青岚的这个改动感到满意。

“那我要恭喜你了。”憋了一肚子气的程天甲，看到华震南如此模样，忍不住出言讥讽道。

“不仅要恭喜，还要感谢。”白青岚认真地说道，这让华震南和程天甲都不由得一怔。

“是要感谢，哈哈。”程天甲沉默片刻随即大笑道，而华震南则脸色大变。

华震南突然想起了一件事，一件很重要的事。白青岚和程天甲能够如此轻松地被他施展天寒诀，那是因为他们中了毒，还是天下至毒。

但华震南感觉到自己体内竟然有两种至毒存在的时候，脸色自然大变，而且变得极为难看。

关键的是华震南现在还不能停止，必须要等白青岚和程天甲的内力被吸收殆尽或者他自己达到圆满才行。

“啊。”华震南状若疯癫，额头上竟然出现了冷汗，可见他此时的心里是何等的急躁。

白青岚和程天甲此时也并不好受，内力的流失让他们各自的毒素进一步加剧，自身承受的痛楚也越来越重。

就在华震南准备强行运功中止天寒诀的时候，他扭曲的脸上突然出现一抹古怪的笑容。

“真是天助我也，天助我也。”华震南一片狂喜之色，看着白青岚和程天甲大笑道，“谁能想到，紫叶七星与红萼草这两种天下至毒竟能相互克制。”

原来当华震南心情惊骇之余，暗自运功准备停止天寒诀的时候，意外发现白青岚和程天甲的内力相遇之后，两种毒素竟然互相抵消了，虽然红萼草毒还残留一部分，但对华震南来说已经构不成威胁。

对于这样的结果，白青岚和程天甲也是万万没有想到的。

然而，华震南此时也万万没有想到，白青岚的手中不知何时多了一把剑，一把黑色的剑。

黑铭剑一直都在白青岚手里，只是包括白青岚自己都没有想到能挥出这把剑，华震南更加想不到。

一道黑色的剑光从白青岚和程天甲胸前划过，华震南没有犹豫，迅速地收回了双手。因为他没有信心用手去接白青岚的剑，更因为他体内的内力已经圆满。

“你就不怕红萼草毒反噬？”华震南大局在握，看着白青岚说道。

“既然你都没事，我自然也不会有事。”白青岚淡笑地答道。

看到白青岚神情如常，华震南立即就明白过来。既然紫叶七星毒和红萼草毒能够相互克制，那么华震南没事，白青岚和程天甲也可以没事。

“你把内力传给了白青岚。”华震南看着一旁脸色暗淡，萎靡不振的程天甲说道。

“传给白青岚总好过被你拿走。”程天甲虚弱地说道。

“我境界和内力都已圆满，凭你们两人如何与我抗衡？”华震南大笑道。

“不是两人，而是四人。”白青岚的话让华震南又是一惊。

只见冰封之中的明海睁开眼睛后，随着他的双手再次合十，全身的冰霜顿时消失得无影无踪。

而秋弘毅手中的秋水剑在空中透出一丝细微的震动，这份震动越来越快，越来越响，直到秋弘毅连人带剑从一声犀利的剑鸣声中破冰而出。

“四人又如何？绝世高手又如何？天下为敌又能如何？”华震南看着白青岚四人，没有一丝担心。他此刻的实力绝对是有生以来最强大的时刻，也是当今江湖最强大的。

所以华震南出手了，他必须要出手。

因为白青岚，秋弘毅，明海已经出手，三个人没有说话，没有犹豫，没有生死，只有一份绝对至极的默契。

一抹黑色的剑光，让华震南心中莫名惊骇。

一汪如泓的秋水，自华震南背后磅礴升起。

一只白色的手掌，向着华震南飘然而至。

华震南的眼中无比凝重，他的心中无比镇定，他的出手无比坚决。他最先迎向明海的手掌，他要从明海处完成突破。

因为之前明海已承受不起他的寒气，更何况自己此时的内力又已经大圆满。所以，华震南无比自信。

两只同样白皙的右手再一次悄无声息地贴在了一起，一如之前。

华震南笑了，明海也笑了。

但是，华震南笑不出来了。

明海的内力比不过华震南，之前比不过，现在更比不过，所以明海这次没有去承受。

他只是“回赠”，将华震南之前输送过来的寒气完完整整地送回给华震南。因为明海修的是自己，不施舍，不索取。

而华震南此时却真的害怕了，因为他太圆满。

月满则亏，物极必反。

华震南体内此刻正是太圆满，他可以保持不动，可以输出伤人，但就是不能够再去吸收，无论是内力还是寒气。

所以当他发现明海的意图时，他本可以凭借更高深的内力拒绝甚至发起反击，可是华震南这个时候悲哀地发现，自己竟然拒绝不了。因为他的右手掌心处有一个小小的红点，明海正是通过这个红点将寒气灌输进来。

这个红点正是先前秋弘毅的秋水剑意留下的。

想清楚这一切后，华震南竟然笑了，笑得很无奈。因为他马上就要消散，如同烟花一样消散在这个天地之间，什么都不会留下。

但他终究没有消散，因为黑铭剑和秋水剑先后而至。两道绝世剑意粉碎了华震南体内的所有生机，就像那天北风镇天山客栈内的落叶一样。

华震南只感到体内充盈欲爆的内力随着两道剑意流散而出，连同一起流散的还有他的欲望和生命。

就在这个时候，冰洞玉池内的天山雪莲散发出一股奇异的幽香，层层莲瓣在华震南眼里自内而外地扩散开来。

当白青岚他们从冰洞出来的时候，山巅之上的江湖人士竟然全部倒在地上，无一例外，包括九幽、地暝、华如松、华如峰。

“放心吧，他们都没有死。”一道温婉动人的声音传来，一个轻纱掩面的女子正站在山巅边缘。正是之前出现过的花夫人。

“你在等我们？”白青岚看着花夫人问道。

“对，也不对。”花夫人笑道。

“为了天山雪莲？”白青岚不由得皱起了眉头，他还没有弄懂花夫人话里的意思。

“是，也不是。”花夫人继续笑道。

“还望明言。”白青岚不知道花夫人到底要做什么，但是他知道既然她没走，就一定会说明白。

“我要你做一件事。”花夫人的声音变得很轻缓。

“什么事？”白青岚问道。

“我要你下天山后，带着天山雪莲来找我。”花夫人的声音又变得有些冷。

“为何找你？”白青岚继续问道。

“跟我换一个人。”花夫人又恢复了温婉动人的声音。

“谁？”白青岚这个时候已经准备出手了，因为这个世上能够让他去交换的人不多。

“古重山。”可是花夫人没有给他这个机会，说完古重山三个字，便从山巅落了下去，只留下一个飘然若仙的背影。

第三卷　花夫人

第一章　海棠无香

天山客栈内，九幽、地暝两位猎人王这个时候显得很愤怒，很无奈。他们此刻最想做的事情就是赶紧回到阿兰草原。

至于天山雪莲，对他们来说再也不是一件充满诱惑的宝物，而是他们这段时间遭遇不幸的罪魁祸首，就像被他们桌子旁边坐着的这位女子“放倒了”。

从天山雪莲传出消息开始，在草原上地位尊崇的两位猎人王竟然没有赢过一次。先是遇到了天弃子（即秋弘毅），然后对上了白青岚、明海，到了天山连天山雪莲何等模样都没见过，便被神秘的花夫人放倒了。

他们现在很疑惑，本以为自己兄弟两个这次栽了大跟斗，下得天山来喝点酒可以消解一下。可她带来的无妄之灾，岂能那么容易挥之即去。

这个年轻貌美、风姿绰约的女子走进客栈后，便朝他们这桌走来，让他们甚至还没来得及吃一口菜，喝一口酒。

此刻，桌子上的菜香和酒香正徐徐飘荡开来，可是他们没有时间，也没有心思，更没有胆量去享受。

因为眼前这个女子从客栈门口走到他们身边时，包括铁达尔在内的五个猎人都已经不能动了。他们现在知道了这个女子叫海棠，海棠花的海棠。

海棠没有看他们，她看的是白青岚那一桌。现在，江湖上知道天山雪莲在白青岚身上的人不多，但知道的人里面不包括天山客栈里的这些人。海棠既然来到这里，她必然也是知道的。

“你们还不走？”海棠看的是白青岚，这话却是对九幽和地暝说的。

“我们为什么要走？”虽然心里知道海棠这个女子非常不简单，但是地暝还是忍不住问道。

“你说呢？”这个时候，海棠回过头来，却向九幽反问道。

九幽这个时候发现自己竟然有些不自然，他知道海棠应该还没有恶意，至少目前没有，否则铁达尔五人此刻应该不只是不能动，而是不能呼吸了。

可是他也不明白海棠为什么要赶他们走，在众目睽睽之下丢面子是小，未知的疑惑更让人心中惊疑不定。他的成名暗器九幽夺命针就在手里攥着，针尖正刺痛着他的肌肤。

可是九幽不敢动手，他没有一点儿把握，甚至比面对白青岚身边那个奇怪的车夫还没把握。

“走。”吐出这个字的时候，九幽轻舒一口气的同时，从凳子上转身而起，头也不回地向客栈外走去。见到九幽如此，地暝没有再多说什么，只是死死地盯着海棠。

海棠拿起桌子上的酒壶，给自己倒了满满的一杯酒。在倒酒的同时，她左手手指从倾泻而下的酒水中弹了五下，铁达尔五人便恢复如初。

地暝也站起身来，向客栈外走去，离去之时还特地看了白青岚一眼。铁达尔五人跟在地暝身后依次而出，脸上满是惊疑不定。

海棠举起酒杯，遥遥地看着白青岚那一桌。看到木小灵和李空谷也正看着她，不由得轻轻一笑，端起酒杯一饮而尽。

白青岚端起酒杯回了一杯，而木小灵在喝完之后显得有些愤愤不平，青火则在海棠和木小灵之间来回观望，然后也拿起面前的酒杯舔了一小口。

李空谷以袖掩面，拿起酒杯慢慢地啜饮。她不是真的饮酒，她要让海棠看着她饮酒。如果有人在李空谷身后会发现，酒水并没有流进李空谷的嘴里，而是凭空消失了。

明海突然也朝面前的酒杯伸出手去，明海从来不喝酒。所以他面前的酒杯没有酒，他只是碰了一下酒杯。

酒杯便在李空谷身前停了下来，李空谷放下袖子的时候，面色闪过一丝苍白，随即恢复如初笑道：“看来妹妹敬的这杯酒，不合海棠姐姐的胃口呀。”

此刻停在李空谷桌子前面的酒杯中不知何时已经装满了酒，一杯清澈剔透，散发着淡淡醇香的毒酒，正是之前李空谷暗中洒出的。

“酒是好酒，人也是美人，只是向来只有我敬别人酒，还不习惯别人向我敬酒。”海棠轻笑道。

“海棠姐姐的口气如此大气，必是不凡之人。”李空谷继续说道。

“凡与不凡，又能如何，只是我行事惯了而已。不过，就凭妹妹刚才那份融毒于酒的手法，我倒要回敬一杯。”

只见海棠又倒了一杯酒，左手一松，酒杯便慢悠悠地向着李空谷飞去。

这次明海竟然合十了双手，白青岚更是自顾自地倒起酒来。因为他们身后站着的还有一个人，准确一点来说是两个人。

这样的机会，也让身为暗器宗师的桃花（寿桃和童花，实际上只有童花才是暗器宗师）心中顿时一喜，除了上次刚进北风镇的时候跟九幽暗中交过一次手，童花就再也没有机会出手。

所以这次童花真的可以动手了，海棠送出的酒杯飞来得很慢，慢悠悠地向李空谷飘去，看起来是很普通、很平常的暗器手法。

但在暗器宗师眼里，有时候慢比快更加难以对付，也更加危险。

童花这次没有用马鞭，面对酒杯这样的性情之物，马鞭简直太野蛮，太煞风景。她决定要用她的本命暗器，也只有桃花才配得上酒杯，更主要的是如果不尽全力的话，她也没有把握取胜。

于是，一朵鲜艳如火的桃花在这秋风萧瑟的北国，在这气氛诡异的客栈里，就这样毫无征兆地绽放开来。向着李空谷身前，向着那个代表两个无情女子的酒杯飘去。

桃花夭夭，酒杯还是一如既往的玲珑。

不偏不倚，宛如一块琥珀砸进了桃花的世界。一时间，花瓣从撞击处迸散开来，一声清脆的声响让整个客栈竟为之一震。

“好深厚的内力。”看到这里，木小灵不禁脱口而出道。

的确，海棠的酒杯虽然将童花的桃花撞散了，可酒杯看起来并没有受到任何的损伤，继续向着李空谷飞去，还是那样的慢，那样的稳，甚至这一道空中的弧线透着一股优美的味道。

可惜的是，木小灵只看到了大家看到的。

白青岚和明海对视了一眼，眼中都升起一股赞赏。因为海棠的内力不仅深厚，而且可怕。

酒杯也许是好酒之人心目中的圣物，可酒杯用来当暗器的话就一定不是一个圣物。至少酒杯也是会破的，而与桃花撞击后的酒杯，不仅破了，而且碎了。

青白瓷的酒杯碎成了无数的碎片，但是这些碎片没有像桃花那样散成花瓣。因为它散不出桃花那样的美丽，更因为海棠不让它碎成碎片。

一个本应碎裂无数的酒杯，就在海棠极其可怕的内力控制下，依旧维持了原来的形状去完成它的使命。

桃花的使命也没有结束，那些迸散的花瓣并没有落在冰冷的地上，而是在空中回旋之后再一次向酒杯扑来。

杯中有酒，酒中有水。花落水流红。

童花不知道花落之后，水会不会流红，甚至她连花落之后还有没有水都不知道。

所以她不敢冒险再次用花瓣去攻击酒杯，因为海棠的内力之深厚让童花对自己的暗器感到了怀疑。但是她依旧充满信心，她要拥抱这一杯清酒。

四散的花瓣向着酒杯轻轻靠拢，一瓣接一瓣地汇集在酒杯杯底，将酒杯承托成一个莲蓬一般，而桃花此时却不再像桃花，倒像是酒杯底下的一个莲座。

这个模样怪异的莲座酒杯依旧向前飘去，只是越飘越慢，最后静静地停在了李空谷面前。

李空谷轻轻地端起酒杯，一饮而尽，看着海棠微微一笑。她这次没有掩面，因为李空谷相信这个世上除了三大至毒，还没有东西能毒得倒她。

“中原桃花，名不虚传。”海棠看着再一次退回后面的桃花，欣赏地说道。

“海棠姑娘的内力更是世所罕见。”白青岚此刻看着海棠说道，他觉得这个海棠必定是找到花夫人的关键。

自天山山巅一战后，天山派对天山雪莲归属白青岚并无二话，而秋弘毅因叶玄的缘故也将留在天山一段时间。白青岚等人便告辞下山，古重山的下落让他很担心。

“若他人如此说也就罢了，可你白青岚却是说不得此话。”海棠看着白青岚，似笑非笑地说道。

“既然海棠姑娘消息如此灵通，能否告知在下一件事？”白青岚笑道。

天山冰洞内程天甲为了与白青岚摆脱困境，不惜将自身内力灌输给白青岚，后来程天甲的毒是差不多好了，可内力也所剩无几。除了被华震南吸取的以外，大部分都留在了白青岚体内。

不过程天甲老爷子倒也看得开，留给白青岚总比被华震南抢去要好得多，况且自己因祸得福，去除了体内至毒，倒也没有如何感伤。下山之后不久，便与两位七袋长老一起回中原了。

但是知道冰洞详情的人目前来说是屈指可数，所以白青岚对海棠这句意有所指的话不由得重视起来。至少可以肯定海棠对天山山巅的事情定然知道不少。

“你要问的事情我不一定知道，就算知道也不一定要告诉你。”海棠依旧轻笑道。

“我要找花夫人。”白青岚没有再兜圈子，直接说道。

海棠听到这句话，轻轻一招手，将李空谷身前那杯明海接下的毒酒拿到手中，轻轻说道：“我可以带你去，但是我有两个条件。”

“请讲。”白青岚也想弄清楚这个海棠与花夫人之间究竟有什么关系。

“我还有两个姐妹，你要帮我找到她们。”海棠看着白青岚点头认可，继续说道，“这是第二个条件。”

“那第一个条件呢？”木小灵不由得问道。

“第一个条件就是你们能够活着回到中原。”海棠说完，微笑地看着白青岚，将手里的那杯毒酒一饮而尽。

第二章　相见时难

离北风镇十多里外的地方，已经非常接近阿兰草原了，甚至都可以看到阿兰草原边缘那葱茏的墨绿色百草。

风景诱人的地方往往是人迹罕至的。这里也是一样，除了赶路的江湖人士或者货商偶尔会驻足外，绝对不会有人愿意在此长期逗留。

可是现在这个地方却聚集了很多人，还有很多匹马，他们有一个共同的名字叫阴山铁骑。只是现在这些铁骑都显得有些疲惫，但仔细观察你会发现，骑兵的脸上却有着一些兴奋和惶恐。

沈梦南的脸上没有兴奋，也没有惶恐，自然也不会有疲惫。可是他的身上却有着无数的伤口，是剑伤。

此刻的沈梦南虽说不上狼狈，但他心里确实有些恼怒，一万阴山铁骑硬是被古枫和段天涯两人在大北河堵了整整七天。

如果自己能够打败段天涯，如果古枫不能轰碎大北河河面的冰层，如果是在宽阔的平原地区，自己早就应该抵达这里了。

可是没有如果，所以沈梦南对自己很恼怒。但赵怀安没有，他看着站在自己面前浑身是伤的沈梦南，没有生气，更没有责备。

“现在来得也不晚。”赵怀安平静地说道。

“我可以来得更早。”沈梦南认真地回道。

赵怀安笑了笑，闭上了眼睛，没有再说什么。

此刻的赵怀安正躺在一张兽皮制成的躺椅之中，自从张远回来禀报说沈梦南被古枫和段天涯阻击的消息后，赵怀安就知道沈梦南不可能按时赶来，因为那两个人出身古剑门。

“难道古剑门的人都是这么难缠的吗？”赵怀安在心里暗暗地盘算道，随即又摇了摇头，他不愿想这些没有用的问题。

赵怀安唯一可以肯定的是沈梦南一定会来，这就足够了。更何况现在的情况也不算太差，天山雪莲到了白青岚手里总比留在天山要好得多。

他敢从白青岚手里抢东西，就像当日去抓青火一样，不论成败他都不会后悔。之所以他不敢真的从天山派手里抢东西，是因为宫里的那个女人，那个可以动摇大宋根基的女人。

“传令下去，所有骑兵列队集合。”赵怀安说这句话的时候，眼睛依然没有睁开。他知道这次是得到天山雪莲的最佳机会。

“是。”张远知道这句话是对他说的，所以他听后便传令去了。

“若事不可为，你要活着回来见我。”赵怀安依旧闭眼轻声说道。

“谢王爷。”沈梦南听得此话，不由心里一震，抱拳回答道。

与此同时，白青岚他们也终于启程了，他们要回到中原去。海棠告诉他们，她的两个姐妹都在中原，而花夫人也在中原。

白青岚丝毫没有怀疑海棠说的话，因为她叫海棠，海棠花的海棠。

“你就这么相信她？”木小灵看着跟他们一同上路的海棠，对白青岚问道。

自从第一眼看到海棠开始，木小灵就觉得自己对海棠充满了一种说不清道不明的敌意。在她看来，海棠对她的感觉应该也是一样的，这是一种女人之间的直觉。

“我不相信她，但我相信海棠。”白青岚淡淡笑道，因为他知道，只要海棠是花就够了。

“你怎么说话跟明海一样，问了也白问。”木小灵听到白青岚这样的回答很不满意，可她知道白青岚的习惯，问不到也就不问了。

看了不远处的明海一眼，发现明海依旧不温不火，默默地赶路，看着那颗纹丝不动的光头，木小灵也收回了询问明海的念头。

四下里瞟了一圈，木小灵还是把主意打到了李空谷的头上，于是她悄悄贴上去轻轻问道："空谷姐姐，你倒是说句话啊。"

"咯咯，小灵妹妹，你想听什么话？"李空谷看着木小灵的样子不由得笑道。

"实话。"木小灵看着李空谷的眼睛认真说道。

"一个敢喝我毒酒还能安然无恙的人，我想不相信她都难。"李空谷这个时候也很认真地回道。

听到李空谷这样说，木小灵也不再说话。她只是侧过脸去看了看海棠，海棠一直与他们保持着一定的距离，不远不近，但感觉又是若即若离。

看着海棠收敛笑容后的冷傲样子，木小灵甚至产生了一种错觉。这种错觉让她想起了慕容嫣，那个对她影响至深的女人。

慕容嫣这三个字虽然代表了木小灵内心的追求，此刻却又让她的心纷乱起来。她想起了自己的任务，或许这几天便是自己在白青岚身边的最后日子了吧。

她抬起头看了看白青岚，又看了看青火，眼里划过一丝满足和难过。却丝毫没有看到自己眼前出现了一片黑色的铁骑，就像草原上出现在天空尽头的乌云一样。

看着眼前整齐划一的阴山铁骑，白青岚欣赏地点了点头，大宋真正的戍边之师的确是当今世上最强大的军事力量之一。

白青岚一点也不感到意外，就算没有获得天山雪莲，自己想要如此轻松地离天山而去，这本身就是一件不可能发生的事情，因为他是白青岚。

只是白青岚没有想到有人会利用戍边之师卷进江湖的争斗之中，但是现在有人的确这么做了。那么这个人不是真正的江湖人，而是一个实实在在的朝廷的人。

整个大宋敢这么做的，又能这么做的只有一个人，那就是赵怀安。

白青岚看了看身边的青火，天山雪莲就在青火的包袱里。既然赵怀安这么急切地想得到天山雪莲，那么白青岚就不会让他如愿，为了青火……

“你是朝廷的人？”木小灵面对眼前的景象回过神来，不假思索地就想到了海棠。

“你若是说朝廷有我的人，我倒可以接受。”看着木小灵一副质问的样子，海棠也故意笑道。

“不用狡辩，你在客栈里最后说的那句话就是证据。”木小灵死死地盯着海棠，她心里认定海棠就是这一切的主谋。

“我只是好意提醒你们，如果你们连这一关都过不去，还有什么资格去找花夫人？”海棠此时也冷笑道。

木小灵本是聪明之人，听到海棠如此说法，顿时也反应过来。只是她一时之间既为自己刚才的鲁莽感到有些羞愧，又为自己最近的心乱感到懊恼，不由得重重地哼了一声，转头不再与海棠纠缠。

离白青岚他们不远处的树丛里面，段天涯和古枫正饶有兴趣地看着这一幕。他们两个此时脸色都有些苍白，连续七天与铁骑鏖战到现在，便是绝世高手的他们也感到身心俱疲。

他们拖到了现在，看到白青岚出现在这里，他们就感到很欣慰。

当段天涯和古枫出现在身前的时候，白青岚波澜不惊的脸上也不禁流露出浓浓的敬佩之情。尤其是看到段天涯全身上下无数的伤口和古枫破损的白袍时，白青岚不由地说道：“枫师弟，段师弟，你们辛苦了。”

“枫师兄这次可真是吃了苦头，我倒很习惯。不过，让人最难过的就是没有酒喝。”段天涯笑道，全不在意浑身的伤势。

古枫站在一旁微笑不语，虽然身上那件白袍早已千疮百孔，可此时的古枫依然看起来风度翩翩，丝毫不见狼狈之色。

“和尚真是厉害啊！”段天涯看见站在一旁的明海，忍不住称赞道。

明海微微点头，没有言语。反倒是旁边的李空谷看到古枫和段天涯时，面上露出一丝得意之色，笑问道：“喝酒容易，我这里就有不少好酒，不知道两位敢不敢喝？”

“只要是酒就一定要喝。”段天涯毫不犹豫地答道。

“不错，段师弟此言正合我意。”古枫也答道。

“而且要一起喝。”白青岚也接口道，说完与古枫、段天涯三人一起相视一笑。身旁的青火也自顾自地重重点了一下头。

看到这一幕，李空谷顿时撇了撇嘴，不再理会这三人。

“只要诸位能够交出天山雪莲，沈某便可提供足够的美酒，与各位一醉方休，也能免去一场干戈。”正在此时，位列铁骑前方的沈梦南认真地说道。

沈梦南虽然位列朝廷内廷大都统，但对江湖侠义一直心有认同，今日见得“古门三剑”聚首，不由得升起一股惺惺相惜之情，心中着实不忍与他们以剑分生死。

“哈哈，你这话可就说得不对。”未等白青岚等答话，海棠便笑道。

“不知阁下何人？”沈梦南第一眼看到海棠时，便觉察此女绝不简单。此刻见她接过话去，也趁机打探。

“我是何人不是你能够打听的。”海棠依旧笑着，口气却毫不客气。

“既然姑娘不愿告知，倒是沈某唐突。只是姑娘认为沈某之前的话语不对，在下愿闻其详。”沈梦南微微一笑道。他身为朝廷内廷大都统，自有一番风姿气度。

“天山雪莲只属白青岚。此为其一。”海棠笑吟吟地说道，声音清脆动听，竟使人忘记了此刻的紧张气氛。沈梦南点头表示认可，继续听海棠说下去。

“铁骑到此，必有干戈。此为其二。”海棠继续说道。

听到这里，沈梦南先是一怔，然后又点了点头。他也知道，赵怀安既然调动了阴山铁骑，生死就已经不是他说了算了。

“生死未知，酒从何来？此为其三。”海棠微笑着说完这三点，却让沈梦南的神情变得逐渐凝重起来。

“不错。”沈梦南知道海棠最后一点说的是他，如果自己和这一万铁骑都死了，美酒有或没有就不再重要了。

第三章　离离原上

北风卷地百草折。

强烈的北风从天山之上呼啸而来，吹得白青岚等人的衣服猎猎作响，吹起木小灵等众女的青丝缠绵悱恻，直到吹进不远处的阿兰草原依旧没有尽头。

整座草原上的百草齐齐地向南方伏下，又立起，一波波一浪浪，层层叠叠连绵不绝，宛如浪潮般将此地点缀得波澜壮阔。

但是在这般壮阔之中，一队队黑色的铁骑依然静静伫立，无声的冰冷更胜北风的严寒，更不要说其中交杂着一股冷冽的肃杀之气。

沈梦南知道这一战不可避免，自从海棠的话一说完，他就知道。可他依旧很有信心，因为这里是平原，是阴山铁骑的天下。

整整一万的阴山铁骑完美无瑕，他们丝毫没有被之前的大北河之战所牵绊，脸上充满了浓浓战意和无限荣光。现在，他们回到了属于自己的世界，他们要夺回属于铁骑的荣誉。

古枫和段天涯此时也凝重起来，他们深深知道铁骑的冲击力是何等的可怕。尤其是在现在这样的地形，就算是面对第一次冲锋，他们也没有信心可以挡得下来。

木小灵眼里反而燃起了一股异样的战意，仿佛自己看到的这些铁骑是那样的亲切。她想到或许有一天慕容嫣也会跨着战马，带着自己一同在真正的疆场驰骋厮杀。

李空谷好像有点发蒙，不知道是因为面前的场景还是眼前的那颗光头。自从看到明海站到了自己的身前，李空谷便知道自己什么都不需要做了，但是自己却又必须要去做。

青火已经把黑铭剑从背上取了下来，他的眼里只有前面的铁骑和手中的剑鞘，却丝毫没有在乎包袱里的天山雪莲。因为先生说过：无论什么时候，你都要相信自己手里的剑。

白青岚此刻却看着海棠，因为他发现海棠正极为缓慢地向沈梦南和他的铁骑飘去。

是的，是飘去，而不是走去。

所有人这个时候都被这怪异的身法震惊了，包括沈梦南。他看着海棠就这样静静地向他飘来，从他身边飘过，进而飘进自己身后的铁骑当中。

这一刻，沈梦南感觉到生命仿佛已经不属于自己。

沈梦南没有动，他身后的阴山铁骑也没有动。海棠就这样静静地从他们之间飘过，渐行渐远，直到消失在阿兰草原边缘才有一个清脆的声音传来："白青岚，有命再见。"

海棠的这句话就像一颗石子投进湖中，打破了一切平静。然后所有人都意识到了，一切才刚刚开始。

白青岚静静地看着海棠离去，他知道这个女人刚才的举动是针对自己的。如果现在自己能够追赶上去，或许就可以知道关于花夫人的消息。

以一己之力抵挡一万铁骑，这是多么霸道的想法，这要多么强大的自信。

白青岚不自觉地笑了笑，他伸了伸手，黑铭剑便到了手中。因为他从来不是一个人，他要和所有人一起从这冰冷的黑色铁流中潇洒离去。

看着黑铭剑从自己手中轻盈灵动地离去，青火眼里露出兴奋的神情。每一次先生出剑，都让青火为之陶醉，让他想象将来的自己也该如此才是。

沈梦南看着白青岚手中的黑铭剑，心中确认了天山上流传白青岚恢复绝世境界的话绝不是虚传。正因如此，他更要与之一战，他想一睹那绝世一剑的风采。

于是，沈梦南退入铁骑当中。他更擅长的是军事指挥，他要做的便是指挥这一万铁骑去取得胜利，不管对手是谁。

随着沈梦南消失在茫茫铁骑洪流之中，整个阴山铁骑也慢慢发生了变化。与白青岚他们对峙的前排铁骑纹丝不动，而后排的却在悄然后退。

后退不是撤退，而是为了更好地进攻。所以他们一退再退，一直退，直到后排铁骑停止的时候，冲锋也就摆在了眼前。

阵阵亢奋的嘶鸣声从铁骑队列后方不断传来，声音由远及近，待到前排铁骑向左右两旁散开之后，甚至可以听见战马口鼻之间喷涌而出的呼吸声。

领骑的骑兵眼神与大北河之战的那位领骑的眼神如出一辙，或许领骑这个位置便是一种荣耀，任何一名骑兵只要成了领骑自然便有了一种视死如归的精神。

古枫发现这名领骑的眼神一直盯着自己，甚至让他相信就算此时砍下这名骑兵的脑袋，他的眼神也不会偏离分毫。不仅是古枫，而且是包括白青岚在内的所有人都被这样的眼神所锁定。

因为领骑的骑兵不再是大北河时的一名，而是数十名，每一名领骑身后又跟着同样的一队骑兵，一队绝尘，远远望去就像数十根快速奔袭的巨型铁枪。

铁枪正是阴山铁骑的兵器。

一名领骑提起蓄满气势的铁枪，冷静而准确地向着正面而立的白青岚刺了过去，眼神与其他的领骑并无区别。可是很快他就发现，原来还是有区别的。

因为就在铁枪将要刺出的刹那，他发现自己的胸口前竟然出现了一把剑，一把黑色的剑，比铁枪更黑更冷。这是白青岚刺出的一剑。

剑也是可以用来刺的，而且刺得还如此的淋漓尽致。

领骑并没有因为受到如此淋漓尽致的一剑而有所惊慌，他甚至连躲避的动作都没有做。

因为他知道就算自己被这一剑刺死，后面的骑兵就是领骑，只要这一剑剑势去尽，无数的铁枪便会接踵而至。

可是事实再一次让他感到吃惊起来，他感到自己整个人被一股强大至极的气流带离了马背，这股气流竟然比自己以前在阴山山巅所面临的山风还要强烈数倍。

所以，这名领骑领略到了一生当中很难见到的场景。

他看到自己的战马如利箭般蹿了出去，而自己的后背沉重至极地撞在一块冰冷的金属之上，接触的刹那他便知道那是阴山铁骑穿着的铁甲。

于是，他震惊了。就在这极度的震惊当中，他的身体依旧向后飞去，一次次的撞击已经让他感到麻木。只是撞击之后传来的冲击逐渐减小，直到最终停止下来。

奇怪的是，黑色的剑尖并没有刺进他的胸口，依然停留在他的胸前。可是四周围除了他自己和他身后的那些兄弟，已经再也没有别人的身影。

这一剑硬生生将他们一队骑兵从冲锋的阵形中脱离了出来，数十名骑兵跌落在地上，而他们的战马此刻却在前方远处等待着自己的主人。

领骑抬起头，在他茫然的眼神中，白青岚清晰的脸庞逐渐模糊，就像传说中的天山雪莲让他感到高不可攀般的神秘。

白青岚转身退了回去，他的剑与秋弘毅的剑不同之处就在于，秋弘毅的剑意决绝至极，毫无生机。而他的剑意却充满了生机。

所以寿桃没有死，佘余也没有死，领骑和他的兄弟也没有死。

沈梦南在阵形之中远远地看着这一切，他从来没想过白青岚会这样豪气而柔情地应对铁骑的冲锋。他的心中升起敬意的同时，有一股争胜的信念油然而生。

阵旗挥动之下，原来前排分散左右的骑兵再一次聚集成形，而原本后排冲锋过后的骑兵也调转马头，将白青岚等人夹在中间。这是骑兵作战当中的一种杀招，名曰：绞阵。

地面震动，尘土飞扬，铁枪冷冷，马嘶阵阵。前后数十队骑兵再一次交错冲锋而过，而白青岚等人依旧安然无恙。

沈梦南的脸上看不出任何的失望和浮躁，他知道被围的那些人中，除了白青岚还有一个明海。只要攻不破一前一后的白青岚和明海，铁骑的冲锋对他们就不会造成任何实质上的伤害。

所以，沈梦南只要不断地指挥骑兵发动冲锋就行了。白青岚和明海只有两个人，内力也会越来越少，而阴山铁骑有一万名。

朝廷的强大不只是兵强，更是人多。

白青岚也知道这一点，他看了明海一眼，明海微微点头。于是白青岚纵身而起，黑压压的阴山铁骑就成了白青岚眼底下的风景。

沈梦南抬头看到白青岚的时候就已经后悔了，如果他不去看白青岚，或许一时半会儿白青岚还找不到他。那么他还有机会攻破明海一人的防守，可是现在是他要防守了。

沈梦南看着从天而降的白青岚，从马背上一跃而起，拔出了自己的明月剑，向白青岚迎了过去。

沈梦南是一名统领，更是一名剑客。

能与当世最强大的剑客交手，沈梦南没有任何犹豫。他手中的明月剑发出一道耀眼的光芒，伴随着这道光芒一起的还有无数的黑色铁枪。

白青岚轻轻挥出了一剑，这次没有用刺，挥剑表示对沈梦南出剑的认可。

剑光就像是一道黑色的闪电从天空划过，那些黑色的铁枪在这道剑光面前仿佛失去了原有的颜色，银白色的光点不断从天空落下，那都是铁枪断裂后的截面。

明月依旧是明月，可是明月以外世界全部是黑色的。这个世界是那样的纯粹和清澈，就跟自己眼前这个男人的眸子一样。

沈梦南望着自己面前的白青岚，不言不语，他知道自己败了。不仅是剑法上败了，而且争夺天山雪莲的归属也败了。

“如果以命相搏，他们也走不了。”沈梦南指的是木小灵他们。

“我可以杀人，他可以救人。”白青岚看了明海一眼说道，然后转身从铁骑之中往回走去，只剩下身后的沈梦南和他的明月剑。

望着白青岚等人的身影渐渐进入阿兰草原，直至消失在那无边无际的百草丛中，沈梦南依然没有动。

江湖事，江湖了。

这句话或许才是江湖的真正含义，沈梦南挥了挥手，上万阴山铁骑沿原路疾驰而去，像一片黑色的云彩。

第四章　白露为霜

清晨的阿兰草原，薄雾轻笼，白露为霜。

八匹健壮的骏马正在肆意地奔跑，对它们来说，战场或许早已经是它们熟悉的场所，但草原依旧是心中永远的故乡。

这八匹骏马正是原属阴山铁骑的战马，一匹拉着马车，所有马匹身上再也看不到原先黑色的铁甲，可这些马儿反而显得更加温顺起来。

木小灵坐在马背上，轻抚着马儿那柔软温暖的鬃毛，心里无限惆怅，她多么想像马儿一样可以在阿兰草原尽情地奔跑下去。

可是她不能，因为她是牡丹信使，是慕容嫣的手下。更因为自己已经没有退路了。而此刻在木小灵眼前，真的已经没有路了。

所有的人和马儿都停了下来，在无边无际的阿兰草原之中，白青岚他们就像一棵野草或是一块泥土，渺小而微不足道。

但九幽和地暝从来没有这样想过，哪怕这里是他们最熟悉的阿兰草原，哪怕他们聚集了草原上最优秀的猎人。

“恭候多时。”领头的九幽淡淡地说道，看不出喜怒。

“你们什么时候也为朝廷卖命了？”想到不久前才从阴山铁骑中脱围，现在又遇到草原猎人的堵截，木小灵不由得质问道。

“与朝廷无关。”九幽说道。

“那两位猎人王，如此作为所为何事？”木小灵问道。

“诸位放心，既然阴山铁骑都拦不住你们，我们也没有这个自信。”

九幽继续说道，“我阿兰草原自古便有强者为尊的传统，今日只求比武切磋，绝无恶意。”

“原来你们是咽不下在天山上受的气啊，那你们应该找那个海棠，拦我们做什么？”木小灵算是听明白了，这些草原猎人就是想找回点面子。

“海棠姑娘已经走了。说来惭愧，我与二弟联手也拦不住她。”九幽说到这里，口气有些感慨。

“那你现在打算如何切磋？”木小灵听到这里倒没有多大惊讶，这几天相处的时间里，她对海棠也观察了一番，知晓这个女人的实力确实高深莫测，甚至能媲美慕容嫣。

“与先前一样，我和二弟一起，你们派出一人迎战。无论胜败，阿兰草原所有猎人都将不会与你们为敌。”九幽说道。

听到九幽如此一说，可以看出这些猎人确实没有敌意，木小灵也没有再反驳，只是点了点头。

于是草原猎人们都向后退去，只留下九幽和地暝站在那里。白青岚等人也从马背上跃下，古枫和段天涯都想会一会草原的猎人王，但是有人不给他们这个机会。

看到一身白袍的明海走向前去，白青岚等人没有感到意外，更没有感到担心。因为地暝看的就是明海，因为上次在阿兰草原地暝就是输给了明海。

九幽自然知道地暝和明海曾经有过一战，但是这并不妨碍他们此刻联手。或许外人不清楚猎人王的重要性，可对草原来说猎人王不仅仅是武力的体现，更是一种信念的象征。

猎人王可以战败，可以战死，却不能没有迎战的勇气。所以九幽和地暝此刻充满了战意，他们的可怕之处便在于联手，而且是在阿兰草原上的联手。

地暝体内的真气开始迅速地游动，全身的气息也逐渐强大起来，使得本就魁梧异常的身体显得更雄壮。

他向明海奔跑过去，如同之前的那次交手一样，地瞑用的还是拳头。因为拳头是他最厉害的武器，他只相信自己的拳头。

猎人跟那些草原上的动物一样，他们深深地清楚一点，捕杀对手的最佳时机只有一次，所以这一次他们一定不会留手，绝对是雷霆万钧般倾尽全力的致命一击。

不同的是，地瞑这次的出手太过朴实，所有人的眼里只看到一只拳头。但这只拳头是如此决绝，仿佛这一片的百草都违背了北风的召唤，整齐俯身朝拜这一拳的决心。

九幽不见了，自地瞑出拳的时候他就不见了。

童花的眼睛异常凝重，她知道九幽一直都在，就在地瞑的背后。只要地瞑的拳头瞬间接触明海，九幽必然会出手，而且是天衣无缝的出手。

地瞑完全将自己当成一个肉盾，毫无保留毫不留情毫不惜命地攻向对手，为的只是让九幽有一个必胜的机会。

童花自认为如果遇到九幽和地瞑如此拼命的打法，自己不会败更不会胜，最好的结果便是同归于尽。

因为她不可能让寿桃为自己做出这样的牺牲，虽然寿桃的决心绝不会低于地瞑。

地瞑的拳头终于砸在了明海的身上，而且是胸口上，这让地瞑自己都感到惊讶，也让所有的人都很惊讶。

可是九幽没有惊讶，不论地瞑能不能得手，在这个时候他都会出手，这是地瞑用生命为他赢得的机会。

所以，九幽出现了。准确一点说，是九幽夺命针出现了，地瞑前方的人依旧看不到九幽，但明海可以看到，他看到了九枚极其细小的银针随着拳风一起进入了他的身体。

于是，明海的嘴角溢出一丝黑红的血迹。九幽和地瞑相信，无论是谁，都不可能用身体承受这样的攻击，更何况九幽夺命针已经封住了明海的九大经脉。

想到这里，九幽和地暝竟然有些愕然起来，他们没想过明海会不抵挡。现在出现这样的结果，明海不死已经是最大的奇迹了，而这根本就不是他们的本意。

“和尚，你没事吧？”李空谷着急地喊了起来。不过，当她看到明海嘴角的血迹时，不由得以手抚胸道，“和尚，你太调皮了。”

“天山寒气确实厉害。多谢二位。”明海此时却双手合十，向九幽和地暝拜谢道。

这一幕直接让九幽和地暝由愕然变为呆滞起来。他们不知道明海现在修的不是内力，更不知道明海已经没有经脉。既然没有这些，那么针对这些的攻击手段自然都是没用的。

白青岚从明海选择的开始，就知道他想借助地暝的刚烈真气来去除体内的寒气。这些寒气来自于天山，来自于华震南。

虽然自己也可以帮助明海，但明海没有说，他也不会去做。或许，这也是明海自我修行的一部分，修佛难，修人修己更难。

“武学一道，博大精深，今日我等领教了。”面对施礼的明海，九幽和地暝回过神来，忙齐齐还礼道。明海以如此出人意料的方式胜过他们，这让九幽和地暝在崇敬之余也心生感叹。

之前海棠面对他们时，兄弟二人被压迫得动弹不得，现在则是明海自己纹丝不动。不同的结果，一样的结局，海棠和明海这两个名字注定要在阿兰草原流传很久。

白青岚等告别草原上的猎人，重新上路之后，大家的气氛变得有些沉闷。因为这些人当中少了一辆马车和一个火红色的身影。

李空谷是知道木小灵要离开，而白青岚是看到木小灵离开。一个没有提醒，一个没有阻止，所以木小灵和寿桃童花就这样消失了。

连同一起消失的还有一个包裹，青火的包裹。

在阿兰草原的另一个方向，木小灵和寿桃童花已经走出了很远。

马车在茂密的百草之间静静驶过，百草叶上的寒霜顺着摇晃的窗帘散落在车厢里，让木小灵的脸色显得更苍白。

自从拿到包裹，木小灵就知道自己离那对师徒就越来越远了。她没有犹豫，没多做停留，她怕自己会控制不住自己的情绪。

其实，她不想让自己成为第二个慕容嫣，虽然慕容嫣一直是她的目标和榜样。

所以，木小灵此刻非常痛恨自己，她看着手里的包裹，真真切切地希望自己能够与这包裹里的天山雪莲一同在这人世间毁灭。

寿桃和桃花没有说话，宛如一个人一样安静地驾驶着马车，他们本就是“一个人”。只要将木小灵安全送回洛阳，他们便可以自由地离去，开始新的生活。

他们不敢想太多，因为人在江湖想太多是没用的。所以他们看到海棠微笑着站在马车前的时候，漫天桃花瞬间便将海棠淹没了进去。

桃花尽，海棠出。

海棠依旧笑靥如花般站在那里，仿佛从来没有动过，但是她确实动了，她弹了一下手指，这一点童花完全可以作证。

童花知道自己的暗器挡不住海棠，她也从来没有像今天这样感到绝望过。还有让她绝望的是寿桃胸口处的那个青白色的酒杯，就是天山客栈里的那种。

酒杯此刻正嵌在寿桃的胸口，寿桃的胸口很快便被一股殷红的颜色所覆盖，成为寿桃与这个世界最后的告别。

童花手里还捏着最后一朵桃花，她没有想到海棠会对寿桃出手，所以这朵桃花没来得及绽放。

可这朵桃花最终还是绽放了，绽放在童花的胸口之上，她的眼里没有悲哀和愤怒。一道黑色的身影就这样从马车上掉落下来，落进阿兰草原的寒霜里。

寿桃童花，是为桃花。两个人，一条命。

海棠静静地看着这一幕，她不喜欢杀人，她也不知道江湖中还有不会武功的人，比如寿桃。但她不会介意，因为她知道木小灵没有逃，也逃不掉。

想起海棠临走时的嫣然一笑，木小灵的双手攥得有些发白。她的脸上带着无限怨恨，她怨童花为什么要着急出手，她恨自己为什么会如此孱弱。

海棠没有要她的命，只拿走了包裹，可对木小灵来说，仿佛突然间失去了所有的一切。

第五章　在水一方

“为什么要让她带走？”海棠这句话竟然隐隐有些怒意。

白青岚等人从阿兰草原出来后见到的第一个人便是海棠，海棠此刻正背对着他们。虽然看不到面容，所有人都能感受到海棠此刻的愤怒。

“她带不走。”白青岚知道海棠说的是木小灵拿走天山雪莲的时候，自己没有去阻止。

“你是对我有信心还是对自己太自信？”海棠不喜欢白青岚这样的行事手段，所以她要表达自己的不满。

“我相信自己的眼睛。”白青岚答道。

“你的眼睛很久没看过东西了。”海棠嘲讽地说道，她认为白青岚真的看不清自己。

“所以我可以看得更清楚。”白青岚微笑道。

“所以你认为我会把天山雪莲给你送来？”海棠此时已经恢复了原来的平静，她的声音又温柔甜美起来。

“因为你是海棠。”白青岚答道。

“你就不怕我杀了她？”令海棠感到奇怪的是，自己对木小灵从来都没有过杀意，或许是因为木小灵在自己面前太过弱小。

“你是一个追求完美的人。”白青岚认真地说道。

“你说得对，也不对。不过我不会与你计较。”海棠继续说道，“我希望天山雪莲不要再次离开你的身边，否则你将再也见不到花夫人。”

“那我们现在就可以出发了。”白青岚说道。

“是你们出发，而不是我。”海棠突然轻笑道。

“你去找你的姐妹？”白青岚问道。

“也是你们去找，而不是我。这是第二个条件。”海棠答道。

“到哪里可以找到她们？”白青岚继续问道。

“一直向西，如果她们愿意就可以找到她们。”海棠答道。

“要是她们不愿意呢？”听到这里，白青岚微微皱了一下眉头。他们此刻的位置是在阴山地域，往西走下去并不是中原，而是大宋边界。

“她们会非常愿意的。”海棠说完这句话的时候，一串清脆的笑声也越来越远。

海棠就这样走了，天山雪莲又回到了白青岚手里。

于是，白青岚等人只好调转马头，向西边赶去。白青岚也想弄清楚，事情究竟和自己推测的是不是一样。

白青岚手里正拿着一只酒杯，与天山客栈海棠遥遥敬酒时的用的那只一模一样。酒杯是海棠离去时留下的，就在装天山雪莲的包裹里。

酒杯上面有着淡淡的酒味，还有一股若有若无的香气，就像海棠花一样。酒杯里放着一张纸条，上面有八个字：南有西湖，北藏姜府。

只有来到姜府门口的时候，众人才知道为什么海棠将其与南方的西湖相提并论。

北方确实有一座姜府，确切地说位置应该在西北，这也是白青岚等人打听之后便能寻到的原因。姜府正在他们西行的路线附近，只是知道的人不多，甚至不到西北之地都不会有人知道。

姜府是什么时候开始存在，附近的人都说不清楚，什么人居住也没有人知道。只是单从周围的环境和府邸的建筑便可看出这座姜府绝不是普通人家所能拥有的。

数百年的古木环绕府邸四周，连围墙也是用料讲究、雕饰精美，朱漆大门，黑匾黄梁，石狮拱卫，鸾凤镇守。大富大贵不足以形容，极富极贵才与之般配。

府外便是如此，府内岂能想象。包括白青岚在内的众人都想进去看一看，能够被海棠与西湖并称的姜府，究竟是如何的神奇惊艳。

可是，姜府的主人没有给他们这个机会。因为姜府的主人也是一位女子。这位女子长相如何，大家并不知道。只是从府内传出的声音来判断，应该是一位年轻的女子。

“各位远道而来，小女子有失远迎。不过你们非客，我亦非主，不知有何见教？”女子的声音很好听，但语气很清冷。

“海棠。”白青岚静静地说道。

“既然是海棠姐姐的意思，你们来此就对了。”女子听后如此说道。

“不知府主如何称呼？”白青岚问道。

“府主另有其人，诸位叫我红药便是了。”红药答道。

“我们要找花夫人，还请红药姑娘告之。”白青岚道。

“花夫人的行踪我不知道，但只要按府规行事，我另有消息可以相告。”红药说道。

“府规如何，烦请告知？”白青岚问道。

“府主不在，府规由我来定。你们派出两人进府与我比试即可。”红药道。

“不知如何比试？”白青岚想要问清楚一些，从红药这个名字就可以看出这个女子跟海棠一样，性格必是独特之人。

“很简单。一人比喝酒，一人比剑法。”红药答道。

“这个比试倒很有趣，红药姑娘倒是性情中人。”听到这里段天涯不由得接口道，“枫师兄，这次比试非我俩莫属，你意下如何？”

“如此佳事，遇之幸也。”古枫也点了点头道。

“既然如此，两位便可进府。”红药说完，姜府大门便缓缓打开。段天涯和古枫没有多说什么，相继进入。而白青岚等则依然在府外等候。

进入姜府，古枫和段天涯不禁感到奇怪起来。偌大的姜府从外面看排场极尽奢华，府内却是清新淡雅，有山有水，有湖有桥，亭台楼榭，一应俱全，倒像是南方的园林。

最让他们吃惊的是，进来之后就没有见到一个人，没有护卫，没有丫鬟，甚至连仆人也没有。幸好自他们进府之后，就有一段琴音响起，两人便循着这段琴音一路寻去。

约莫前行了半炷香的时间，他们才找到琴声的来源。在姜府的东南角有一块很大的湖泊，湖中心有一个小岛，一位身着浅红色云裳的女子正在弹琴，不用说这位女子便是红药。

“两位既然来了，我们便可开始比试。”红药见古枫和段天涯已经寻到河边，止住琴音开口说道。

“也好。”古枫说道，段天涯见红药行事如此利落，心里也大有好感。

“既然比试，便有输赢，两场比试你们若能赢其一，我便将消息告之。”红药说道。

“要是我们输了呢？”古枫不由得问道。

“我也将消息告之。”红药继续道，“不过你们要留在姜府。”

“要留多久？”古枫问道。

“留到我死。”红药说得很平静，古枫和段天涯却听得很吃惊。

即便古枫和段天涯对自己很有信心，但如果一个人用死来做决心的话，就一定是可怕的。更何况，这个人还是一个女人。

所以古枫和段天涯此时都很凝重，他们不怕死，他们担心的是花夫人。

虽然花夫人从天山山巅之后到现在再也没有现身，但他们可以肯定，一路上遇到的一切都跟花夫人有必然联系。

“还请红药姑娘出题。”想到这里，古枫向前走出一步，他要接下第一场的比试。

“你们眼前的这个湖叫冷月湖，从湖边到岛上的桥叫念奴桥。”这个时候，红药却说起湖和桥的名称。

但古枫和段天涯没有打断她，他们知道红药的比试一定与这有关。

“既然你要来破题，这第一题就在冷月湖。湖中藏有一坛酒，你我在一炷香内谁先喝到这坛酒便算赢了。”红药幽幽地道。

“简单，有趣，很好。”古枫听到这里也不禁一笑，他没有想过比酒比的不是喝，而是找，找得到酒才能喝酒。

“我出题，你破题。所以由你先来。”红药淡淡地说道。

古枫点了点头，没有拒绝。这个题目其实考的就是他能不能找到那坛酒，既然是红药出的题，找不到酒红药自然就赢了。

于是古枫动了，没有人会想到古枫的青玉剑有朝一日会被用来寻找一坛酒。

可是古枫现在却顾及不了这些，因为他需要的是时间。随着红药的琴声再次响起，她身后的清香香头已经余烟袅袅。

不过片刻，青玉剑便破开湖水，从中挑出一个酒坛。古枫的脸上却更凝重，剑尖挑开酒坛的瞬间，他便知道酒坛里装的是水，而不是酒。

所以古枫只好沿着湖边继续寻找，青玉剑在湖水之中玉影清辉，冷月湖在青玉剑下波光荡漾。一个接一个的酒坛被挑出湖面，又被古枫弃之于湖畔。

当古枫连续挑出九九八十一个酒坛以后，他开始皱眉了。因为他发现自己在湖里再也没有发现酒的影子，他沉默了，青玉剑也沉默了。

寒风袭来，让湖畔的古枫觉得北方的天气确实要比南方寒冷许多。所以他的眉头皱得更厉害，而红药身后的清香燃烧得却更加的愉快。

“我输了。”清香燃尽的时候，古枫忍不住叹息道。

正在此时，红药的琴声也接近尾声，最后的扫弦清音让冷月湖都惊起一汪清水，这汪清水却正好落在琴台上的酒杯里。

如果是木小灵或白青岚在这里就会发现，这个酒杯与寿桃胸口上的和青火包裹里的一模一样，因为这都是海棠用的酒杯。

古枫和段天涯没有想到这一层，他们看到红药将杯中的湖水一饮而尽的时候，才知道他们现在真的输了。

这坛酒藏在湖里，并没有说一定要藏在湖里的酒坛里。红药只是将这坛酒倒进了冷月湖，至于湖里的酒坛有或没有，对酒都没有影响。

“姑娘才是懂酒之人，古枫输得心服口服。”酒一直都在湖里，只是不在古枫的心里。

“懂酒之人必是无心之人，既然无心，要酒何用？”听到古枫如此之说，红药回道，声音满是哀婉。

第六章　桥边红药

古枫和段天涯都是性情中人，他们不知道红药的来历。但是他们可以从红药的话中听出红药的心已死，所以段天涯脸上的凝重又加重了几分。

段天涯当然不是怕死之人，可不怕死并不代表不会死。对于一个无心的女人来说，生命与死亡在她的剑下是没有区别的。

所以段天涯走上念奴桥的时候，他的眼里充满了敬意。他要以最快的剑来迎接一个女人最无情的剑。

冷月湖已经恢复初来时的平静，湖面如镜，整个姜府之中连一丝风都没有，只有三个人和三把剑。

看着念奴桥上步步接近的段天涯，红药的脸上极为难得地闪过一丝细微的笑容，很淡，很快，很迷人。

可是没有人看到，或许连红药自己都不会认为自己会笑。

于是，红药从琴台上拿起一把剑，一把不知道多久都未曾碰过的剑。可这依旧是一把剑，一把可以杀人的剑，这把剑叫作：飘。

当段天涯的天涯剑出鞘的时候，红药的剑也到了。她整个人突然就从琴台旁飘到念奴桥上，这一点跟海棠的轻功很像。

没有眼花缭乱的剑光，没有风起云涌的气势，只有“叮叮当当”清脆短促又不绝于耳的撞击声，这是剑与剑之间的对话，是段天涯和红药的生死相搏。

纯粹地以快打快，毫不取巧，毫无花哨。天涯剑和红药的剑就像两只角斗的羚羊，每一剑都硬生生地承受来自对方的准和狠，没有差错，没有怜悯。

段天涯的剑果然是最快的剑，这一点古枫一直以来都没有丝毫怀疑。红药也没有丝毫怀疑，因为每当她出完九剑的时候，段天涯总能出到第十剑，多出的一剑往往是致命的。

但让古枫感到奇怪的是，红药明明只出了九剑，偏偏能够挡住段天涯的第十剑，这也让段天涯越打越是吃惊，于是他放慢了出剑的速度。

于是，他明白了。

红药的剑名为飘，不在于剑法的灵动，而在于剑身的诡异。红药的剑不是软剑又似软剑，因为她的剑只有剑尖的部分是软的。

所以，每当段天涯的第九剑与红药的第九剑接触之时，红药总是选择剑尖，接第九剑的余势，反撩段天涯第十剑的到来。

段天涯笑了，因为红药的剑在段天涯眼里不再像她本人那样神秘。

红药明显地感觉到段天涯的剑变了，剑法没有变，剑意也没有变，只是节奏变了。

段天涯的第十剑不再是第十剑，因为第十剑可以出现在第七剑，也可以出现在第八剑，甚至出现在第一剑。

难以判断第十剑的出现，红药便无法从容地去应对。所以，念奴桥上的两把剑依然很快，可淡红色的身影却渐渐凌乱了。

猜不透，心便乱了。

红药此刻的心确实有些乱了，她也不知道自己为什么会产生这样的感觉。自从那个人死后，红药的心也死了……

段天涯的剑比那个人的剑更快，快到让红药都觉得无法理解，可是快却不足以打破红药对剑的坚守，红药的剑最不惧的便是快剑。

可是段天涯的快又是那么迷离，那么让人难以捉摸。从此以后段天涯将不再是以前的段天涯，他的剑法超越了原有的境界。

所以，红药停了下来，她的剑也不再飘动。因为段天涯正站在她的身后，将天涯剑放在她的脖子上。

他们是如此的近，近到段天涯可以感觉到从天涯剑上传递而来的红药身上的冰冷，那是一种心灰意懒的冷，一种让人扼腕痛惜又无可奈何的冷。

近到红药可以从天涯剑上感受到段天涯的呼吸，那是一种男人对剑的钟情，一种将自己融入铁剑之中让生命与之共鸣的执着。

于是，段天涯没有喜悦，只有黯然。

于是，红药除了冷漠，还有欣赏。

古枫看着这一幕忍不住摇了摇头，他知道段天涯人生当中第一次对剑以外的事物动心了。但他却不知道红药为了死，也动心了，动了她自己的心。

古枫只好眼睁睁看着红药手中的剑刺穿她自己的胸口，然后一路安静地向段天涯胸前飘去。

段天涯和红药此刻如此的近，正好是一剑的距离。

念奴桥上天涯剑，红药飘飘为谁生？

段天涯更没有想过，红药的冷竟会如此的真切。就在天涯剑堪堪放在红药脖子上的时候，他竟然看到红药的剑尖从她的后背里缓缓伸出。

柔软的剑尖在段天涯的胸口处不停地颤动，就像此刻红药无法控制的身体一样。

段天涯知道自己败了，他欠红药一条命。

古枫不知道红药为什么牺牲自己却没有杀死段天涯，那样绝情绝杀的一剑，换做是他也是躲避不及的。

但他知道自己和段天涯暂时是走不了了，因为他们输了，更因为红药现在还没死。看着段天涯毫无保留地输送真气为红药续命，古枫苦笑地摇了摇头。

这样的红药岂非最好的剑客？这样的剑客岂非最好的女子？这样的女子岂非最好的知己？

咫尺天涯，莫过于此。

姜府的大门再也没有打开，而白青岚等人却已经走了。因为古枫给他们传了一句话：欲见花夫人，先寻千药谷。

传闻千药谷内药草无数，更有不少世间难寻的珍品。对于接下来的目的地，李空谷是前所未有的兴奋，不停催促白青岚、青火和明海三人赶路，药草对于她就像剑对于剑客一样重要。

这个地方李空谷也只是听说过，仅知道千药谷地处大宋的西北边界，至于道路和谷内的情况她也一无所知。但是这次无论如何，她都是要去的。

虽然路上少了古枫和段天涯，但有白青岚和明海在身边，李空谷就没有什么好担心的。这时候她只担心木小灵，因为木小灵没有拿到天山雪莲。

而木小灵此时已经到了洛阳，回到牡丹派总坛牡丹殿之后，木小灵便向慕容嫣禀报了整个天山的事情。

“哼，好一个海棠，她是在向我挑衅吗？”听完木小灵的禀报后，慕容嫣冷傲的脸上显出一丝怒意。

“这个海棠跟花夫人之间必然有所关联。”木小灵小心翼翼地回道。

“花夫人，古重山。”慕容嫣念着这两个名字继续说道，“这件事就让白青岚去自寻烦恼吧，你们不用去插手了。”

“是。”看着慕容嫣在凝神思考，木小灵乖乖地站在一边，不敢再说话。

“将青火是燕国皇子的消息传出去，一定要传到燕国边界的驻军之中。”良久，慕容嫣突然说道。

现在白青岚能够控制住红萼草毒，对于青火的安全慕容嫣就很是放心。她要通过青火的皇子身份发给在燕国暗藏的那些拥护父皇的朝臣一个信号，燕国的正统还没有断绝。

“这段时间我要出去一下，牡丹派内的事情你要盯紧一下。”慕容嫣对木小灵吩咐道。

“是。”木小灵知道慕容嫣是要去找白青岚，确切地说是找青火，如果有机会，慕容嫣绝对会把青火留在自己身边。

其实木小灵只猜对了一半，慕容嫣此次虽然也有夺回青火的想法，但更重要的是她要将李空谷带回来。

李空谷不是牡丹派的人，因为李空谷的师傅是当今江湖上的药王。药王和牡丹派有着交易，所以才让李空谷出来辅助慕容嫣。

“要是李空谷再不回来，洛丹青就真的危险了。”想到洛丹青，慕容嫣现在也没有办法。

上次洛阳之战中，洛丹青被佘余偷袭受重伤，虽然被慕容嫣救了回来，可心脉已遭重创，除非用天山雪莲救治才有可能痊愈。

可天山雪莲被海棠夺走，洛丹青已不可能活命，慕容嫣唯一能做的就是替洛丹青续命。因为她希望洛丹青可以支撑到她重返燕国的那天。

由于青火的出现，在慕容嫣看来，这一天不再像以前那样遥远，如果一切顺利的话，或许很快便可以实现。

赵怀安看着空手而归的沈梦南，虽然这早就在他的预料之中，心里还是有着淡淡的失望。

“请王爷降罪。”沈梦南道。

“你何罪之有？如果有罪也应该是我。记住，调动阴山铁骑的人只有我，天山发生的所有事情与你没有任何关系。”赵怀安认真地看着沈梦南说道。

“属下明白。”沈梦南知道赵怀安是为了保护他，不让他在朝廷之中留下任何把柄。

“你明天就回京复命去吧。”赵怀安道。

“天山雪莲还在白青岚手里，而且据探子回报，白青岚前行的方向正是贺兰山。”沈梦南认为，赵怀安确实是朝廷最大的助力，虽然有时候他善弄权术，但对于大宋却是一片忠心。

“贺兰山。一个白青岚还不够，现在又多了一个海棠。还有一个藏头露尾的花夫人，看来还真是热闹啊。”赵怀安似是对沈梦南说，又像是在自言自语。

“贺兰山守军副将与我有同门之谊，是不是让他先行做好准备？”沈梦南继续说道。

“不可，白青岚和天山雪莲的事你不要再管，我也不会再管。”赵怀安郑重地摇了摇头。

因为赵怀安比沈梦南清楚大宋的情况，更清楚大宋皇帝赵准的心思。阴山铁骑防备的只是北方的阿兰草原，就算自己全部调动也不会有什么问题。

而贺兰山的军队却是绝对动不得的，他赵怀安动不了，也不敢动。因为这些军队抵御的是真正的敌人。贺兰山西侧便是燕国，唯一能对大宋造成威胁的国家。

“张远。”赵怀安喊道。

“属下在。”张远一直安静地站在赵怀安身后，对他和沈梦南的谈话没有发表任何意见。

“你去查一下天山流传的谣言，记住，一定要查清楚华妃的真实身份。”赵怀安不知突然想起了什么，脸色有些惊疑不定。

第七章　空谷幽兰

白青岚四人已经往西北方走了三天，可是沿途竟然没有一人知晓千药谷的方位。

到现在，更是连一个路人都看不到，这里是一片戈壁，江湖中人把这片戈壁叫作勾魂滩。因为这块戈壁除了几种毒草，根本就没有别的东西能存活。

不懂戈壁情形的人进去后很容易就失踪了，所以大宋西北的勾魂滩也是江湖中盛传的险地之一。

在勾魂滩上，让普通人充满危险感的自然环境，对白青岚四人来说，算不上是太大的问题。而勾魂滩上那些致命的毒草在李空谷眼里，却是堪比黄金的宝物。

正是由于这些毒草，李空谷才判断出千药谷一定在这片戈壁当中。李空谷熟知各种药性，从进入勾魂滩开始，她就发现这里面生长的毒草绝不是天然而生的，而是人为栽种的。

所以当他们在勾魂滩深处看到千药谷时，李空谷丝毫不感到惊讶。因为她知道，毒草也是药草，能够拿出如此众多毒草的地方，这世间只有千药谷可以办到。

千药谷真的是一个山谷，但山谷内绝对不止一千种药草，所有药草种类要比它的名字多得多。

但凡谷内见到的花花草草，全部归属药草之中，甚至个别的药草连李空谷也要端详许久才能推测出来是何种药草。

自从进谷以来，李空谷的手就没有停下，而青火的身上却多了四五个包袱，里面全是李空谷采集的药草。

直到看见一个草屋之后，李空谷终于停止下来。因为她发现有一个人正在看着她，一个女子，又是一个年轻的女子。

这个女子就站在草屋的前面，李空谷不知道她什么时候出现的，或者她一直都在。女子一身洁白的衣裳似乎与千药谷中的姹紫嫣红格格不入，却又让人觉得很舒服。

“看来你很喜欢药草。”女子对李空谷说道，声音很普通，也很好听。

“我是在药草中长大的。”李空谷说出这句话的时候，神情显得有些怀念。

“那你想要这里的药草吗？”女子继续说道。

“咯咯，那要看姐姐你愿不愿意给了？”李空谷轻笑道。

“还是叫我幽兰吧，不过喊姐姐也是没错的。”自称幽兰的女子平静地点了点头。

“你叫幽兰，我叫空谷，看来我们算是天作的缘分。”李空谷道。

“确是缘分，可惜只有一杯茶的缘分。”幽兰道。

“哦，什么茶？”李空谷很感兴趣地问道。

“神仙茶。”幽兰道。

“咯咯，姐姐取的名字真是好听，看来这神仙茶的味道一定很不错。”李空谷笑道。

“非常好喝。”幽兰道。

“喝了有什么好处？”李空谷自然知道这神仙茶绝不是那么轻易能喝的，她自然要问清楚。

“茶就在草屋之内，你进去喝了，我便告诉他花夫人的下落。”幽兰看着白青岚说道。

“花夫人与我并无干系，那我岂不是亏大了？”李空谷笑道。

“喝完之后你能出来，这千药谷的药草都是你的。”幽兰说道。

“看来我是非喝不可？”李空谷看着幽兰道。

“非喝不可。”幽兰也看着李空谷回道。

听到这里，李空谷再没有说话，静静地看了幽兰一会儿后，迤迤然走进草屋之中。

“屋内有两杯神仙茶，如果你们不放心她，还可以进去一个，不过进去了就一定要喝下那杯茶。”看着李空谷进去之后，幽兰对着白青岚和明海说道。

明海双手合十对幽兰微微一笑，便向草屋走了过去。白青岚没有阻止，也没有说话。

“这个和尚的身体好奇怪。”当明海从幽兰身边经过之时，她不禁略微皱眉低语道。

“这神仙茶就是为他们准备的吧？”这个时候，白青岚突然说道。

“神仙茶只给多情的人喝。”幽兰答道。

“人都是多情的，也包括我。”白青岚这句话说得很对，幽兰听了也点了点头。

“可你的情不在这里。”幽兰同意白青岚的话，但不同意他的意思，所以白青岚没有神仙茶。

“明白了。”听到这里白青岚便知道幽兰为什么要让李空谷喝神仙茶，因为李空谷喝了，明海也会喝。

青火虽然对这神仙茶充满好奇，但他还不知道“情”字的含义。更何况先生说话的时候，他只会静静地听，默默地想，他认为先生说的话跟剑法一样，每一句话都有用处。

李空谷看到桌子上放着两杯神仙茶的时候，她便知道这个局是幽兰或者说是花夫人为她设的，所以当明海进来的时候，她没有感到意外。

草屋内非常简洁，除了一些简单的日常生活用品，没有别的东西。中间的木桌上两杯泡好的神仙茶尚有余温，应该是幽兰事先准备好的，而且她知道李空谷一定会进来。

李空谷的确是会进来，不是为了花夫人，也不是为了药草，而是为了同样身为药师的幽兰。所以，这神仙茶便是李空谷和幽兰之间的对话。

所以，李空谷必须喝下神仙茶并且走出这个草屋，否则她便输了。试想，如果一个药师栽在了药草上面，李空谷一定会输得很彻底，很不甘心。

“和尚，你就不怕这茶里有毒？”李空谷笑着对明海说道。

“万物本无毒。”明海说完，便拿起一杯神仙茶一饮而尽，李空谷想阻止都来不及，心里却是叹了口气。

李空谷知道明海说得对，世间的一切事物包括草药都是相生相克的。可是这神仙茶并未相生也无相克，因为这神仙茶只是一杯普通的花茶。

看着已经闭目不动的明海，李空谷笑了笑，拿起桌子上的神仙茶也喝了下去。明海不知道神仙茶究竟是什么，李空谷却知道，神仙茶根本没有毒，却比毒更麻烦。

因为泡神仙茶的花叫合欢花，泡茶的水叫多情散。

于是，明海睁开眼睛的时候发现李空谷正看着他，李空谷的脸上依然充满了笑容，如同冬日的阳光般和煦温暖，这份温暖是明海从来没有感受过的。

李空谷的右手朝明海伸了过来，穿过明海的僧衣，轻触明海的胸前。明海觉得这只手也很温暖，他感到这只手进入胸口的时候，就像草根钻入泥土一样自然而渴望。

一个人喜欢另一个人，最主要的就是要了解那个人的心。所以李空谷的右手融入明海的胸口之后，便不断地延伸探索，她要找到明海的心。

明海没有动，他就这样静静地看着李空谷，看着李空谷多愁善感，看着李空谷笑靥如花，看着李空谷小家碧玉，看着李空谷欣喜若狂。

因为李空谷找到了明海的心。

李空谷不知道一个人的心被人抓住之后是什么感觉，她只知道自己抓住后就不想放手，不敢放手，不舍得放手。所以她的手抓得越来越紧，越来越狠，这让明海开始皱眉。

明海想告诉李空谷这只是个梦，可是他说不出话，而李空谷也听不到话。

于是，明海的眉头越来越皱，他的心也被揪得越来越紧。

终于，李空谷的五指紧紧地收在一起。这个时候，李空谷脸上的笑容换成了茫然，她呢喃地问道："和尚，你的心呢？"

"心在心里，不在手里。"明海全身都被汗水浸透，他用尽所有的精气，最终微笑着说出唯一一句话。

李空谷听完这句话，不知道在想些什么，只是当她看着明海此刻的样子，心里顿时感到一阵难以忍受的疼痛。

"啊"的一声，李空谷不禁将手从明海的胸口抽了出来，她确实感到非常疼痛，因为她的右手每个指尖都扎了一根极其细微的银针，殷红的血滴逐渐渗出，明艳动人。

明海再一次睁开了眼睛，他知道自己真的醒了。低头看了看胸口，那里有五根微小的银针透体而出，正是在阿兰草原时被九幽打入体内的九幽夺命针。

有时候，梦境往往让你沉迷，而苦痛却能让人清醒。

明海抬起头，眼前的李空谷依然紧闭双眼，脸上满是茫然和痛楚。

"没想到，你这么快就能醒来。"当看到明海走出草屋之后，幽兰也有些意外。

"我做了一个梦。"明海答道。

"有梦便是一件不错的事，幸好她还在梦里没有醒。"幽兰知道李空谷还没醒。

"她也会醒。"明海诚恳地说道。

"也许吧，不过现在我可以告诉你花夫人的消息。"幽兰好像对李空谷能否醒来并没有太大的兴趣，她没有在理明海，而是看着白青岚说道。

"洗耳恭听。"白青岚微微笑道，他觉得这一切与自己预料的越来越接近，而结果只有走到终点才会知道。

“不过你要先把天山雪莲交给我。”幽兰说道。

青火看到先生点了点头，便把装有天山雪莲的包裹交到了幽兰的手里。

“你就不怕我骗你？”看到白青岚直接将天山雪莲交给了自己，幽兰不禁问道。

“海棠不会骗我！”白青岚答道，因为他知道幽兰和红药一样，都是海棠所说的两个姐妹。

“希望海棠这次没有做错。”幽兰淡淡地说道。

“我也希望自己不会错。”白青岚答道。

“海棠让我转告你，要想见花夫人，只有去一个地方。”幽兰郑重地说道。

“哪里？”白青岚问道。

“贺兰山。”说出这三个字，幽兰的神情反而有些轻松。

“多谢。”听到这个答案，白青岚没有再说什么，他转身向西面走去，西面的边界处便是贺兰山。

青火看到站在一旁纹丝不动的明海，又看了一眼那座草屋，便将身上装药草的包袱放了下来，向白青岚追去。

“我的事情做完了，现在也该走了。”看着白青岚带着青火已经离去，幽兰也向千药谷外走去。

“如果她醒了，这药谷就是她的。要是她没醒，这药谷便是你的。”走了一段路之后，幽兰停了下来，说完这句话，便再也没有停留。

此时，一个面蒙着白纱的白衣女子正在谷口等待，她在等待幽兰，等待幽兰手里的包裹。天山雪莲本就属于她的，她可以送人，也可以拿回来。

第八章　无人私语

深夜，赵准在御书房里坐了很久，奏折早就批完了，宫女和侍卫也被他赶了出去。他就一个人独自坐着，看着御书房内那道藏有密室入口的墙壁。

自洛阳一战以来，大宋发生了不少的事情。与牡丹派的决裂是迟早都会发生的，所以赵准对此并没有什么遗憾。

更何况从现在传来的消息看，那个叫青火的孩子竟然是燕国的正统皇子，这可比慕容嫣和牡丹派对燕国的牵制更加有效。甚至从情报中可以得知，燕国的军队内部已经开始分化，这对大宋来说是一个千载难逢的好机会。

至于赵怀安私自调用阴山铁骑这件事，就跟赵怀安预料的一样，赵准毫不在意。只要赵怀安心里怀的是天下，安的是大宋，赵准就不会对他有真正的不满，这也是他们兄弟多年来达成的默契。

可以说现在对赵准来说，是一生当中最志满意得的时候。可现在却也是赵准最为烦恼的时候，因为自己眼前那堵墙后的密室，因为他不知道那个女人有没有回来。

华妃已经从皇宫消失很多天了，没有人觉得有什么奇怪，华妃平时本就是一个神秘的人。赵准本来也不觉得奇怪，直到天山流传的那个谣言传到他的耳中。

他知道华妃一向沉迷武学，以前也经常出宫四处走动，可这一次赵准感到情况不再像以前那样了。他是对的。随着天山雪莲的出世，赵怀安抢夺的失败，白青岚的远走西北，一切应该就此落幕了。

但华妃却一直没有回来，这些天赵准天天晚上都会进密室去查看，可每次都很失望，密室空无一人，就像从来就没有人一样。

赵准用手揉了揉自己的额头，许久，似乎是下定了决心，他站起身来，又一次打开了密室的大门。

这一次并没有让赵准失望，那个久违的身影正站在密室之中，背影一如既往的熟悉而美丽，可这却让赵准真的感到失望了。

“你在等我？”赵准平静地说道。

“是你在等我。”华妃显得更平静地回道。

“我以为你这次不会再回来了。”赵准似是松了口气，随即又叹了口气。

“答应了皇上的事情，我岂敢忘记？”华妃转过身来，微笑地看着赵准。

赵准这个时候发现密室的桌子上放着一朵晶莹剔透的莲花，正是天山雪莲，华妃当真亲自将它取了回来。

望着眼前那张十几年几乎一成不变的容颜，虽然赵准见过无数次，可每一次都让他心有所动。如果没有那个谣言，赵准情愿每天就这样看下去也是好的。

两个人都没有再说话，密室变得极为沉默。华妃依然微笑地看着赵准，赵准也认真地看着华妃。终于，赵准也笑了起来，他是一国之君，他更是一个男人。

所以，他要问清楚。

“朕这一生只有两个愿望。”赵准看着华妃认真地说道，“一是一统天下，另一个是和自己心爱的女人相守一世。”

“皇上雄才大略，定能实现所图。”华妃淡淡地答道。

“其实，能否一统天下，并非朕真正在意的。就算朕不一统天下，以后朕的子孙甚至是燕国等也会一统天下，但无论谁去实现，天下终将统一。这是天下大势，朕现在也只是顺天行事。”赵准似乎第一次没有在乎华妃所说的话，仍然自顾自地说道，“可朕却守不住自己的心爱之人，难道天子就必须是真正的孤家寡人吗？”

“皇上对我宠爱有加，我不会忘记的。”华妃听到赵准如此之说，知道他已知道当年之事。

一国之君如果想弄清楚一件事还是很容易的，何况这件事还是赵准亲身经历过的。所以华妃也不再隐瞒，其实她一直都未曾隐瞒，只是赵准太过相信她罢了。

“你和如筝真的很像。”赵准吸了一口气说道。

“可我毕竟不是她。”华妃没有在微笑，平静地说道。

“所以这些年你不让我碰你。”赵准有些自嘲地说道。

“她毕竟是我姐姐，我没有权利代替她。”华妃说道。

“可你已经代替了。”赵准的声音有些低沉，似乎愤怒又被他压了下去。

“我只是用了她的名字，我所做的依然是我自己。”华妃没有任何动容，一如既往的平静。

“所以这些年你没有拒绝我提供的一切，所以你暗中帮我控制朝堂，所以古重山进宫威胁朕你会出手，所以你将天山雪莲送来给我。”赵准心里虽然知道，但亲口得到华妃的证实还是让他心里有些难过。为已经死去的华如筝难过，为华如眉不懂或者是不愿意懂自己难过，也为自己堂堂一国之君的无奈而难过。“所以，你将这些都看作是一场交易。”

“这本身就是一场交易，就算当年嫁过来的是姐姐也是一样。”华如眉淡淡笑道。

“你说的没错，无论江湖还是国家，有些事情都不是可以强求的。”说到这里，赵准也恢复了平静。

“但是可以争取，我便永远不会像姐姐当年一样。”华如眉肯定地说道。

“因为如筝当年只是个小女子，而你却是绝世高手。”赵准无奈地笑了笑。

“要是没事，我便先走了。”华如眉说完，便向密室外走去。

“这件事情就到此为止，天山还是原来的天山。”赵准对着华如眉的背影说道。

华如眉没有停步也没有说话，就像赵准所说的跟她没有任何关系一样，她就这样优雅地走出了密室。

密室里又沉默下来，甚至比之前的御书房还要沉默。

赵怀安才刚刚回到京城，他不知道为什么这么晚赵准还要召他进宫。他知道自己现在对赵准没有丝毫威胁，当然对朝廷的作用也没以前那么大了，所以他去得心安理得。

在御书房见到赵准的时候，赵怀安心里还是小小地惊讶了一番。赵准很少在御书房召见臣子，哪怕他是赵怀安，可是今天的赵准似乎有些疲惫。

“天山的事情你都查过了吧？”听到这句话的时候，赵怀安知道赵准已经明白当年发生的事情。

“查过了，华妃确是华如眉。”不知道为什么，赵怀安今天看到赵准时心里便有些寒冷，这在以前是从未有过的事情。

或许是自己失去功力的时间太久，连以往的自信和处事不惊的心境都受到了影响，赵怀安自嘲地想着。

“是谁都不重要了，这件事朕不想再听到任何消息。”赵准靠在龙椅上，闭着眼睛说道。

“臣弟明白。”赵怀安很恭敬地回道。

“燕国的情况如何？”赵准问道。

“燕国四大守军之一的白甲部是慕容嫣父亲慕容正的直属军队，听到皇子的消息后，已经悄悄联系原属旧部。相信要不了多久，燕国必有动荡。”赵怀安答道。

“慕容嫣现在人在何处？”赵准继续问道。

“慕容嫣几日前已经离开洛阳，应该是前往贺兰山。”赵怀安答道。

华如眉

“贺兰山？”听到这里，赵准皱了皱眉。现在燕国内部动向不明，就算贺兰山西侧便是燕国的守军白甲部，慕容嫣也不太可能会现在就赶回去。

“因为白青岚等人正是被花夫人一路引向贺兰山的。”赵怀安解释道，“如果白青岚去了贺兰山，青火定然也在，所以慕容嫣赶过去就可以理解了。”

“花夫人。”赵准听到花夫人这个名字的时候突然睁开了眼睛，像是想到了什么，他的眼里出现一股遏制不住的怒意。

“让贺兰山守军做好准备，如果这些人真的齐聚贺兰山，这样的机会当然不能放过。”赵准吩咐道。

“那就只能动用黑石（即黑火药）了。”赵怀安郑重地说道。面对这样一群绝世高手，贺兰山守军自然拿他们没办法，可是如果借助黑石就一定有机会取胜。

赵准点了点头，又闭上了眼睛。

“只是臣弟担心华妃可能也会出现。”赵怀安思虑之后，还是说出了自己的推测。

“华妃已经死了。”赵准极为平静地吐出这六个字，却让赵怀安震惊不已。只有赵准自己知道，华如眉留下天山雪莲的时候，就意味着世上再也没有华妃了。

“你把这个拿回去吧，大宋需要你。”赵准说完，就有宫女将天山雪莲端了上来。

“臣弟有生之年，定将为我大宋尽心竭力。”看到自己大动干戈未曾得到的天山雪莲就这样到了手中，赵怀安此时更是大惊。

他明白，华如眉的离去给赵准造成了很大的打击，而且大宋朝廷不能没有自己的绝世高手。但赵怀安这次还是非常感激，感激赵准为大宋可以不惜一切，那么他赵华安也可以。

赵准挥了挥手，待赵怀安退出后，他疲惫的脸上露出一股难以言说的落寞。

就在各方云动的时候，洛阳城门处，一位高瘦的年轻男子搀扶着一位年老体弱的老者准备出城。守城的士兵按例过来检查，在看到男子暗中亮出手里的令牌后，便任两人自由离去。

“你还没学到我的三成，就这么急着出城。”说话的正是那位体弱的老者，如果仔细看会发现这个老者的一双袖子都是空荡荡的，正是燕国第一杀手佘余。

佘余说话的对象自然就是向他学习剑术的王走儿，佘余对王走儿这样沉不住气的行为表示相当不满，这是身为刺客的致命缺点。

“剑法可以边走边学，可时机失去了就不会再有。”王走儿自信地说道。

“我倒想听听你这位丐帮帮主的时机是什么。”佘余揶揄道。

“现在整个天下都流传着两件事。”王走儿没有理会佘余的揶揄，平静地说道。

“哪两件事？”佘余不禁问道，因为他这段时间只能躲在密道里，而王走儿却可以自由地在洛阳城中行走。

“第一件事，燕国皇室多出了一个正统的皇子。”王走儿说到这里顿了一下，似乎想到了自己。

“这也是我为什么要杀青火的原因，可惜现在我办不到了。”佘余说的是事实。

“第二件事，华妃真实的身份竟然另有其人。”王走儿笑道。

“一个女子，又能如何？”佘余问道。

“这你就不懂了。”现在的王走儿面对佘余再也不像之前那样紧张，他继续说道，“青火出现，燕国必乱。燕国一乱，大宋也会乱。华妃是谁都不重要，重要的是赵准的心会乱。”

“所以你就有机会了。”佘余现在知道王走儿想要干什么，因为王走儿也是一位皇子，一位大宋见不得光的皇子。

“没错，虽然机会非常小，但也是个机会。你不是说杀手要从最意想不到的地方出手吗？”王走儿看着京城的方向，眯起眼睛说道。

佘余看了看王走儿，没有再说什么。他只是在想，或许收下王走儿这个徒弟，也还不错。

第九章　此恨绵绵

白青岚和青火已经登上了贺兰山，奇怪的是他们一路上没有遇到任何人，连原本应该驻守的士兵都没有。他们只好在山顶等待，等待想见他们的人自己出来相见。

这一等便是三天，整整三天之后的清晨，一个女子，一个白衣飘飘的女子终于出现在他们面前。

这个女子他们认识，正是海棠。

海棠还是像原来一样，一样的微笑，一样的飘逸，一样的美妙。可又好像跟原来不一样，少了一份人间的烟火，多了一份天生的冷傲。

白青岚不知道为什么，觉得现在的海棠比起之前的时候更让人捉摸不透，更让人心生好奇，也更让人感到危险。

海棠望着白青岚，不知道心里在想些什么，她就这样一直看，看白青岚的白衣黑眸，看他身后风卷云舒，看贺兰山顶日升月落。

两个人都没有说话，也都不需要说话。他们都在等，等他们要等的人，而这一等又是三天，还是没有看到有其他的人到来。

“你等的人不会来了。”海棠对白青岚笑道，白青岚知道她说的是古枫、段天涯、明海李空谷。

“你等的人也还没有来。”白青岚说道。

“谁说我没来。”听到这个声音，青火心里升起一股抗拒而亲切的怪异感觉，因为这个声音是属于慕容嫣的。

段天涯

“看来这次我又赢了。”海棠朝白青岚眨了眨眼，说不出的迷人。

白青岚笑了笑没有再说话，这个时候他很不适合说话，因为他的面前是两个武功盖世的女人。

“你就是海棠？”慕容嫣依旧冷艳无比。

“难道你不是慕容嫣？”海棠同样傲气凌人。

“就是你抢走了天山雪莲？”慕容嫣质问道。

“我只是拿回自己的东西。”海棠笑道。

“强词夺理。”慕容嫣眼里升起一丝怒意，不是因为天山雪莲，而是因为海棠对白青岚的态度。

“理所当然。”海棠依旧淡淡地笑道，她放木小灵离去，便是为了让慕容嫣前来，所以她现在很高兴。

“你千方百计将白青岚引到这里，又故意将我诱来，到底有何图谋，不妨痛快地说出来。”慕容嫣本就是聪明之人，暗自一番思索便明白过来。

“因为你们都是绝世高手。”海棠看着慕容嫣和白青岚说道。

“那又如何？”慕容嫣冷笑道，她绝不认为这是让海棠如此大费周章的原因，但海棠的话还是让她有些吃惊。

“所以我会打败你们。”海棠笑道。

“我要是不给你机会呢？”慕容嫣冷冷地说道，她自然不会无缘无故地去跟海棠对决，她的命不仅仅是她自己的。

“你一定会给的。”海棠肯定地说道。

“那就给我一个理由。”慕容嫣紧紧地盯着海棠道，她似乎真的有些怒了，因为她从海棠的话里感觉到了什么。

“因为我可以解他的毒。”海棠看了白青岚一眼说道。

“他的毒已经解了。”通过木小灵的禀报，慕容嫣对于白青岚在天山发生的事情自然一清二楚。

“只是解了一半。”海棠的话让慕容嫣又是一惊。

“我为什么要信你？”慕容嫣本身便是绝世高手，她同样能够察觉到白青岚的气息有点异常，但她还是要反驳，因为说这个话的人是海棠。

“因为海棠就是花夫人。”这个时候，白青岚突然说道。

“原来你早就知道了啊。”海棠对白青岚揭露了自己的身份并不感到意外。

“原来不知道，现在知道了。”白青岚说道。

“所以你应该相信我。”海棠这句话是对白青岚说，而不是对之前怀疑她的慕容嫣说。

“我一直都相信你。”白青岚说道。

“哦。”海棠听到白青岚如此的回答，竟然有些意外。

“所以，我来见你。”白青岚继续说道。

“现在你见到花夫人了，那天山雪莲呢？”海棠轻笑道。

“已经给过你了。”白青岚道。

“什么时候给我的？”海棠问道。

“在千药谷的时候。”白青岚答道。

“哈哈，果然有趣。那你不问问你师傅古重山在哪里吗？”海棠笑得很迷人。

“他很安全。”白青岚道。

“为什么？”海棠道。

“因为你的目标本来便是我。”白青岚说道。

“白青岚，你很自信。”海棠凝视白青岚片刻后，幽幽地说道，眼中既有欣赏又有不服。

“你更自信。”白青岚说的也是实话，一路来发生的事情都在海棠的设计之中。

“可有些事情光凭自信是不够的。”海棠似乎意有所指。

“说得没错，我对这句话很是赞同。和尚，你说呢？”便在此时，李空谷和明海竟然也来了。

三日前，李空谷终于苏醒过来，便和明海一起向贺兰山赶来，登上贺兰山顶之时，恰好听到海棠说的这句话。

“如此年轻，如此痴情，竟然可以从神仙茶中醒来，实属难得。”海棠看着李空谷说道。

“咯咯，海棠姐姐，应该是花夫人如此赞赏，空谷我愧不敢当啊。”李空谷笑道。

“海棠、花夫人只是我的一个身份，实力才是最重要的。”海棠难得地认真说道。

“所以，你从天山开始就在暗中掌控一切，把江湖人士和我们操纵在股掌之中。”李空谷说道。

“我不需要掌控什么，江湖中本就以强者为尊。”海棠说道。

“既然你是强者，在天山之巅你为何又躲在暗处，而不出手去对付华震南？”这一点不仅是李空谷，相信其他人也想不通。

“因为海棠就是花夫人，花夫人就是华妃。”白青岚的话让现场一片寂静。

“竟然会是这样。”李空谷以手掩嘴说道，她完全被这个事实震惊到了，但是也只有这样的事实才能解释一切。

也只有大宋华妃才有能力对白青岚等人的行踪了如指掌，才有资格成为姜府和千药谷这种世间稀有之地的主人，才可以让他们进入贺兰山如入无人之境。

“花”和“华”本就是谐音，花夫人便是华夫人，华夫人自然就是华妃，也就是华震南的小女儿，华如筝的妹妹华如眉。

华如眉自然不会向华震南出手，哪怕十几年前华震南亲手逼死了华如筝，将她送进了大宋皇宫。但是她更不会帮忙，她知道白青岚一定会赢，因为华震南练的是天寒诀。

“我明白了。”知道海棠不仅是花夫人还是华妃之后，李空谷说道，“程天甲中的毒不是紫叶七星，而是幽棠花。”

“确切地说，应该是幽棠花中的阴花。”华如眉笑道。

“原来如此。”李空谷顿时知晓了所有的一切。

大宋皇室拥有的至毒之物一直以来都是幽棠花，而幽棠花又叫阴阳花。

程天甲当时中的毒正是王走儿从皇室获得的一部分幽棠花阴花，所以程天甲才可以活到天山，所以白青岚的红萼草毒没有能够彻底解除。

“白青岚，你比我想象得还要厉害。”华如眉对白青岚说道。

“所以你让我们帮你报仇。”白青岚不禁苦笑道，自己难得被别人利用一次，还是一个如此特别的女人。

“我不恨他。”华如眉摇了头说道。

“你也没有救他。”白青岚知道华如眉说的是华震南。

“我恨的只是女人为什么不能掌握自己的命运。”华如眉继续说道。自进宫以后，华如眉便强迫自己不停地练功，加上赵准以倾国之力相助，终于成为真正的绝世高手。

“所以，你现在要杀我？”白青岚平静地看着华如眉，他知道自己的红萼草毒虽然没有完全解除，但他体内有着两个人的内力，这是对华如眉最大的威胁。

“我不会杀你，我只是想拥有自己喜欢的东西，做自己喜欢做的事，爱自己喜欢的人。”华如眉说得很温柔，却让白青岚听起来觉得有些苦涩。

“你早就可以动手，为什么要选择这里？”白青岚叹了口气，他知道没有人能够改变华如眉的想法，尤其是一个女人偏执的想法，更何况这个女人还有着无比恐怖的实力。

“因为她。”华如眉望向慕容嫣笑道。

白青岚明白了，慕容嫣也明白了。华如眉要证明自己是这个世上最完美的女人，所以她是当着白青岚的面，击败另一个同样完美的女人。

“所以一路来你要击败我身边的人。”白青岚终于知道这一路所遇之事的原因。

“我要的是完美，任何方面都是。”华如眉确实是一个完美的女人，这一点连白青岚也无可挑剔。

“但是他们都还活着……”白青岚说的是古枫和段天涯，他看重的是生命。

“可我赢了。”华如眉看重的是结果，红药和幽兰是她的好姐妹，她们知道华如眉的追求并且也认可华如眉的追求，所以她们无怨无悔地帮助华如眉。

“可我还没有喜欢你。”白青岚极为认真地说道。

“你可以先臣服于我。”华如眉优雅无比地笑道。

“看来你我只有一战。”白青岚头痛起来。

“正合我意。”华如眉显得很期待，很开心。

“别无他法？”白青岚苦笑着问道。

华如眉微笑着摇了摇头，说道：“你输了，从此就要跟着我，当然我也会帮你解除剩余的毒性。你若赢了，从此我便不在江湖上出现。”

华如眉说得依然很温柔，很公平，很自信，这让白青岚很无奈。

“我可不可以不答应？”白青岚问道。

“可以。那我只好先杀了她。”华如眉说完，便看向了慕容嫣。

闻听此言，慕容嫣不禁勃然色变。

第十章 其犹未悔

同样是绝世高手，还是牡丹派掌门和燕国公主的慕容嫣，什么时候被人这样轻视过？所以慕容嫣冷艳的脸上逐渐蓄起一份笑容，一份暗藏杀意的笑容。

“要是你杀不了我呢？”慕容嫣问道。

“那你就可以杀了我。”华如眉说道。

“我会的。”慕容嫣回道。

“可惜你是慕容嫣，所以你没有这个机会。”华如眉含笑道。

慕容嫣没有再说话，她知道华如眉说得很对。同样身为绝世高手，慕容嫣心里还放不下青火，放不下燕国，可华如眉只需要为她自己。

所以慕容嫣的命比华如眉的命更重要，所以慕容嫣便有了缺点，而华如眉没有。

但这一战却是不可避免的，因为慕容嫣和华如眉都是女人，两个同样骄傲、同样绝世、同样追求完美的女人。

当青火眼中那道美丽的身影从空中再次划过，他的心里有着赞赏，有着担心，还有着些许的温暖，因为这道身影是慕容嫣。

慕容嫣的身影极快，像一缕青烟，从她站立的位置开始，向四周飘散，却突然在华如眉面前凝聚成形，凝聚成一道寒冷而致命的剑意。

这道剑意是惊鸿剑的，因为惊鸿剑比慕容嫣还要快。

华如眉什么都没有做，任由惊鸿剑从她身上穿过，然后华如眉便消散了，宛如一朵海棠花飘散在人世间。

于是，袅袅青烟在贺兰山升起，每一缕都那样出尘脱俗，不可名状，在虚无缥缈当中追逐生命的气息。

惊鸿一瞥，生死不知。这是慕容嫣的决心。

于是，无数的海棠花瓣随风飘荡，每一瓣都如此优雅无双，独立人间，在漫天花海中束缚惊鸿的回眸。

红袖善舞，只为君故。这是华如眉的态度。

惊鸿剑无数次从华如眉的衣袖之间穿行而过，却丝毫没有伤及华如眉，甚至连衣袖都安然无恙，这让慕容嫣有些羞怒，因为她用的是剑，而华如眉没有。

同样的，华如眉的衣袖自始至终也没有真的束缚住惊鸿剑，只能以其深厚的内力抵挡住惊鸿剑侵入的剑意。但华如眉没有羞怒，她知道慕容嫣要败了，因为惊鸿剑便是慕容嫣最强之处。

所以当惊鸿剑再一次侵入华如眉的衣袖之中时，慕容嫣不禁有些变色，因为惊鸿剑没有能够从衣袖中挣脱，因为惊鸿剑的剑尖遇到了一个酒杯。

这个酒杯正是华如眉从天山客栈开始就喜欢随身携带的物品。

酒杯可以用来喝酒，也可以用来当暗器，还可以用来杀人。

在此之前，没有人敢或者没有人敢想过用一个酒杯来抵挡牡丹派掌门慕容嫣的惊鸿剑。因为酒杯在接触剑尖的时候便已经碎了，惊鸿剑更胜却海棠花无数。

但华如眉敢，深厚的内力让她可以无所顾忌，哪怕酒杯碎了，哪怕惊鸿剑渐渐穿透杯底，哪怕剑尖正朝着自己的胸前袭来。

碎了的酒杯依旧是一个酒杯，更何况在华如眉内力的包裹下，酒杯依旧维持了原来的玲珑剔透，沿着惊鸿剑的轨迹，像一颗珍珠沿着丝线滑向命运的终点。

慕容嫣握着惊鸿剑，她的惊鸿剑意正拼命地抵挡华如眉内力的攻击，但剑尖离华如眉越近，酒杯便也离她自己越近。慕容嫣不敢撤剑，更不能撤剑。

所以，一旦剑尖刺入华如眉的胸口的时候，也正是酒杯进入慕容嫣身体之时。而这并不是慕容嫣所希望的，因为她的命不仅仅是她自己的。

而这却是华如眉意料之中的，况且她不认为惊鸿剑能够伤到自己。因为她对自己很有自信，因为她更知道有人不会让这一切发生。

所以，当黑铭剑毫不留情地将酒杯击碎的时候，华如眉没有愤怒，也没有再出手。她只是含笑地看着白青岚，似乎是在说这次我又赢了。

白青岚知道慕容嫣会输，他也知道华如眉不会杀死也杀不死慕容嫣，但是他还是要出手。他不希望慕容嫣在自己和青火面前受伤。

“她杀不死我。”慕容嫣对白青岚的出手没有动怒，也没有感激。

“可你会受伤。”白青岚知道华如眉是何其自信，绝对不会让自己和慕容嫣两败俱伤的。

“我不会谢你。”慕容嫣冷艳依旧，好像之前的事都没有发生过一样。

“你不用谢我。”白青岚笑了笑道。

“我会谢你的。”慕容嫣看了看青火，声音竟略带柔情地说道。

“我不用你谢。”白青岚摇了摇头，说得很郑重很认真。

看着白青岚和慕容嫣，青火突然觉得海棠（华如眉）人并不坏，虽然一路来说话有些让人捉摸不透，可至少在青火看来，海棠不是一个坏人。

洛阳一战后，青火知道自己离父亲一直都那么远又那么近，而母亲现在却离自己那么近又那么远。可是，这毕竟也是一种幸福，所以青火抿了抿嘴，他很享受此刻的感觉。

他不知道华如眉此刻跟他一样看着白青岚和慕容嫣，他更不知道华如眉眼里的笑意越来越淡，淡到不像自己心中所认识的那个海棠。

华如眉看着面前的明海，她知道明海为什么要来阻拦自己，但她现在很不喜欢有人阻拦自己。所以，华如眉告诉明海：“你不是我的对手。”

“我想试试。”明海说道。李空谷在一边没有说话，她知道这个时候的明海才是真正的明海。

“小和尚倒蛮有趣。”听到这里，华如眉笑道。她决定先不管白青岚，至少明海有资格跟她动手。

“和尚没有大小，只有真假。”明海说道。

“那你是真的还是假的？”华如眉含笑问道，她当然知道明海喝过神仙茶。

“我只是和尚。”明海回道。

“要是你输了，便还俗吧。”华如眉随意地说道，同时也给了明海一个挑战的条件。

明海便朝着华如眉走去，他不走不行，因为华如眉不会动。

明海一直走到华如眉面前，他缓缓地伸出一只手去。明海的手很白，这个时候的手更白，几乎就跟华如眉身上的衣裳一样白。

华如眉没有动，她的衣袖在动，随风而动。她不知道明海想做什么，她只知道不要让明海那只手碰到就行了。

明海伸出的是无量佛手。他看不出华如眉的深浅，不知深浅便也是无量，以无量对无量，或许便能得知一二。

白皙的手掌在空中慢慢地靠近，因为太白，就显得很柔弱，柔弱得在空中有些游离，随着华如眉的衣袖而游离。

衣袖翩翩，手之舞兮。

此刻明海的眼睛盯着的便是华如眉的衣袖，他的手停在空中没有动，他要看清楚华如眉，首先必须捉住华如眉的袖子，所以他闭上了眼睛。

宛如一片江南明妍的春天，牧童在原野之间追逐飞舞的蝴蝶，蝶停人动，手动蝶飞。如此循环往复，不知最终这一人一蝶如何收尾。

明海睁开了眼睛，他知道牧童最终没有抓到那只蝴蝶，蝴蝶就像此时华如眉的衣袖般依旧轻舞，他的手停在空中成拈花状。

所以，明海笑了，拈花一笑。

“为什么不动手了？”望着收回手掌的明海，华如眉笑道，她似乎什么都没有动过。

“因为我还不想还俗。”明海说完，便退了回去。

华如眉没有再说什么，她的眼里现在只有白青岚，此刻所有的人里面也只有白青岚才有可能匹敌华如眉。

“你身怀程天甲半身功力，所以你我决战之前我不会给你解毒。”华如眉说道。

白青岚没有任何表示，既然是要决一胜负，他便是生死剑白青岚，便是一名真正的剑客。

黑铭剑与白青岚的气息完美地融为一体，白青岚整个人仿佛就是一柄剑，一柄黑色的剑。

华如眉非常满意，非常欣赏，也非常痴迷。她整个人已经直直地飘向了空中，她要以毫无保留的实力来迎接这一剑，迎接这个自己喜欢的男人。

无论看过多少次，青火都会觉得先生的这次出剑是最完美的一剑。

凝聚人与剑的所有气息，在精气神最为饱满的时刻，在天地万物为之认可的时刻，在心中舍剑无他的时刻，挥出一名剑客最完美的一剑。

这一剑让风云为之停泊，这一剑让光线为之暗淡，这一剑让生命为之绽放。

这一剑让华如眉的眼中神采奕奕，让她焕发出一个女子的绝世荣光。

黑色剑光在地面与空中的两人之间形成一道弧形的桥，这不是鹊桥，而是奈何桥。

让青火惊异的是，这座桥的两边此刻却开满了百花。

桃之夭夭，芍药灼灼，兰草幽幽，海棠朵朵。

这不是花，这是海棠的身法，这是华妃的雍容，这是华如眉的内心。

这又是花，因为这是花夫人的世界。

人间有万物，花便有万种。一花一世界，尽在眉心中。

这道剑光从万花丛中毫不留情地穿过，击碎了无数朵花，也撕碎了华如眉的衣袖。

落英缤纷，纷纷扬扬，如同无瑕的雪花从天而降。华如眉的双袖尽数被毁，裸露出两条洁白光滑的手臂，在全身飘荡的白裳之间若隐若现。

“我杀不了你。”白青岚知道，自己最强的一剑第一次被人毫无损伤的接了下来。

“可你也没有失败。”华如眉看着白青岚，这个男人果然值得她如此去做。

“既然如此，不如就此别过。”白青岚道。

“恐怕我们都走不了。”华如眉笑道。

“你早就知道。”看着贺兰山周围密密麻麻的大宋军队，白青岚说道。

“我不知道，但赵准确实是一个好皇帝。”华如眉自然知道这是赵准的意思。

“看来我们的麻烦很大。”白青岚皱眉道。既然赵准知道他们都在这里，就绝不会指望军队可以拦住他们。

“的确。”华如眉的话刚刚结束，一阵惊天动地的巨响便从贺兰山山腹中传出。

白青岚带着青火腾空而起，所立之处依然断裂无数，巨大而炎热的气浪夹杂着碎石向白青岚迎面扑来。

如此剧烈的冲击力，即便是白青岚也难以抗拒，只好带着青火一同顺着气浪向贺兰山西侧的悬崖坠落而去。

慕容嫣极速地向白青岚这边赶来，她不是来杀白青岚，也不是来救白青岚，她是要救青火。慕容嫣知道，白青岚就算坠落下去也未必会死，可青火会。

可慕容嫣没有机会，因为她被华如眉给拦住了。华如眉同样被气浪逼到了空中，但她仍然显得很飘逸，她有足够的时间和实力阻止慕容嫣。

“你会付出代价的。”慕容嫣看着逐渐消失在视线里的白青岚和青火，对华如眉恨恨地说道。

“我说过，你永远没有这个机会。”华如眉笑道。

华如眉说的不仅仅是实力，更是她的选择。

在阻止慕容嫣营救青火之后，她竟然也转身向白青岚坠落的方向飘去，只在慕容嫣眼里留下一道白色的影子。

华如眉没有丝毫犹豫，就像当年华震南将她当作姐姐送进皇宫的时候一样。所以她现在不会放弃自己喜欢的人，哪怕那个男人同样的自信骄傲，哪怕悬崖下面有死无生。

因为她比白青岚更自信，比慕容嫣更绝情。

慕容嫣愣了愣，她没有想到华如眉会这么做。但她知道在这一点上华如眉是对的，因为自己绝不可能像华如眉一样选择，哪怕是为了白青岚，哪怕是为了青火。

她看了看贺兰山西侧的燕国，脸上短暂的迷离之后又恢复了原来的冷艳。于是，慕容嫣转身向正在躲避气浪的明海和李空谷追了过去。

白青岚醒过来的时候，发现自己在水里，而青火在自己的怀里。

从水中上得岸来，白青岚知道自己应该是掉到了悬崖底下。庆幸的是崖底有一眼泉水，否则就算自己死不了，青火也没有生还的希望。

只是现在青火依旧昏迷着，在贺兰山强烈的气浪和坠落崖底时的巨大冲击下，青火已经受了不小的内伤。

白青岚不知道这里是在大宋还是已经到了燕国，不过这些都不重要，最要紧的是找个地方给青火疗伤。

如果没有外人打扰，此处用来疗伤也并无不可。可是白青岚知道，现在一定疗不了伤了。因为自从白青岚醒来，他就知道岸边一直站着一个人，一个十二三岁的小女孩。

“这是哪里？”白青岚只好开口问道，因为小女孩一直看着他，有些害怕又有些害羞。

“这里是蝴蝶秘境。”小女孩的声音很脆，很甜。

“是大宋还是燕国？”白青岚继续问道。

看着小女孩茫然地摇了摇头，白青岚皱起了眉毛。

“你叫什么？”看到小女孩怯生生的样子，白青岚不由得笑道，心里认为小女孩年纪太小，久居深山，或许还不知道地域的事情。

“我叫梦小草。”小女孩回道。

“那你能不能带我去见见你的家人？”白青岚问道。

“他们在上面。”梦小草抬头指了指悬崖上方，认真地回道。

听到这里，白青岚也明白过来，原来梦小草跟他一样，也是从悬崖之上掉下来的。那么，这个蝴蝶秘境究竟是一个什么样的地方呢？

“小草，还没有找到客人吗？”这个时候，从不远处传来了另一个女子的声音。

第四卷　蝴蝶秘境

第一章　佳人如梦

梦小倩见到白青岚的时候，发现这个男人给她的感觉非常特别。虽然自己的蝴蝶心法在秘境之中算是修炼有成的，可她还是看不出这个男人心里丝毫的想法。

这让她很吃惊，也很担心，担心白青岚。因为连蝴蝶心法都看不透的人，他们的结局一般有两种情况，要么可以迅速地融入秘境成为其中的一员，要么便不会被秘境所接纳……

或许是自己心法的境界还不够，毕竟整个蝴蝶秘境只有梦老三才将蝴蝶心法练至大成。到时候实在不行，就把白青岚带到内境让梦老三查探一番，梦小倩一路想着。

白青岚抱着青火跟在梦小倩和梦小草身后，在这片陌生而奇怪的地方一路绕行。

蝴蝶秘境里面的环境跟外界的山谷很像，沿途的植被多为灌木和藤蔓，空气中湿气较重。微弱的光线从头顶的悬崖上透照下来，让人心里有些许恍惚和向往。

凭感觉白青岚知道这里的面积其实并不算大，但是沿途经过的道路应该是设置了某种阵法，让行走的路程远远大于实际的距离。

不过他并不担心，青火的伤势没有大碍，只要青火有充分的时间休息便可以苏醒。他只是对这个蝴蝶秘境比较感兴趣，从刚才梦小草称呼女子为小倩姐姐的时候，白青岚知道眼前的这个女子叫梦小倩。

梦小草

梦小草在路上偷偷告诉白青岚，蝴蝶秘境所有的人都姓梦，就算你有原来的名字，也会改姓梦。但必须经过秘境长老们的认可，才能成为秘境的一员。

除了这些，白青岚对蝴蝶秘境就一无所知了。因为自从梦小倩回头看了一眼梦小草，梦小草就没有再敢多说一句话，白青岚也没有再问。

走了约莫一炷香的时间，在一块平坦的地方看到了几间草屋，进入中间最大的草屋之后，梦小倩转过身来。

白青岚这时候才仔细观察起来，他发现梦小倩的年龄并不大，也就二十岁出头，容貌姣好，身上穿的衣裳应该是自己织的布，丝线很粗，但穿在梦小倩身上却显得非常契合。

只是梦小倩脸上平淡的表情，似乎不符合她的年龄。这让白青岚想起了木小灵，一个热情如火，一个沉静似水，明明两个性格完全不一样的人为什么会联想到一起，这种感觉让白青岚自己都觉得有些怪异。

草屋中除了梦小倩和梦小草还有一个中年的妇人，自从梦小倩进来后，她就安静地站在梦小倩的身旁，像一个温顺的仆人。

“小姑，你先将小客人带去休息吧。”梦小倩的声音跟她的表情一样平淡，但让人不觉得冷淡，反而有些喜欢。

中年妇人叫梦小姑，并不真的是梦小倩的小姑，这一点白青岚已经明白，相信大家也非常明白。

梦小姑点了点头，便从白青岚手里接过青火。白青岚没有拒绝，他看得出梦小姑和梦小草都没有什么武功，甚至连梦小倩的内力也低得可怜。

所以他很放心地将青火交给梦小姑，因为青火现在确实需要一个柔软的地方好好休息，白青岚不需要休息，他也不能休息。

梦小姑抱着青火走出草屋的时候，梦小草也跟了出去。只剩下梦小倩和白青岚相互地对视着。

梦小倩这一次非常仔细，非常认真地看着白青岚的眼睛，渐渐地，她的额头出现了细微的汗珠，这是她所能运用的蝴蝶心法达到的最大程度了。

可是她依然失败了，她从白青岚的眼里看不出任何的情绪和欲望，那双黑色的眸子就像一个无底的深渊，让拥有蝴蝶心法的梦小倩感到漆黑一片。

黑得那么清澈、那么温暖，就像当年梦小倩第一次接触蝴蝶心法时昏迷中的感觉一样。

而白青岚觉得梦小倩的眼睛就像湖水中的两个旋涡，两个自然而然、旋转不息的旋涡。

这个旋涡就这样一直安静而稳定地旋转着，渐渐地，周边的水草和鱼虾都随着这个旋涡一起旋转起来。慢慢地，连同湖水都开始旋转起来，进而是整个天空和世界都跟着旋转起来。

白青岚不由得将眼睛闭起又睁开，他第一次遇见这种能够影响人精神的功法，而且还是在内力如此弱小的梦小倩身上。

他不知道这门功法叫蝴蝶心法，更不知道蝴蝶心法练到最高境界完全可以控制一个人的心智，但白青岚已经很吃惊了，因为刚才梦小倩竟然可以让他闭上眼睛。

梦小倩停止了运用蝴蝶心法，她额上的汗珠如同草丛上的露水一样微小而缜密。她不在意白青岚是什么人，她在意的是这个奇怪的男人最终能不能加入到秘境中来。

她第一次为一个陌生的客人担心，而这个客人还是一个男人。

“你是谁？”梦小倩问道。

“白青岚。”白青岚回答道。

“你很强大。”梦小倩道。她虽然内力不高，但这些年见过的高手也有不少，白青岚是她这一生以来见过的最强大的人。

“你的功法很特别。”白青岚说的自然是蝴蝶心法。

“我只是想确定你的想法，让你们在秘境可以更好地生活。”梦小倩没有回答蝴蝶心法的问题，这在秘境中也都是秘密。

“这里不能够出去？”在白青岚看来，任何地方都应该有出路，就算是在崖底。

“出去后到哪里？”梦小倩疑惑地问道。

梦小倩从小就在蝴蝶秘境长大，她根本就不记得自己是怎么来到这里的，或许是比梦小草还要更小的时候吧。

她只记得自己是由梦小姑抚养长大的，这些年只有梦小姑在一直陪着她。

后来秘境的长老们发现梦小倩竟然可以修炼蝴蝶心法，便将她带到内境，学得心法后，梦小倩成为蝴蝶秘境外境唯一的长老，也是最年轻的长老。

每隔一段时间，少则一两年，多则四五年，总会有人从头顶上方的山崖坠落下来，这些人被秘境称为客人，这些客人也正是组成秘境成员的主要人员。

只是这些成员中大部分只能生活在外境，蝴蝶秘境分为外境和内境，内境只有九大长老和长老们认同的成员才可以进入生活。

不过大家并没有对这样的生活有任何不满，因为每一个人的身份都是他们自己选择的，也是他们内心希望和喜欢的。

梦小倩更没有不满，她去过内境，所以她知道，内境跟外境是一样的，除了生活的人不同之外，真的是一模一样。

“外面的世界。”白青岚抬头看了看头顶的云雾答道。

“外面没有世界。”梦小倩道。

“你不是从上面下来的？”白青岚有些意外，他以为梦小倩跟他一样，从山崖坠落而来，梦小草也是。

“这里就是我的世界。”梦小倩摇了摇头，她对蝴蝶秘境以外的东西一无所知，就算是传授她蝴蝶心法的三长老梦老三也没多提过。

她只是从一些客人的口中知道秘境以外还有更大的地方，但那些地方在客人口中都是不好的，所有的客人来到蝴蝶秘境就不愿意再走，从来没有人想要离开过。

就算开始想过走，但后来就没人想走了。

这个答案并不是白青岚想要的，所以他现在有些皱眉。梦小草太小，而梦小倩又太天真，根本都问不出什么。看来想要离开这里，必须要找到真正的主事之人才行。

“小倩姑娘，秘境里谁最大？”白青岚问道。

“没有谁最大。”梦小倩听到白青岚叫她姑娘时，突然感到脸上有些不自然，心里对这个称呼难以接受又有些喜欢，秘境里从来没有人这样喊过她。

“那秘境的事情怎么决定？”白青岚继续问道。

“通过秘境大会。”梦小倩像是突然明白了白青岚的问题，轻松地回答道。

“大会由谁召开？”听到这里，白青岚竟然有些高兴，终于能够打听到一些有用的消息。

“长老们。”不知道是不是跟白青岚说话说多了，梦小倩现在也少去了几分平淡。

“有几个长老？”白青岚眉头皱得更厉害些。

“九个。”梦小倩肯定地答道。

听到梦小倩的回答，白青岚心里不禁苦笑。他没有想到这个蝴蝶秘境竟然是这样的，就算自己要离开，也必须通过秘境大会，而秘境的那些长老绝不会让自己离开的。

因为这些年来秘境没有一个人离开过，白青岚知道自己要离开等于是挑战整个蝴蝶秘境。

但是，白青岚不可能留在这里。如果自己的红萼草毒没有解除，如果青火没有见过慕容嫣，或许他离开的意愿没有如此强烈，可是现在却是绝对不行的。

“不知道秘境大会何时会召开？”所以，只要有希望，白青岚都会去争取。哪怕没有希望，他也一定要离开这里。

“很快。”梦小倩说道。

看着白青岚急着要离开，梦小倩心里不知道是喜是忧，她知道白青岚很难被长老们认同下来，但是自己也没有办法。

想留下白青岚，只有一个办法，那就是让他去喝内境蝴蝶泉的泉水。只是喝完泉水，白青岚就不再是白青岚了，这更不是梦小倩所希望的。

“小倩姐姐，内境说，三天后召开秘境大会。”就在梦小倩思绪有些纷乱的时候，梦小草跑进来说道。

梦小倩听到后点了点头，她知道每当秘境有新的客人来临，长老们都会尽快地召开秘境大会，安排这些人的生活，所以她才告诉白青岚说很快。

“知道了，还有别的事吗？”梦小倩看梦小草传完话后还没走，不由得问道。

“内境还说，这次大会要祭祀圣花，让小倩姐姐一起准备。”梦小草偷偷看了眼白青岚，怯怯地说道。

“圣花……”这个消息比起之前坠落下来的白青岚，更加让梦小倩惊讶和担心。

第二章 蝴蝶泉水

青火醒过来后，竟然没有特别惊讶和害怕，这让梦小草很奇怪，她认为这个比自己小很多的男孩很勇敢。

至少比梦小草刚进入蝴蝶秘境的时候勇敢，因为那时候的梦小草一个人感到很孤单、无助，这个陌生的环境让她都要崩溃了。

幸好后来遇到了梦小倩，梦小倩将她带了回来。她觉得梦小倩说的话很亲切，很温柔，她愿意跟梦小倩待在一起。

后来梦小倩给她喝了一杯水，那是一杯泉水，之后她就更喜欢这里了，因为秘境的生活都是她心里想要的，比起以前要好上很多很多。

梦小草清楚地记得那杯泉水很冷，喝到嘴里充满着淡淡的甘甜，她很想多喝几杯，可是梦小倩不允许她再喝，因为泉水来自蝴蝶泉，每个人只允许喝一杯。

看着手中盘子上的这杯泉水，梦小草竟然有些羡慕，她庄重而虔诚地端着这杯泉水，认真地看着青火。

青火知道梦小草是让他喝水，他朝她笑了笑，拿起杯子将泉水一口便喝掉了。

看到梦小草走出草屋，青火不由得打量起来周围环境来。他发现这里有些像以前跟先生居住的无名谷，又像那天遇到幽兰时的千药谷，但是这里比那两个地方更让人宁静。

平静下来的青火，想到自己和先生一同坠落下山崖，既然自己都活着，那么先生一定就没事。所以他醒来的时候没有丝毫担心，这是他对先生的信任。

不知为什么，青火又想起了慕容嫣，他不知道慕容嫣曾经尝试过来救他，更不知道慕容嫣想救的是燕国的皇子。但是他觉得自己已经长大了，比刚才的梦小草要大。

青火突然觉得这里很亲切，自己竟然有些熟悉，这种感觉很奇怪又让他很喜欢。所以，当青火安静地走出草屋后，他感觉到白青岚就在不远的地方。

白青岚看着梦小姑手里端着的那杯泉水，泉水很清澈，他从梦小姑的眼里看不出任何别的东西，所以这杯水很安全。

“这是蝴蝶泉的泉水，喝了对你有好处。”梦小倩说道，不知道为什么，每当看到这个男人露出好奇或迟疑的表情的时候，梦小倩总忍不住开口解释。

“有何好处？”白青岚自然知道这杯水没有问题，他只是想多了解蝴蝶秘境的情况。

“可以让你静心清神。”梦小倩认真说道。

“你说的是酒。”白青岚不由得笑道。

“酒是什么？”这下轮到梦小倩感到好奇。

“酒是世上最迷人的泉水。”白青岚现在有些怀念原来的那些酒了。

“你还不了解蝴蝶泉，否则你一定不会说这样的话。”梦小倩摇了摇头，坚定地说道。

“愿闻其详。”白青岚好学地说道。

“你先喝了这杯泉水就知道了。”梦小倩提醒道。

“也好。”白青岚说完便拿起那杯泉水一饮而尽。

“有何感觉？”梦小倩看着白青岚，问道。

“味道不错。”白青岚认真地说道。

“味道？你心里难道没有什么想法吗？”梦小倩是第一次听到喝完蝴

蝶泉水后这样评价泉水的味道的。

“有。”白青岚想了想道。

“你在想什么？”梦小倩认为无论是什么人，喝了蝴蝶泉水，都会说出自己内心想要的东西，虽然白青岚跟一般人不一样，但他内心总有自己想要的东西。

“泉水虽然不错，但没有酒好喝。”白青岚回味地说道。

“你这个人……”梦小倩这个时候脸上竟然有些红润，不知道是被气得还是被羞得，一时之间，她不知道如何是好。

“因为酒可以一直喝，可惜泉水只有一杯……”白青岚看着梦小倩手足无措的样子，不由得解释道。

“可是泉水每个人一次只能喝一杯。”梦小倩打断了白青岚的解释，心里也镇定下来。

“要是多喝了会怎样？”白青岚也想知道。

“你会忘记你是谁，忘记一切。”梦小倩极为郑重地说道。

“这一点倒与酒很像，只是酒醒了人就醒了。”白青岚认同地说道。

“蝴蝶泉不会，你永远不会醒。”梦小倩又摇头道。

正在此时，青火走了进来，看到青火已经并无大碍，白青岚也放下心来，现在他要考虑的是如何离开这里。

“不知三天之后的秘境大会在哪里举行？”白青岚问道。

“秘境大会每次都在内境召开。”梦小倩说道。

“那便可以见到长老？”白青岚问道。

“我倒不希望你见到长老。”梦小倩答道。

“为何？”白青岚不解地问道。

“因为他们不会认可你。”梦小倩答道。

“你如何知道？”白青岚问道。

“因为我看不透你。”梦小倩答道。

“那让我离去便是。”白青岚不由地说道。

“我说过，秘境从来没有人离开过。”梦小倩认真地说道。

“难道他们要杀我？”白青岚笑道。

“秘境也从来不会杀人，长老们只会让你喝水。”梦小倩道。

“喝蝴蝶泉的水？”白青岚皱眉道，梦小倩点了点头。

“看来到时候不止喝一杯？”白青岚问道。

“会让你喝很多，一直喝到你忘记自己是谁。”梦小倩点头道。

白青岚没有说话，青火也没有说话。他们都知道他们现在是离不开这里了，至少在秘境大会召开之前。青火看着白青岚，觉得先生的神情很凝重，于是他的神情也变得很凝重。

“看来我还有三天的时间。”白青岚苦笑道。

“或许我有一个办法。”梦小倩咬了咬牙，最终还是说道。

“什么办法？”无论蝴蝶秘境的情况如何，白青岚对梦小倩从来没有过抱怨，这个天真的女孩子只是做她该做的事情，而且她的心地是如此的善良。

“不要让任何人看到你的眼睛。”梦小倩说道，因为蝴蝶心法只有通过人的眼睛才能窥探内心，看不到便窥探不到。

“你要我装成一个瞎子？”白青岚问道。

“不是装，而是成为一个真的瞎子。”梦小倩摇了摇头，有些不忍地劝道。

“瞎子的感觉非常不好。”白青岚认真地说道。

九年来在红萼草毒的逼迫下，白青岚跟瞎子没什么区别，自己才刚刚从这样的状态摆脱出来，所以他对于梦小倩这个热情的提议只好温柔地拒绝了。

“三天之内，内境会有人过来找你。”梦小倩知道白青岚不会答应这个建议，那么她只好再提醒他一下。

“什么人？”白青岚问道。

“我不知道，希望不是梦老三就好。”梦小倩答道。

“梦老三又是谁？”白青岚问道。

“秘境的三长老，也是我的师傅。”梦小倩说道。

“他为何要找我？”白青岚有些不明白。他确实不明白，因为白青岚不知道梦小倩根本没有将他的情况禀报内境，所以在秘境大会召开之前，内境就一定会有人过来查看。

“多谢姑娘提醒。”白青岚自然知道梦小倩是在帮他。

“不用谢我，我帮不了你。”梦小倩幽幽地叹了口气，便与梦小姑一道走出了草屋。

夜晚，白青岚独自走出草屋，青火已经睡了。

白青岚沿着白天的路径一路向泉水边走去，虽然天色很黑，道路又有阵法阻隔，但这些对于白青岚来说并没有多大影响。

他想要亲自去查探一番，坠落的地方也许还能有道路回到山崖之上。但在来到泉水边后，白青岚只好苦笑地摇了摇头。

这个谷底四周的峭壁很高，峭壁的表面由于长年累月的风化变得极为光滑，更主要是峭壁上几乎没有任何的藤蔓生长，完全就像几面大镜子矗立在这里。

除非有人可以一口真气扶摇直上数百丈的距离，否则便没有机会可以离开。可即便白青岚是绝世高手，也做不到这一点，难怪梦小倩说从来没有人离开过这里。

就在白青岚准备回去的时候，他突然停下身子，看着泉水旁边一块黑色的岩石，因为这块岩石正慢慢地站立起来。

原来这不是一块岩石，而是一个身穿黑色麻布衣的中年男子，男子的脸色有些许苍白，不是虚弱的苍白，而是常年光线不足造成的苍白。

这个男子站立起来后，看着站在对面的白青岚也感到很惊讶，他不知道自己竟然没有发现有人站在湖边，而且还是这样一个陌生人。

“看来这次来的客人都很有趣啊。”男子微微笑道，声音有些沙哑。

“你是这里的人？”白青岚问道。

“我是秘境的人，但不是这里的人。”男子摇头纠正道。

“你是内境的人。”白青岚笑道，他没想到内境的人出现得这么快，而且出现的方式这么奇特。

“看来你知道的还不少。”男子有些惊讶地看着白青岚。

“我还想知道更多。”白青岚继续说道。

“比如？”男子这个时候竟然跟白青岚聊了起来。

“怎样才能从这里出去？”这个问题是进入秘境以来白青岚一直在想的问题。

“我也想知道答案。”男子看着白青岚，真诚地说道。

白青岚没有再说话，他知道这个男子是真的不知道。因为这个男子的眼睛里充满了真诚，让人对他非常放心，放心到可以将自己内心的一切说给他听。

男子和白青岚就这样静静地站着，他们的眼睛都如此时的夜色一般，黑得纯粹，黑得透明。他们都没有再说话，却又仿佛交谈了无数的岁月，两个人不约而同地笑了起来。

“难怪小倩那丫头这次没有禀报，原来是因为你。”男子突然说道。

“你是梦老三。”白青岚自然猜到了这个男子的身份。

“没错，我就是梦老三，秘境内境的梦老三。”梦老三沙哑地笑道，声音在夜色中有些缥缈。

白青岚

第三章　镜花水月

“你现在长大了，也不听话了。”梦老三坐在草屋内的椅子上，沙哑地说道。

“小倩不敢。”梦小倩安静地站在梦老三的面前，显得很平静，但她的心里有些慌张。

“不敢你还说谎？”看着梦小倩强自镇定，梦老三没好气地说道。

他是看着梦小倩从小长大的，后来发现梦小倩竟然可以修炼蝴蝶心法，便将她收入门下，这也是梦老三这些年在长老之中最为得意的地方。

“那个男人很不简单。”梦老三认真地说道。

“你见过他了？”梦小倩没想到梦老三回来得这么快，而且竟然见过白青岚了，因为她不知道是白青岚自己送上门去的。

“哼，不见过怎么知道你现在这么大胆。”梦老三微怒道，“你知不知道你为什么看不透他？”

“小倩心法还不够。”梦小倩回答道。

“我也看不透。”梦老三摇头道。

梦小倩有些吃惊地看着梦老三，虽然她心里有过这个想法，但从梦老三口中听到肯定的答复，她还是很吃惊，甚至有些彷徨。

“知道是为什么吗？”梦老三问道。

“倩儿不知。”梦小倩确实很想知道。

“因为他的眼里没有欲望。”梦老三说出这句话的时候整个人显得有些疑惑。

梦小倩听得更疑惑，因为梦老三传授她蝴蝶心法的时候就说过，人都是有欲望的。

而这也是蝴蝶秘境存在的基础，秘境一直通过蝴蝶泉水和蝴蝶心法让每一个来到秘境的人感到满足，从而对秘境产生不可动摇之心。

“那他会怎样？”梦小倩心里从震惊到担心，不由自主地说了出来。

“你不担心秘境会怎样却担心他会怎样，看来你确实是长大了。”梦老三的声音只有沙哑，没有喜怒。

“倩儿担心他便是担心秘境。”梦小倩看着梦老三认真地说道。

梦老三仔细地看着梦小倩，然后微微一笑道：“圣花即将圆满，到时候秘境里所有人都会没有欲望，达到祖师爷所说的无欲无求的境地。”

“如此一来，所有人岂不是和他一样？”梦小倩从来没想过事情会是这样的结果，不过倒也稍微放下心来。

梦老三没有理会梦小倩的疑问和欢喜，而是继续说道：“这些年来圣花之所以没能圆满，不是祭祀不够，而是缺少这样一个无欲无求的人。”

“啊！”梦小倩这次才是真的震惊，“难道秘境要用白青岚的血用来祭祀圣花吗？”

“你也不用担心，内境已有祭祀圣花的人选。”梦老三道。

“那他怎么办？”梦小倩问的是白青岚。

“到时候你将他一起带来吧，刚好蝴蝶夫人要见他。”说到蝴蝶夫人的时候，梦老三的眼里闪现了一丝崇敬之意。

“蝴蝶夫人？”梦小倩感觉今天听到的事情总是这么的奇怪，好像秘境对她来说突然变得陌生起来。

“蝴蝶夫人是我们蝴蝶秘境新的主人。”梦老三认真地说道。

“不是说秘境从祖师爷之后就没有主人了吗？”梦小倩显然也完全弄不明白内境当中到底发生了什么。

“现在有了。”梦老三的眼光看向草屋之外，不知道他在看什么。

此时内境之中的一个密室内，七个穿着同样黑色麻衣的人正静静地听着一个年轻女子的禀报，从这个女子的穿着打扮来看，应该是一个丫鬟，她的手里还端着一个喝过泉水的茶杯。

年轻女子从密室离去之后，黑色麻衣人中一个颧骨异常凸起的老者问道：“梦老六，夫人现在喝的是第几杯了？”

“已经是第八杯了。”被称作梦老六的是这几个人当中唯一的女子，是一个满脸皱纹的女子。

“看来差不多了。”黑衣老者点了点头，随即他看着其余六人略感欣慰地说道，“自祖师爷之后，我们终于可以再次迎来一位新的主人，圣花也即将圆满，此乃我等之幸，秘境之幸。”

其余几人听老者如此说后，也都纷纷点头表示赞同，唯有一个体型稍胖的依旧不动声色。

“梦老八，你有什么话就说，不要卖什么关子。”老者看着梦老八说道，他知道梦老八性格沉稳，但说话做事却不够直爽。

“梦老一，我只是想提醒你，夫人的武功高深莫测，我们还是小心为上，让她能够顺利地成为秘境之主。”梦老八平静地说道。

“老八说的也有道理，这样吧，让小环迟些时候再送些泉水进去，确保万无一失。”梦老一对梦老八的语气没有任何芥蒂，反而笑了笑道。

“梦老四，梦老五，圣僧那边的情况如何了？”梦老一转头向另外两人问道。

“梦老一你就放心吧，有我和老五亲自坐镇，还能有什么问题。”梦老四的声音很粗犷，就跟他整个人一样。

“圣花圆满可是秘境百年来的头等大事，千万不可大意。”梦老一又叮嘱了一声，然后自言自语道，“不知道梦老三那边如何了？”

不知不觉，白青岚已经在蝴蝶秘境中待了三天，青火的伤势已经差不多恢复了。

而且青火好像对这里没有任何排斥，就跟平常一样，有时候跟梦小草一出去就是一整天，似乎连白青岚都不再显得那么重要。

更为关键的是，自青火醒来后，他一直没有发现一件事，那就是黑铭剑去哪儿了。除了白青岚，黑铭剑应该是青火最好的伙伴，这一点让白青岚隐约觉察到了什么。

而白青岚更奇怪的是，三天里梦小倩竟然没有来见他，也没有再多说什么，只是刚才让梦小草传话说，今天带他和青火去内境参加秘境大会。

白青岚不知道梦老三和梦小倩说了什么，但他可以猜到梦小倩态度的转变肯定与梦老三有关，至于对他来说是喜是忧也不是他考虑的。

所以，当梦小倩带着他和青火动身的时候，白青岚突然发现，这个时候的梦小倩就和那天从泉水边带他们来草屋时一样，只有一个平淡的背影，而且这个背影之后还少了一个梦小草。

这与那天的光景很像，但又不像，因为那天是从泉水往草屋走，而今天是从草屋往泉水走。

一样的路，不一样的方向，那么终点也就不一样。

所以，当他们来到泉水的时候，白青岚皱起了眉。他看着转过身来的梦小倩，没有说话，也没有动。

“你们把眼睛蒙上。”梦小倩扔给白青岚两块黑布，白青岚和青火依言做了。

这个时候白青岚感到右手上突然一片冰凉，一只柔软无骨的小手抓住自己，耳边响起了梦小倩的声音：“跟着我，记住，千万不能喝水。”

白青岚被梦小倩拉着向前走去，他赶紧左手紧紧抓住青火，循着梦小倩手拉的方向一起前进。

清凉的泉水从脚跟开始向胸前漫延，直到整个人都沉入到泉水之中，白青岚知道这个泉水便是内境的入口，难怪那天在这里遇到梦老三。

进入到泉水以后，梦小倩原本冰凉的小手此刻却显得有些温暖。不知道是因为手小，还是害羞，梦小倩只抓住了白青岚的四根手指。

虽然她的手很柔弱，但白青岚感觉到从手上传来的力道很重，到后来甚至有些微微的疼。

白青岚没有用内力去抵抗，一方面他怕自己会伤到这份淡淡的温柔，另一方面更是担心万一挣脱了梦小倩的手自己永远也无法到达内境了。

好在潜入水里不久便开始向前游去，白青岚此刻不知道自己是朝哪个方向，他只能根据手指传来的力度判断梦小倩的方向，然后将青火紧紧地拉在一起。

白青岚知道梦小倩带着自己游进了一条暗道，因为身体周围明显地传来暗流的挤压，幸好这种挤压是由后向前的，让他们可以轻松地顺着暗流潜行。

短短几个呼吸的时间，在水中却更觉得漫长。所以当浮出水面拿掉黑布的时候，青火一张小脸有些红，他大口地呼吸了几下，突然显得很惊讶。

白青岚也有些惊讶，因为这个泉水和他们之前进入的泉水一模一样，真的是一模一样，连周围的环境都一模一样，如果不是亲身经历过暗流，甚至都可以认为自己根本都没有动过。

“是不是觉得很奇怪？”三个人就这样站在水里，梦小倩突然向白青岚问道。

“的确有些奇怪。”白青岚道。

“但这里就是内境。”梦小倩说道。

“我知道。”白青岚当然知道这里就是内境，因为他最终还是发现了一些不同，那就是方向，这个泉水虽然和之前的一模一样，但方向似乎是反的。

“你知道泉水后面的这座山叫什么吗？”梦小倩看白青岚摇了摇头，接着说道：“它叫镜山。”

“确实是镜山。”白青岚想起那天晚上在原先的泉水处观察时，也觉得四周的峭壁像一面面的镜子，没想到这山当真是这个名字。

“传说蝴蝶秘境就跟蝴蝶的两只翅膀一样，以镜山为界，左右对称。亦虚亦实，亦真亦假，只是永远没有人知道哪一边是真的，哪一边是假的。”梦小倩喃喃地说道。

听到这里，白青岚感觉到自己手指上的力道变化了几次，显示出梦小倩说此话时的心情起伏很大。

“那你是真的还是假的？”白青岚有感于此刻的氛围，不由得问道。

“其实对我来说都一样，如果我在外境是真的，在这里就是假的。反之亦然。”梦小倩难得地淡淡笑道。

“有理。但如果这里都是假的又当如何？”白青岚平静地问道。

“那至少说明你是真的。”梦小倩看着白青岚，认真地答道。

第四章　别有洞天

梦小倩不是没想过白青岚说的问题，只是她不愿意去想也不想去想，她是属于蝴蝶秘境的，不管真假，秘境都是她唯一可以生存的地方。

而此刻梦小倩站在水中，突然觉得自己的手心有点痒，原来的是白青岚的指尖在自她的手掌之中动了一下，梦小倩觉得这种感觉很真实。

至少现在很真实，她低下头看着泉水中自己的影子，影子在荡漾的泉水中摇摇晃晃。一位淡淡的女子在水中婉约垂首，与一个朦胧的影子在水面相互凝视。

忽然，梦小倩看到自己影子旁边还有一道白色的身影，那张陌生而熟悉的脸庞似乎是在笑，她好像突然想起了什么，猛地将白青岚的手指松开，并抽了回来。

扬出水面的玉臂，搅乱了清影，也打乱了梦小倩的心。

梦小倩稍显慌乱地从水中向岸上走去，她的心里确实有点乱，为自己而乱，也为白青岚而乱，更为蝴蝶秘境而乱。

就在快要走出泉水的时候，梦小倩看着贴在身上的衣裳，感觉脸上突然热了起来，热到似乎脸上连同鬓发上的水珠都变得有些烫人。

于是，梦小倩停了下来，她没有继续往前走，更没有向后退。她就是站着，甚至从她的身体上开始飘散出淡淡的水雾，那是少女的心思幻化成的氤氲。

一瞬间，又或是很长久。梦小倩慢慢地回过头来，让她好气又好笑的是，白青岚竟然早已将黑布又蒙了回去，青火站在一旁感到莫名其妙。

看到梦小倩突然停了下来，又回过头来，青火赶紧学着白青岚的样子也把黑布蒙在眼上。看到这一幕，梦小倩很快将头转了回去，她觉得自己的脸上更烫了。

在陆地上，白青岚不用眼睛也不会走丢，所以他就这样牵着青火跟在梦小倩的身后，一直向目的地走去。而浑身湿漉漉的梦小倩，就像一支画笔在秘境之中悠悠游走。

当白青岚和青火再度睁开眼睛的时候，他们果然又到了一圈草屋的前面。这些草屋与他们之前居住的很像但绝不是之前的草屋，因为这里没有梦小草和梦小姑。

连梦小倩也不见了踪影，白青岚和青火只好自己走进中间的那间草屋，屋内有九把木制的椅子，除了居中一把正对门口外，左右还各有四把。

除了椅子，草屋内还有两个人，一个坐在右边第一把椅子上的正是白青岚之前见过的梦老三，另一个身穿黑色麻衣的老者坐在左边第一把椅子上，正是梦老三的对面。

“梦老二，你看此人如何？”梦老三向对面的老者问道。

“比我要强。”梦老二看着白青岚道。

梦老二知道梦老三问的是武功，因为整个秘境会蝴蝶心法的人只有两个，一个是梦老三，另一个便是梦小倩，而梦老二是长老中武功最好的，所以梦老三问梦老二只能是问白青岚的武功如何。

“比你强的人很多。”梦老三笑道。

“可我还是梦老二。”梦老二再也没有看白青岚一眼，也没有看梦老三，收回目光垂首说道。

梦老三的眉毛挑了挑，没有再说什么，就这样坐在那里。两个人都没有再管白青岚，仿佛白青岚和青火都不存在一样。

白青岚和青火也没有说话，更没有动，大家都在等。

等到梦小倩再次出现的时候，梦老三和梦老二依旧没有动，白青岚却微微有些惊讶：不是因为梦小倩换了一套衣服，而是因为梦小倩换的这套衣服是黑色麻布的。

黑色的梦小倩走进草屋后就坐在了右边最后一把椅子上，白青岚便知道，原来梦小倩就是秘境的第九位长老，也是最年轻的长老。

“不知秘境大会何时开始？”白青岚对梦小倩问道。

“明日。”可是回答的人不是梦小倩，而是梦老三。梦小倩换了衣服之后显得极为平淡。

“那为何今日将我们带进来？”白青岚只好向梦老三问道。

“因为有人想见你。”梦老三回道。

“什么人？”白青岚道。

“蝴蝶夫人。”梦老三问道。

“我不认识。”白青岚摇了摇头，他确实不认识蝴蝶夫人，但从名字来看一定又是一个女的。

“见了就认识了。”梦老三的声音越来越沙哑，似乎是要咳出来一样。

“有道理。”白青岚笑道。

“跟我走吧。”这个时候，梦老二站起身来，向草屋外面走去。

“他可以先留在这里。”梦老三指了指青火说道。

青火看了看白青岚，又看了看梦老三，然后直接走到梦小倩的边上。白青岚点了点头，没有说什么。

“刚才为什么不让我说话？”等白青岚一走，梦小倩突然有些着急地说道。

“因为你有更重要的事要做。”梦老三回道。

“什么事？”梦小倩知道自己刚才被梦老三所控制，但她心里从来没有过抗拒，她只是有些担心白青岚。

“杀了他。”梦老三指着青火，望着梦小倩慢慢说道，眼眸里的黑色越来越多，越来越黑。

梦老二从草屋出来后，便朝着左边的峭壁走去，来到岩石前，梦老二伸手凌空拍了三下，岩石便缓缓打开一道口子，刚好让人可以进入。

梦老二直接走了进去，白青岚跟了进去，进去之后岩石的口子便又封闭起来。顿时，峭壁内部再无一丝光亮。

黑暗对于一个刚刚从光明中走进来的人而言总是充满恐惧与危险的，哪怕这个人是绝世高手。

所以，白青岚在岩门关闭的时候，在岩洞外光线的亮光消失的一瞬间，他站着没动，他要尽快让自己适应这种黑暗的环境，就像许多年来自己曾经经历过的生活。

但是，很快白青岚就发现岩洞里面并非是完全的黑暗，至少前方不远的地方有着一些闪烁不定的亮光，像快要熄灭的油灯灯芯。这些灯芯越来越大，越来越亮。

白青岚站着依旧没有动，但岩洞里面似乎起了一阵风，这阵风对着闪烁的亮光吹了过去。所过之处，本来逐渐明亮的光点再次变得暗淡，直到最后消失在岩洞之中。

随着远处一阵细微的“叮叮当当”的金属落地时的撞击声传来，岩洞中再一次恢复了无尽的黑暗。

只是这时候的白青岚已经适应了黑暗的环境，他依然可以在这黑暗当中看出身处之地的样子。

白青岚此时站立的地方乃是一个圆形的岩洞通道，通道堪堪让一个人勉强通过。因为都在黑暗中，所以白青岚也只能看到通道前后不足一丈的地方，其他的都是黑乎乎的一片。

就在通道前边黑乎乎的阴影中，一串轻微的脚步声响了起来，白青岚知道那是梦老二。看来梦老二之前一直站在那里，现在又开始向前走去。

于是，白青岚也跟了上去，他依旧只能看到一丈以内的轮廓，而梦老二依旧在一丈之外的黑暗中。

两个人都没有说话，仿佛之前的暗器袭击没有发生过一样。一切是如此的安静和诡异，就像两个幽灵在通道中静静地穿行。

可安静终究不会长久，而诡异却让人更加的谨慎。

白青岚明显地感觉到脚下的通道居然在动，就如蟒蛇般自由地扭曲，让人内心颤动。因为脚下的通道确实在颤动，一种巨力压迫下的有节奏的颤动。

不过短短的一小会儿，这种颤动所传来的声音已经就像是天雷轰动，尽在耳旁。

白青岚能够感受到一股凶狠至极的气息从背后汹涌而至，这气息与这个通道浑然一体，因为紧随身后滚滚而来的是一块巨大的圆石。

白青岚没有担心，也没有慌张。他只是加快了脚步，不是因为背后的圆石，而是因为前方的梦老二加快了脚步。只要跟着梦老二，就不会有危险，这一点白青岚非常清楚。

梦老二当然更清楚这一点，所以梦老二必须要让自己消失。

白青岚有些头疼地看着眼前的崖壁，梦老二的脚步声和他自身一样突然就消失了。因为通道到达这里的时候拐弯了，分左右两个路口。

一左一右，极有可能代表的便是一生一死。

白青岚站在分岔的路口处，两颗坚硬的石子从他的手中分别飞向左右的通道，两声“哒”“哒”的声音几乎是同时传了回来。

白青岚知道左右都是死路，于是白青岚笑了，而巨大圆石也从白青岚所立之处无情地碾过。

听着圆石撞击在岩壁的声音，梦老二也笑了。无论你武功多么强大，在如此完美的陷阱之中依然难逃一死。

这些年来梦老二不记得用这个办法杀过几个人，但他知道能够死在这里的都是真正的高手，那些不愿顺服秘境而又对秘境有威胁的高手。

所以，梦老二像往常一样点亮密室的油灯，他要好好享受一下此时的心情之后，才会去将通道的机关再次设置好。毕竟，能来到蝴蝶秘境又够资格让自己出手的人实在太少了。

就在梦老二点亮油灯的时候，他原本满脸微笑的脸上顿时变得毫无血色，因为他看到密室的墙壁上竟然有两个影子，其中只有一个是他自己的。

“你没有死？”梦老二震惊地说道，他不敢回头。

“应该还没有。”白青岚回道。

“你怎么进来的？”梦老二问道。

“走进来的。”白青岚说完，又转身走了。

梦老二当然知道白青岚是从岔路口对面的岩壁进来的，因为那里有一个机关的石门。既然左右都是死路，那么中间便是活路，只是以往没有人能够像白青岚这样镇定地选择。

梦老二只看到墙壁上白青岚的影子越来越短，直到消失，他知道白青岚从密室的另一边走出去了，而密室外不远便是蝴蝶夫人的住处。

想到这里，梦老二又笑了，笑得全身都有些哆嗦。

第五章　似曾相识

白青岚从密室出来后，发现自己仍然处在一条长长的通道里，只是这条通道比起之前的要宽大许多，通道内点有油灯，光线虽然不强，却又不再是之前那样的黑暗。

在这悠长的通道内缓慢地前行，白青岚发现通道两边有着不少的密室，大部分都是空的，但在几个密室内有些简单的衣物，其中放有黑色麻衣的肯定是某位长老的居所。

从梦老二布置机关的密室出来后，白青岚竟然没有再遇到一个人，这本身就是一件不正常的事情。

所以，白青岚只能一直地向前走去，他根本不用担心有人会发现自己。

白青岚的运气一向不错，这次也不例外。就在白青岚感觉快要走到通道尽头的时候，他听到了声音，是两个女子讲话的声音。

让他感到奇怪的是，其中有一个声音听起来非常的耳熟。于是，白青岚循声而去，终于在一个密室的门外停了下来，里面的声音也逐渐清晰。

…………

“夫人，大长老说您找的人已经来到内境？”一个年轻女子说道。

“为什么不带来见我？”这道熟悉的女子声音传来，白青岚不禁皱起了眉，因为这个声音并不是梦小倩，但既然被称为夫人，相信只能是蝴蝶夫人了。

“二长老已经带他过来了，不知道为什么还没有到？”年轻女子答道。

“因为梦老二快要死了。”蝴蝶夫人道。

“夫人，您怎么知道？”年轻女子有些害怕地问道。

“因为他带的人已经来了，而他自己却还没有来。”蝴蝶夫人的声音很冷，看来他对梦老二的死活一点都不在乎。

“夫人，小环不明白。”原来年轻女子正是之前被长老们安排伺候蝴蝶夫人的丫头梦小环，只是此刻的梦小环有些害怕，因为蝴蝶夫人的话让她忍不住在密室中搜寻起来。

“不用看了，他就在外面，你去将他带进来吧。”蝴蝶夫人吩咐道。

“是，夫人。”听到这里，小环有些怯怯地向密室的大门走去。

白青岚微笑着看着开门来迎接她的梦小环，这让梦小环恐惧的心理得到了极大的缓和。她好奇地看着白青岚，觉得被蝴蝶夫人如此憎恨和长老们如此警惕的一个人，看起来并不让人感到害怕。

白青岚笑了笑，便从梦小环的身边走进了密室，他想知道这个蝴蝶夫人到底是不是“她”。

只是见到蝴蝶夫人的时候，白青岚有些失望了，因为蝴蝶夫人正背对着他。

“你是白青岚？”蝴蝶夫人的声音很冷，感觉就像是一块冰，没有任何的感情。

“是。”白青岚答道。

“听说你不愿意留下来？”蝴蝶夫人问道。

“我没有找到回去的路。”白青岚回答得很老实。

“那你准备怎么办？”蝴蝶夫人问道。

“所以我来问问夫人。”白青岚答道。

“问我什么？”蝴蝶夫人心里确实有点好奇。

“问问夫人打算什么时候回去。”白青岚说道。

“何出此言？”蝴蝶夫人真的有些疑惑。

“因为我们是一起过来的。”白青岚道。

“一起过来的？从哪里来？”蝴蝶夫人冷笑道。

“贺兰山。”白青岚道。

“白青岚，你仔细看清楚了，我到底是谁。”蝴蝶夫人冷笑着转过身来……

虽然白青岚心里早有猜测，可当他看到华如眉那张精致完美的脸时还是忍不住有些恍惚。在白青岚看来，以华如眉的武功，绝不可能会被波及至此。

那么她现在出现在这里，只有一个可能，就是她自己跳下来的。如果说华如眉为什么要跳下来，白青岚觉得这个答案实在是让自己有些惭愧。

“看来是我连累了你。”白青岚苦笑道。

“哈哈，哈哈……”蝴蝶夫人（在这里姑且还是叫蝴蝶夫人，因为她此时确实不是华如眉）放肆地笑着。

望着蝴蝶夫人那张充满笑意的脸庞，仿佛世间所有的美都被她吸引过去了，在她的笑声中荡漾开来。就连站在一旁的梦小环也不得不承认，自己绝没有见过比夫人还要美的人。

“我说的并不是笑话。”白青岚认真地说道。

“不是笑话，是天大的笑话，”蝴蝶夫人渐渐停止了笑声，“现在我是这里的主人，而你成了我的犯人，这就是你说的连累。”

“你不是华如眉。”白青岚摇头道。

白青岚在密室外就已经听出来是华如眉的声音，可让他没想到的是华如眉会变成现在这样。造成这一切的原因，只有梦小倩曾经提到过的蝴蝶泉水。

“我是蝴蝶夫人，蝴蝶秘境的新主人。”蝴蝶夫人恢复了冰冷的面容说道。

白青岚没有再说话，只是当他看到蝴蝶夫人拿起桌子上的泉水准备喝的时候，还是忍不住道：“你如果再继续喝下去，就只能做蝴蝶夫人了。”

“你没有资格在我面前说这种话。”听到这里，蝴蝶夫人手中的杯子在空中停了一下，随后便将泉水喝了下去，“现在，你是我的犯人。”

白青岚摇了摇头对蝴蝶夫人的话表示不认同，“如果你是华如眉，我们是朋友。如果你是蝴蝶夫人，我就是你的客人。”

“这里没有华如眉，更没有不服从秘境的客人。”蝴蝶夫人放下手中的杯子冷冷地说道。

“那我只好告辞了。”白青岚道。

“你走不了。”蝴蝶夫人道。

“如果我一定要走呢？”白青岚道。

“那我只好现在就杀了你。”蝴蝶夫人道。

白青岚知道蝴蝶夫人说的是真的，甚至他还没来得及考虑蝴蝶夫人的话里面“现在就杀了你”的潜在意思，因为白青岚说完话的时候人已经动了，而蝴蝶夫人的速度竟然比他还要快。

当白青岚停下来的时候，蝴蝶夫人已经落在了密室的出口处。所以，要想走出这个密室，只有先击败蝴蝶夫人。

这对于现在的白青岚来说是一件不可能的事情，因为蝴蝶夫人不是华如眉，而白青岚的手中没有黑铭剑。

所以，白青岚只好并指为剑，向蝴蝶夫人发起了进攻。他不能够再等，因为他只有一个机会，机会就在旁边的梦小环身上。

白青岚的身影从梦小环身边掠过，无数的剑指在刹那间向着蝴蝶夫人全身笼罩而去，在每一个剑指的指尖上，一缕逼人的剑气宛如白雾般若隐若现。

蝴蝶夫人冷笑着，她不是华如眉，却拥有华如眉所有的武功和智慧。而且她比华如眉更加自信和无情，所以幽暗的密室入口顿时盛开出朵朵海棠，黑色的海棠。

每一朵海棠与每一个剑指完美地融合在一起，剑指上白雾般的剑气从离开指尖的那一刻开始，便游走在海棠花的黑色当中，直到双双沉寂在破碎的花瓣当中。

在如此诡异而美妙的画面之中，白青岚的剑指终于从幽幽海棠花丛找到一抹白皙，那抹白皙仿佛躲藏乌云背后的月牙，娇小细腻而月辉璀璨，正是蝴蝶夫人黑色麻衣下的手掌。

从白青岚进入密室开始，梦小环一直都只在一旁呆呆地站着，她听不懂蝴蝶夫人和白青岚的对话。但她可以看到蝴蝶夫人绝世的笑容和白青岚掠过她身边时飘逸的身影。

梦小环觉得自己很幸福，好像接触到了这一辈子都未曾想象过的事情。于是，从白青岚动手开始，她就一直睁大了眼睛，生怕错过了一生的稀奇。

梦小环看到白青岚右手伸出两根手指，向蝴蝶夫人迎面而去。在与蝴蝶夫人的衣袖接触之后，黑色麻布的衣袖竟然刹那间迸散开来，就像一群漫天飞舞的黑色蝴蝶。

白青岚的手指静静地停在蝴蝶夫人柔美白皙的手掌之上，梦小环的眼光留在手指和手掌之上。

她没有想到自己会突然间飞了起来，向心目中高高在上威严无比的蝴蝶夫人飞了过去。

所以，当梦小环发现这一点时她非常惊慌，非常恐惧，完全没有意识到白青岚从身旁掠过的时候，仿佛有一条无形的绳子拉着自己和白青岚一起向前飞去。

可是白青岚与蝴蝶夫人停了下来，一个不能前进，一个不能后退。而无辜的梦小环此时却不受控制地继续向前，她不由自主地闭上了眼睛。

看到这一幕，蝴蝶夫人冰冷的脸上不禁出现了一丝嘲笑的神情。难道白青岚以为自己会为了救梦小环而放任他离去，还是想借此分散自己的注意力后孤注一掷。

所以，蝴蝶夫人决定不给白青岚任何的机会。她的右掌纹丝不动，左手的衣袖却化作凌厉的一击，向迎面而来的梦小环毫不留情地击去。

白青岚自然知道蝴蝶夫人的想法，这也正是他的计划。所以，白青岚也毫不犹豫地撤回剑指，将闭着眼睛的梦小环从蝴蝶夫人的攻击下顺势救了回来。

蝴蝶夫人看着白青岚与梦小环一起向后退去，她并没有追击，因为白青岚再也没有机会走出这个密室了。她本想等白青岚停下后再来嘲笑这个男人，这个自作聪明又怜花惜玉的男人。

可是白青岚没有给她机会，因为白青岚被蝴蝶夫人逼退后竟然没有停止的迹象。他就这样带着梦小环一直退到密室的墙壁前，然后将梦小环放下，转身对着墙壁拍出了一掌。

因为白青岚之前在通道之中的时候已经非常清楚，通道中所有的密室都有两个出口，一个是真正的出口，还有一个则是躲避机关的入口。

只听见“轰”的一声，墙壁在掌力之下轰然倒塌，白青岚正准备走进去，却突然惊住了，眼前出现一片刺眼的光亮。

第六章　醉生梦死

白青岚一开始的目标便是这个入口而不是蝴蝶夫人把守的出口，因为入口也是出口，只是此时的白青岚眼前看到的不是通道，而是一片空旷。

前面没有路，这个密室竟然是倚峭壁而建。白青岚往下望去，远处隐约可以见到一些草屋的屋顶，而峭壁之下传来阵阵泉水的声音。原来，这些密室是在镜山的山体之中。

“原来你早就知道。”白青岚回过头来苦笑道。

蝴蝶夫人自白青岚退向墙壁后便没有再出手，她冷冷地看着白青岚，道：“你可以跳下去。”

“可我现在不想走了。”白青岚转身道。

白青岚此刻早已明白，所有的一切都是在蝴蝶夫人或者说是蝴蝶秘境计划好的，他走不走都不重要，只要走不出秘境他就会输。

“不走，我会杀了你。”蝴蝶夫人道。

“可现在还不是时候。”白青岚知道秘境的长老们一定会杀自己，而且要在秘境大会上。

“你知道，只有我才能杀得了你。”蝴蝶夫人自信地说道。

“所以，我要跟你谈谈。”白青岚笑道。

“想让我放了那个孩子？”蝴蝶夫人说的是青火，现在青火已经在秘境手上，这也是白青岚不能离去的主要原因。

“谈谈你的事情。”白青岚摇头道。

“我不想跟一个快死的人谈话。”蝴蝶夫人走回桌子边，慢慢坐下说道，她知道白青岚不会逃的。

“那我只好跟我自己谈。”白青岚笑道。

蝴蝶夫人没有说话，她看了梦小环一眼。惊魂未定的梦小环赶紧从墙边走了过来，为她倒满一杯泉水。

第一杯泉水喝完。

白青岚皱了皱眉说道：“你叫华如眉，这个名字比你现在的这个要别致多了。你是天山派的人……”

蝴蝶夫人没有说话，好像白青岚讲的事情跟她没有任何关系，但白青岚知道她在听。

第二杯泉水喝完。

白青岚眉头皱得更厉害，他接着说道：“你曾经是大宋的华妃，这个身份比现在更高贵。而且你还有两个姐妹，一个叫红药，另一个……”

第三杯泉水喝完。

白青岚没有再皱眉头，他有些怀念地说道：“你还有个名字叫海棠，应该算是最好听的一个名字。”

看着还是默然无声的蝴蝶夫人，白青岚继续说道：“海棠跟你不一样，海棠最喜欢喝的是酒，可惜的是这里没有酒……”

白青岚一直自言自语地说着，他知道自己说的事情蝴蝶夫人都知道，问题是她现在对这些没有任何感觉。

可是白青岚相信凭借华如眉的为人，她不可能在来到秘境的时候对一切没有任何怀疑，就这么轻易地把自己交给那些长老们。

所以，他还在继续说，蝴蝶夫人也继续地喝着泉水。

第四杯泉水喝完后。

白青岚还未开始说话，只见梦小环端了一杯泉水来到他的面前，此时蝴蝶夫人说道：“你说了这么多，要不要也喝一杯？”

“好。”白青岚看着面前的杯子，毫不犹豫地说道。

因为梦小环此时拿过来的杯子不是蝴蝶夫人喝水的杯子，也不是蝴蝶秘境里的杯子，而是一个酒杯。

这个酒杯正是海棠在天山客栈时喝酒的杯子，也是花夫人最喜欢用的杯子，更是代表华如眉苏醒的杯子。

“味道如何？”看着白青岚喝完一酒杯的泉水，蝴蝶夫人问道。

“不错，让人有些意犹未尽。”白青岚笑道。

“那你就多喝点，像我一样。”蝴蝶夫人看着白青岚，嘴角露出一丝隐秘的笑意，这是白青岚见到她以来唯一的一丝笑意。

这丝笑意白青岚看到了，而梦小环看不到，此时的蝴蝶夫人绝对不会让梦小环看到。

白青岚明白华如眉是在告诉他，当初就是因为太过自信，不知不觉被蝴蝶泉水控制了。这句话也是华如眉在提醒他，千万不能像她一样小看了这蝴蝶泉水。

“可惜我做不到你这样。”白青岚知道自己的时间非常少，因为他不知道华如眉的清醒能够保持多久，所以他想要得到最重要的消息。

白青岚是对的，刚开始的时候泉水几乎对华如眉没有多大影响，后来随着时间拉长影响便越来越长，到现在几乎已经完全变成了蝴蝶夫人。如果不是白青岚今天突然闯进来，或许华如眉连这一次清醒的机会都没有了。

“因为你快要死了。”蝴蝶夫人道。

“而且还不知道什么时候会死。”白青岚点头赞同道。

“我可以帮你。”蝴蝶夫人突然看着白青岚冷冷地说道。

“怎么帮？”白青岚感觉到蝴蝶夫人的话是真的冰冷。

“让你马上死。”随着蝴蝶夫人的话刚刚出口，她瞬间便出现在白青岚身前，抬起右掌狠狠地击在白青岚胸口之上。

白青岚丝毫没有想过蝴蝶夫人会突然出手，猝不及防之下被重创，整个人也从墙壁的洞口跌落下去。

内境泉水旁边，只见到一道白色的人影突然从峭壁上堕坠泉水之中，溅起一片晶莹的水花。

青火感觉自己做了一个奇怪的梦，在梦里，慕容嫣和白青岚带着自己骑着马儿在北方的阿兰草原上驰骋。

这本来是青火想都未曾想过的事情，可一切就这样发生了，而且感觉特别真实，他抚摸着马儿飞奔时的鬃毛，甚至能够听到马儿在草原上奔跑时那富有节奏性的蹄声。

青火觉得自己很幸福，只是幸福来得突然也走得很快，因为马儿的速度很快。

青火只看到白青岚和慕容嫣的身影已经被自己甩在了身后，而自己的马还在加速向前奔跑，不停地奔跑，跑出阿兰草原，跑上天山，然后从天山之巅一跃而起。

青火只有死死地抱住马的脖子，他没有闭上眼睛，因为先生要求一个剑客无论遇到什么情况，都要仔细地观察。可是青火什么也看不到，眼前除了云雾只有水。

漫无边际的水从四面八方向他涌过来，青火觉得自己很难受，就好像之前梦小倩掐住自己脖子时一样难受。

不同的是，最后一个沙哑而得意的声音阻止了梦小倩，而现在却没有人能够帮他。青火只好自己憋足力气，不断地向上爬去。

于是，青火最终醒了过来。

他睁开眼睛，全身大汗淋漓，幸运的是青火并没有真的掉进水里，身上的火折子还可以用。

打开火折子后，青火发现自己是在一个封闭的石室里面，石室很大，里面堆满了许多一人来高的坛子，像酒坛，但绝不是酒坛。

石室里面非常干燥，这让青火每移动一次都会有无数的尘土扬起来，尘土的味道腐朽且死气沉沉。

可青火并没有害怕，因为无惧是一个剑客应具备的最起码的心理素质，这当然是先生说过的话。

青火觉得先生说的话不仅有道理，还能给他增加勇气，所以他紧张又谨慎地打开了一个坛子，他要了解自己现在的处境。

坛子里果然不是酒，却比酒更让人觉得“亲近”，因为坛子里装的是人。准确来说，是死了很久的人。连续打开几个坛子，里面的情况都差不多，全部是一些骸骨和破烂的衣物。

青火认为这里应该就是蝴蝶秘境的墓地，可让他觉得奇怪的是，打开过的坛子里的骸骨都是弯曲的，这一点从脊椎上可以轻易地看出来。

青火摇了摇头，这个动作更和白青岚如出一辙。青火没有再去想这个问题，他现在要做的是寻找一条路，一条可以让自己活下去的路。

仔细观察之后青火发现，整个石室四周都是由完整的石块制成，没有漏洞也没有机关，石室的出口应该是在头顶的石壁上，可秘境的人自然不会把出口留给自己。

于是，青火冷静下来。他一定要想办法出去，因为秘境的人敢对自己动手，说明他们已经不再惧怕先生。那么，自己更不能让先生为自己分心。

青火静静地站在石室的中间，他对石室看了一遍又一遍。忽然，他的眼睛一亮，因为青火感到石室西北角位置上的坛子稍微有些下沉。

这跟整个石室的平整比起来就显得有些不协调。青火搬开西北角地面上的坛子后，很仔细地将地上的灰尘一点点地拨开，掩埋在尘埃下的石板果然是松动的。

看着石板后面一个三尺见方的圆形石洞，青火笑了，这是他第一次独立且成功的判断。而且这个石洞似乎专门是给孩童准备的一般，所以青火顺利地钻了进去。

新的石室不比上面的好到哪里，唯一有区别的是这里只有一副骸骨，不是在坛子里，而是坐在石室的中间。

这幅骸骨身上的衣物竟然没有完全腐朽，可见当时必然是用最好的材料制成。而骸骨本身竟然也是弯曲的，使得本来坐着的骸骨仿佛跪着一样。

石室里面除了骸骨和灰尘几乎没有其他的东西，青火此时的精神完全沉寂在石室四周的石壁上。因为石壁上那些隐藏在尘埃背后的字迹依然苍劲有力，显示出书写之人的不凡之处。

青火认真地将所有石壁上的灰尘一一拂拭干净，仔仔细细地看了起来。让青火惊讶的是，这里竟然记载着蝴蝶秘境的由来。

"……吾出身世家，自幼好武，内外皆通，资质以为傲。及现江湖，杀恶人宵小不计，挫各方敌手无数……然江湖磊落，人心不古，虽吾非恶却以恶名加之……不堪逼迫，杀好事者数十，遂恶之。世家为我所累，亲朋为我所弃，江湖为我所恨……遂弃旧名，自号为梦……

"……吾虽傲然，奈何难敌天下。终与贺兰战后，坠落此地……吾虽身残，幸而未死……得异草后三年，乃创一心法，以蝴蝶名之。

"又三年。谷内竟有坠者三人。吾救之并收以为徒，传心法，竟无一通……

…………

"又三十年。谷内人有数十，皆得吾之真传……然久居之下，人心有异，吾……唯以异草入泉，功法相控……后谷内再无思离者。

"……吾身已佝偻至此，方觉异草有异…… 吾将逝，幸之谷人常伴，哀之众必异死。梦寰人绝笔。"

第七章　浮光掠影

“掉进了蝴蝶泉？”梦老一皱眉的时候，凸起的颧骨更显出一种压迫感。

“这是小环亲眼看到的，看来白青岚不是夫人的对手。”梦老二似乎有些幸灾乐祸。

“人找到了吗？”梦老一问道。

“还没有，应该受了重伤。好像白青岚一直在说以前的事情，触怒了夫人，夫人怒极出手才重创了他。”梦老二讪讪地说道。

“很好，夫人的境界应该是绝世高手，这样才有资格成为我们秘境的主人。”梦老一点头道。

梦老一他们考虑的是以后，他们八个年事已高，一旦老去后秘境的未来不可预测。而将秘境维持下去这个念头不知道是从什么时候开始，就已经深深地植入了他们的内心中。

所以他们要安排好一切，本来他们打算跟以往一样，让梦小倩修成蝴蝶心法，再从秘境中找几位长老的继承人，培养成和他们一样能维持秘境秩序的长老。

但是梦小倩在遇见白青岚之后，她的心里产生了自己的想法，这是梦老一他们绝对不允许的。秘境里的人只能有一个统一的念头，那就是永远属于秘境。

所以，梦老三只好重新控制了梦小倩，就像他们的师傅当年对他们做的一样。

尤其是白青岚的闯入，让他们知道真正的高手对秘境的威胁是致命的。幸好同时到来的还有华如眉，只是华如眉过于自信，所以他们才有了现在的蝴蝶夫人。

只要能够让华如眉彻底归属秘境，秘境以后就不会有任何危险，可以像祖师爷希望的那样一直存在下去。

“一定要抓住白青岚，等圣花圆满，秘境或许可以再多一个高手。”梦老一在得知白青岚身负重伤之后，想的不是杀他，而是像对华如眉一样控制他，毕竟圣花的存在是蝴蝶秘境最大的秘密。

“我去找老四、老五，让他们注意点。”梦老二虽然在长老中排名靠前，但没什么长处，事事都听梦老一的安排。

“哼，要不是你在密道内擅自行动，局面也不会变成现在这样。”梦老一道。

“我也是为了秘境才这样做的。”梦老二辩解道。

梦老一看了梦老二一眼，没有再说什么。他望向蝴蝶泉的方向，心中叹道：“是啊，一切都是为了秘境。”

此刻，梦老一突然忆起师傅临终时看向自己的眼神，眼神是那样的执着和向往，让他永生难忘。

白青岚抬头看着黑黢黢的岩壁，心中苦笑不已。他没有想到华如眉的出手会那么重，重得骗过了所有人，也骗过了他自己。

胸口传来的剧痛依旧让白青岚难以忍受，他不禁皱紧了眉头，稍一运功，又吐出了一小口瘀血。

这是他跌进泉水之后吐的最少的一次，白青岚记得自己上次受如此重的伤还是九年前的时候，而他这辈子还没有在女人手上受过这样的伤。

可这一次不能怪白青岚，也不能怪华如眉，没有人能料到华如眉在出手的时候突然变成了蝴蝶夫人。想到这里，白青岚只能摇头苦笑，不过这比最坏的情况要好。

至少华如眉找机会将他送了出来，只有脱离秘境的视线，白青岚才可以做一些事情。比如，找一找蝴蝶泉水的秘密。

白青岚知道自己落入的是内境的泉水，他现在也知道这个泉水就是蝴蝶泉，而外境的泉水也叫蝴蝶泉，只是他还不知道为什么只有内境的蝴蝶泉水才有惑人心神的功效。

本想逆着暗流回外境拿回黑铭剑的白青岚，却在中途发现了这个岩洞，因为这次没有人让他蒙眼睛。岩洞就在内外境蝴蝶泉暗流的上方，其实就是镜山山脚下的溶洞。

岩洞里面有些潮湿，空气很是新鲜，无数大小不一的泉水集聚在洼地里面，而一些散落在淤泥上的脚印说明岩洞早已是秘境生活的一部分。

白青岚调息片刻之后便向岩洞内部探寻而去，他没有时间去恢复身体。如果弄不清秘境和泉水的秘密，就算恢复如初也没有多大用处，况且青火的情况让白青岚很是担心。

一路深入岩洞，地势渐高，环境和空气稍显干燥。沿途也未遇到其他的人。看来，这里应该也是属于之前的密道一样的重地，普通的秘境成员是来不了的。

是重地就会有秘密。不管这个秘密是大是小，秘密就是秘密。而蝴蝶秘境的秘密对现在的白青岚来说，就是最好的消息。

所以，白青岚很想知道，也很疑惑。

他想知道岩洞里究竟藏着什么样的秘密，他很疑惑眼前这个窈窕的身影为什么出现在这里。

梦小倩穿着黑色麻衣，就这样突然出现在白青岚的前方。她直直地看着白青岚，很冷淡，很无情。

因为梦小倩在白青岚黑得清澈的眼眸中飘身而来，她朝白青岚伸出了她的右手，柔弱而白皙的小手。

这只手不像之前牵着白青岚进入泉水时那样柔情，那样羞涩。

这是一只梦小倩用来杀人的手。

白青岚这个时候没有看到梦老三，自然也就没有人能够阻止梦小倩。

其实白青岚知道梦老三就在附近，在附近看梦小倩来杀自己，因为梦老三知道自己不会杀梦小倩。

一个你不想杀的人却一定要杀你，白青岚无辜且无奈。

可白青岚还不想死，所以他开始逃。一道白色的身影徐徐向后飘去，在洼积的泉水之上呈现出潇洒的身姿，像一只鹤，一只受到惊扰却不乏高贵的鹤。

梦小倩的眼里没有鹤，只有白青岚的脸庞，这个脸庞是她“心”里要杀的人。

在出手的一刹那间，她的心里似乎真正有过一丝犹豫，可这并不妨碍她的出手。而在出手之后，这丝犹豫也被眼前的白影所取代。

无论白青岚向后、向左或向右，梦小倩的手总是朝着他的咽喉伸去，如同一只黑色的鹰，一只弱小稚嫩却执着凶狠的小鹰。

每一次梦小倩的手仿佛都已经触及白青岚的身体，可白青岚总在最后的时刻躲了开去，因为他没有从梦小倩的眼中看出任何变化。

而眼中的白影让梦小倩有些心烦，就像一片挥之不去的雪花在她眼前晃动。白得刺眼，白得疼痛，白得让人心生杀意，恨不得将这片可恶又可恨的雪花撕成碎片。

两道黑白相间却又泾渭分明的身影在岩洞之中翩翩起舞，洼积的泉水倒映出白青岚苍白的脸庞和梦小倩决绝的眼神，这是一幅美丽凶险而让人不忍相看的画面。

白青岚的白衣开始出现血花，这些血花不是梦小倩的，而是他自己的。因为蝴蝶夫人的出手真的很重，重到心脉尽伤，重到白青岚想忍都忍不住。

鲜血从白青岚的口中洒落，偶尔落在泉水之中，溅起一圈圈淡淡涟漪，在黑白身影里渐渐消散。

白青岚内力深厚，就算重伤在身，忍不住但他还撑得住。而梦小倩就不一样，原来浅薄的内力根本无法支持她如此凶狠执着的攻势。

可是她没有停，甚至连速度也没有丝毫减弱。这样下去，也许她没杀死白青岚，自己便先活活累死。

在白青岚看来，梦小倩的样子就像那天从泉水暗流中出来的时候。整个人已经被汗水完全浸透，汗水在她脸上汇集成线，就像玉石上的清泉。

清泉划过脸庞，化作美人泪，只是美人无情泪有痕。

于是，白青岚停了下来，任由梦小倩摇晃着身子朝自己飞来。

最先映入眼帘的还是那只手，这只手到现在依旧没有放弃它的目标，黑色麻衣包裹下的手没有华如眉那样的诡变多姿，也不像明海那样的空灵出尘，有的只是梦小倩的杀意。

这股杀意在白青岚无奈而怜惜的目光中落在了他的咽喉上，而黑色衣袖却被白青岚自身散发的剑气绞得粉碎。

如果不是白青岚刻意的控制，梦小倩的手也会和衣袖一样飘散在空中。即便如此，她洁白的手臂上还是布满了血丝，像玉石上缠绕的丝丝红线。

白青岚看着梦小倩，没有说话。

奇怪的是，得手的梦小倩竟然没有收紧自己的手，她不是没有力气，而是她的手在不停地颤抖。

“嘀嗒！”一滴鲜血从白青岚嘴角滴落下来，刚好落在梦小倩布满血丝的玉臂上。

玉臂上的血丝已经淡淡散开，不再如之前那般赏心悦目，而白青岚的鲜血却在此刻静静落下，犹如一片白色的雪花落入凡尘中。

梦小倩的眼中，那片白色的雪花终于停了下来，就停在自己的手上。她想去触摸又怕忍不住将它撕碎。她就静静地看着，看雪花慢慢融化，一直融进自己的血肉里。

梦小倩只觉得自己从一种挣扎而无助的状态之中渐渐醒来，她突然感到很冷，心里很冷，秘境很冷。

“你没有死。”看着眼前的白青岚，梦小倩虚弱地微笑道。

“我不想死，更不想死在你的手上。”这个微笑是如此的自然，自然当然很美，所以白青岚也不禁有些失神。

“幸好你没有死。”梦小倩的话就和此刻她的人一样，透着一股捉摸不透的味道。

不过，白青岚似乎从梦小倩的话中察觉到了什么，于是问道：“为什么？”

“因为秘境是假的。”梦小倩失望而伤心地说道。

第八章　心有灵犀

青火不知道自己已经穿过了多少个石室，但他还在不停地寻找出路。幸运的是这些石室和密道都可以通行，而通道竟然就是那些小小的隐藏在暗处的石洞。

这些石洞其实都是梦寰人暗中弄出来的，因为后来的梦寰人身体变形后已经极小。他不能出现在大家面前，可又忍受不了痛楚和孤独，才想到通过这些石洞在秘境中行走。

恐怕秘境所有人永远都不会想到这一点，秘境的祖师爷最终竟然落得如此凄惨的境地。而造成这一切的根源正是他们视若珍宝的圣花，那株令梦寰人兴奋和恐惧的异草。

可梦寰人当年的无奈之举此时却给了青火活命的希望，虽然青火不知道自己到了哪里，但他可以从周围的环境中判断出自己是在向地下走去。

青火已经很长时间没有再遇到石室了，只是在幽暗的密道中爬行。手底下的岩壁渐渐冰冷潮湿起来，甚至空气中都能闻到一股泉水的味道。

终于，青火从密道中再次看到了光亮，虽然光亮只在四周岩洞中若隐若现，却也比之前的密道要好上许多。所以青火舒了一口气，他知道自己从黑暗中走了出来。

看着岩洞之间大小不一的泉水，青火不知道这是哪里，但他从泉水边脚印判断出了自己的方向。于是，他选择了其中一个岩洞，无畏地向前走去。

渐渐地，眼前的道路变得越来越宽敞，光线也越来越明亮。明亮不是因为岩洞到了尽头，而是这个天然形成的大岩洞里有火把的照耀。

有火把说明这里有人，但青火没有看到。他知道自己出现在这个大岩洞的那一刻就已经暴露了。可是青火没有退缩，因为他被眼前的奇异景色深深地吸引住了。

在大岩洞的深处有着一株奇怪的瑰丽的植物，这株植物跟青火印象中的完全不一样。因为这株植物有七朵花，却只有一片叶子。

硕大而强健的茎蔓将七朵花连接在那片单独的叶片之上，七朵花颜色各异。红如朱，黑如墨，白如雪，绿如玉……而叶片似乎具备了所有花朵的颜色，色彩斑斓，让人心惊。

自从看到这株怪异的植物以后，青火就直直地向它走去，好像这株植物对人有着莫名的吸引力。

青火来到植物的身前，看得更清楚。原来这颜色各异的七朵花竟然都是从那片叶子中衍生出来的，而每一朵花竟然都是一个完整的花瓣。

花瓣大而皱，远看就像一朵花一样。在七个花瓣圆形的褶皱之间，渗透出七股透明的汁液，这些汁液顺着茎蔓缓缓向下面的叶片流去。

透明的汁液流到叶片之后，大部分都被吸收了，还有很少的一些顺着叶片边缘不断汇成一滴，从叶片的边角缓缓滴落，滴落在植物下方的泉水里。

如果白青岚能够看到这一切，或许他就能明白蝴蝶泉水的秘密。

泉水本没有问题，问题就在于这株植物所滴落的汁液，这些汁液顺着岩洞的泉水流进了蝴蝶泉中，才让那里的泉水拥有惑人心神的功效。而外境的泉水由于地势较高，才没有受到波及。

看着七瓣散发出妖异美丽，却似乎是一个整体的怪异花朵，青火心中生出无限的憧憬和希望。他不由得伸出手去，想抚摸这株植物，似乎这样可以让心灵得到解脱。

“你没有资格接触圣花。”一个粗犷的声音说道。

青火的手在空中停顿了下来，过了片刻，才将手收了回来。这个时候青火已经满头大汗，因为他感觉到自己对之前发生的事完全没有印象，就像做了一个梦或者比做梦还要可怕一些。

所以青火有些心有余悸地回过头来，他看到有两个身穿黑色麻衣的老者静静地站在不远处，在他们旁边还有一个全身罩在黑袍中的神秘人。

这两个人正是长老之中的梦老四和梦老五，之前说话的正是梦老四，而身边的神秘人则是他们带来祭祀圣花的人，也是秘境中所说的圣僧。

圣僧是梦老一交给他们的，也是这么多年来秘境出现的唯一一个没有欲望的人。当然后来梦老三发现白青岚也是，可白青岚现在人在哪里，没有人知道。

也许，青火知道。

因为青火突然面露喜色地看向梦老四他们身后。望着青火的表情，梦老四和梦老五心里顿时一惊，他们不由得也向后望去。

在那里，一个白色身影和一位黑衣少女正从其中一条通道走了出来。两对同样漆黑清澈的眼眸，仿佛给这幽暗的岩洞带来了一丝光明。

白青岚知道这里有圣花，知道在这里会遇到梦老四和梦老五，知道在这里还有一个秘境所看重的圣僧，因为这些都是梦小倩在来的路上告诉他的。

可他从没有想过会在这里遇到青火，从通道出来的那一刻，圣花前面的青火成了白青岚眼中唯一的景色。哪怕是一向冷淡的梦小倩，此刻也能感受到白青岚心中的那份怜爱和关怀。

所以白青岚没有看到梦老五已经来到了青火身边，或者他看到了却来不及出手。因为他受了重伤，因为他离青火实在太远。

也因为青火在看到白青岚的时候，已经完全忘记了圣花曾对自己的吸引，更加忘记了自己和先生之间还有着两个秘境长老。

但青火没有忘记先生的眼神，一如既往让他倍感安全和自信的眼神，因为先生是白青岚，是他在这个世上唯一的亲人。

所以青火看到梦老五出现在自己身边，将那只粗糙的左手放在自己脖子上时，他没有丝毫不安。青火已经恢复了冷静，那种和白青岚一样与生俱来的冷静。

梦老五没有想那么多，他知道白青岚受了重伤，也知道重伤的白青岚也不是他和梦老四可以抵挡的，所以他的出手很果断，也很成功。

只要青火在他手里，他和梦老四才能在这场较量中取得胜利，才能完成梦老一交代的任务，才可以保证秘境的永世长存。

“你们输了。”梦老四粗犷的声音此刻却显得有些沉稳。在梦老四心里，他已经把梦小倩和白青岚一道算作敌人了。

虽然他不知道白青岚是如何让梦小倩摆脱蝴蝶泉水和蝴蝶心法的控制，但他从梦小倩身上再也感受不到秘境中那种认同的气息。

白青岚没有说话，只是静静地看着他，甚至都没有再看青火。梦小倩冷淡的脸上似乎闪过了一丝矛盾和怜悯，正是这丝怜悯让梦老四的心里感到有些发虚。

但梦老四依然笃定自己会赢，因为他在白青岚身边没有看到梦老三，这说明梦老三没有落到白青岚手里。

只要梦老三还活着，一切都会按照计划继续执行。其实梦老三才是长老中最有权力的人，因为他会蝴蝶心法，所以是当年师傅真正的传人，也是秘境真正的守护者。

梦老四从白青岚和梦小倩身上收回目光，他带着身边这位什么圣僧朝圣花走去。既然计划仍在继续，那么他就要完成属于自己任务的那一部分，让圣花彻底圆满。

看着背对自己的梦老四和黑袍笼罩下的神秘人，白青岚没有动，他没有把握可以在不伤到青火的情况下阻止梦老四。

梦小倩当然也不会动，她现在已经知道自己当时差点杀了青火，她的心里此时还充满着愧疚，所以她把一切的决定都交给白青岚。

梦老四带着神秘人朝圣花走去，他的眼里充满了尊崇和狂热，圣花是蝴蝶秘境的根本。虽然每一个秘境成员都会在年老的时候佝偻而痛苦的死去，可这丝毫动摇不了他们对圣花的信仰。

看着色彩斑斓的叶片，梦老四粗犷的脸上厚重的嘴唇竟然有些颤抖。为了这片叶子，秘境不知耗费了多少时间，也不知浇灌了多少鲜血，才最终生成现在的样子。

要想圣花最终圆满，只有最后浇灌没有欲望的鲜血才可以成功，这是祖师爷的传承，也是秘境这么多年来一直努力的方向。

梦老四将神秘人的右手从黑袍中拿出，用刀颤抖地割开一道口子，殷红的鲜血便顺着神秘人白皙的手指滴落在叶片之上。

神秘人对梦老四的举动没有任何的反应，甚至在鲜血流出时都没有一丝动静，就像一个没有知觉的身体。

白青岚看到神秘人白皙的手指时，紧紧地皱起了眉头，他不在意所谓的圣花最终会怎样，他在意的是这个神秘人的内心是不是像他信任的那样强大。

所以，白青岚很认真地看着，一动不动。

所有人都在很认真地看着，看着那片色彩斑斓的叶片在神秘人鲜血的浇灌之下渐渐起了变化。

原本斑驳的色彩逐渐融合到了一起，最终形成纯净的紫色，闪烁着诱人的光泽。

除了梦老五，所有人都看见了这份奇异的景象。梦老五知道自己不能有丝毫的大意，所以他的眼睛一直紧紧盯着白青岚，他的左手也一直放在青火的脖子上。

但梦老五同样知道圣花已经圆满，因为梦老四粗犷的笑声在他耳边激动地响起。梦老五同样也很激动，激动到没有察觉自己的双手正在用力，似乎遗忘了左手掐着的青火。

梦老五沉寂在无尽的喜悦之中，甚至没有注意到梦老四的笑声越来越小，越来越低沉。竟然笑得咳嗽起来，咳嗽得断断续续，好像很难受，仿佛被人掐住了脖子。

梦老五突然觉得有点不对劲，他不能确定更不敢去确认。直到再也听不见梦老四的声音，梦老五终于忍不住扭过头去看了一下。

这一看让梦老五的眼睛和表情都变了形状，连之前看圣花圆满的喜悦都被遗忘得无影无踪。

因为，梦老五左手上掐的人是梦老四，梦老四已经被他掐晕过去了。

第九章　幽愁暗恨

梦老五赶紧松开手来，梦老四已经昏倒在了地上。梦老五转过身去，震惊地看着一身黑袍的神秘人，这个给秘境带来希望的圣僧。

因为梦老五知道白青岚和梦小倩从头至尾都没有出手，甚至都没有动过。梦老四更不会向自己出手，青火根本没有这样的能力，否则也不会轻易就落在自己手上。

那么最不可能出手的圣僧便是唯一的可能。

无论梦老五这个时候怎么想不通，可青火此时却正是站在神秘人的身旁。神秘人伸手将黑袍从头上揭开后，梦老五可以肯定这个人就是圣僧。

因为这个人真的是一个和尚，这个和尚的名字叫明海。

明海双手合十，静静地向白青岚微微一笑，手臂上的血迹似乎还未干透，让黑袍下的手显得神圣而瑰丽。

“不可能，你是圣僧。”梦老五不敢相信地说道。

“我是明海。”明海道。

“你怎么可以动手？”梦老五和梦老四这些天一直和明海在一起，从来没有见过明海有任何动作。他们认为在蝴蝶泉水和梦老三的作用下，明海已经成了秘境的圣僧。

“想动则动。”明海果然还是原来的明海，说话一如既往地简单明了，却让此刻的梦老五更加难以置信。

“每天的泉水你都喝了……”也不怪梦老五如此惊讶，因为武功最高的蝴蝶夫人都受到泉水的控制。他们每天都给明海喝蝴蝶泉水，为什么明海好像没受任何影响？

“泉水也是水。”明海言道。

蝴蝶秘境的长老们没有想到明海既然是无欲之人，那么蝴蝶泉水对他也是没有用的。无论明海喝多少的蝴蝶泉水，都只是喝水而已。

“既然没事，你为什么一直不走？”这一点让梦老五也很迷惑。

“我在等人。”明海言道。

“谁？”梦老五也渐渐地冷静下来，他想要弄清楚这些事。他知道秘境还没有输，因为圣花已经圆满，因为他们还有蝴蝶夫人。

“我。”白青岚望着明海笑道。

“你怎么知道一定是我？”明海向白青岚问道。

“因为你的手很白。”白青岚笑道。

白青岚本来还打算说“比女人的手还要白”，可当他的余光看到身旁的梦小倩时，他便没有说。

而梦小倩听到“因为你的手很白”这句话时，脸上竟然有些红，恼怒地看了白青岚一眼，将自己裸露的右手缩进黑色麻衣里面。

对于梦小倩的眼神，白青岚好像没有看见。

“你就这么相信我？”明海这次问的是白青岚凭什么知道他一定是清醒的，还将青火的安全交给自己。

“你也很相信我。”白青岚说的是明海一直在等自己，而自己确实也来了。

“因为你是白青岚。”明海的话没有道理，却又很有道理。

“因为你喝过神仙茶。”白青岚的话看似有道理，其实却很没道理。

明海微微一笑，白青岚的话让他想起了李空谷。

那天白青岚和青火坠崖之后，慕容嫣既然不可能跟华如眉一样决绝，那她只好将李空谷带回去。

李空谷没想到慕容嫣会出手，她更没有想到慕容嫣会趁明海救自己的时候出手。所以，李空谷只好眼睁睁地看着明海坠进山崖云雾之中。

明海醒来之前，只记得李空谷担忧的眼神和慕容嫣冷艳的脸。然后他便来到了这个岩洞，一直等到今天白青岚的出现。

“这就是秘境最大的秘密吗？”梦小倩看着面前这株妖异的圣花，眼中透着挣扎和不解之意。

她的手想伸过去触摸，又不敢真的触摸到，她怕自己再次陷入以前那种不知真假虚实的状态中。

白青岚等人都神情凝重。在这株圣花周围，就能给人一种迷离的感觉，更别说从圣花中诞生的汁液惑人心神的功效。

白青岚现在知道这些年来到蝴蝶秘境的人，为什么没有人可以从这里出去。不是所有人到了这里都没有欲望，而是他们的心神都被秘境的人利用圣花控制住了。

有时候，没有欲望便是最大的欲望。

“你觉得是吗？”白青岚这句话问的是明海。

明海看着白青岚，点了点头。

青火似乎从白青岚的话中感受到了什么，却又弄不明白答案到底在哪里。于是他皱起了眉头，不知道在想些什么。

“你们认识圣花？”梦小倩看到白青岚和明海的神色，不自觉地问道。

“不认识。”白青岚摇头继续说道，“不过，如果我猜得没错的话，它在外面的传说中有一个名字。”

“叫什么？”梦小倩心里是非常想知道圣花的底细，正是这株不知名的圣花，将秘境数代人的心神生生地囚禁起来，生死不知其味。

“紫叶七星。”白青岚说出这个答案的时候，自己都不愿意相信。

可是又不得不信，这株圣花不仅外形完全吻合，而且世上除了紫叶七星这种传说中的毒物，还有什么药草能够拥有如此奇特而可怕的功效。

至此，天下三大至毒竟然全部出现了，而这些至毒都与白青岚有关。这一点也让白青岚心中感叹不已，不知道这是自己的“幸运”还是宿命的不公。

在听得紫叶七星的传说之后，梦小倩沉默不语。她既然知道圣花是天下至毒之物，秘境中人想要恢复至正常状态必然是很难了，除非能够找到解药。

想到这里，梦小倩突然心头一震。她抬起头望着白青岚，眼神中充满了激动、渴望和喜悦之情。

看着梦小倩的眼睛，白青岚先是苦笑地摇了摇头，然后又无奈地点了点头。因为他早已明白其中的缘故，那就是自己的鲜血就是紫叶七星唯一的解药。

梦小倩正是因为之前在打斗中接触了白青岚的鲜血，才让她清醒了过来。而这个世界上也唯有身具红萼草毒和幽棠花毒的白青岚，才可以对紫叶七星的毒性进行克制。

“万物相生亦相克。”明海也明白过来，双手合十言道。

梦老五一直都在旁边没有动，他知道自己动也没有用，但是现在他心里有一种不好的预感。因为他从梦小倩的脸上看不到原先的那种无奈和伤心，所以他想要拼命。

没有再理会地上的梦老四，梦老五趁着白青岚和明海、梦小倩交谈之际。选择一条离他最近的岩洞通道，用尽内力狂奔而去。

通道在梦老五眼中逐渐清晰，突然一个小小的身影出现在通道面前。这个身影梦老五很熟悉，正是他之前抓在手里的青火，所以梦老五心中顿时一喜。

如果是白青岚或者明海挡在前面他就算拼了命也未必能够通过。可现在是青火，他甚至无须动手，便可强行穿过，只要进了通道，梦老五自信白青岚他们再也抓不到自己。

梦老五盯着通道奔跑，洞口就在眼前，他看到青火离自己越来越近，他看到青火的眼眸越来越黑。

于是，梦老五想起了自己小时候，跟青火这么大年纪时，也经常一个人在秘境的岩洞秘道之中来回穿行。有一次他竟然迷路了，那种迷茫的感觉就跟现在一模一样。

于是，梦老五停了下来，疑惑地看着青火。

“蝴蝶心法。”看到这一幕，回过神来的梦小倩不禁脱口说道。

梦老五仅仅迷惑了一小会儿便恢复如初，但是他发现自己又回到了原来的位置。只不过他此时望向青火的目光充满了不解，还夹杂着一丝丝的畏惧。

“没想到蝴蝶秘境竟然只是当年的一个过失造成的。”听完青火对梦寰人石室中情景的介绍，白青岚也不禁叹道。

青火当初在梦寰人石室中不敢多做停留，便将石室中的文字都背了下来。谁知道梦寰人创立的蝴蝶心法也在其中，而青火竟然自己能够修习，并且无意之间对梦老五使用了心法。

“蝴蝶心法原来是祖师爷从圣花之中感悟出来的，难怪对心神影响如此厉害。”梦小倩也感慨地说道。

“心法并无害处，关键是紫叶七星的毒。”白青岚认真地说道。梦小倩也明白，就算秘境中人以后一直生活在虚幻之中跟之前也没什么两样。

可是按照梦寰人的记载，紫叶七星的毒性随着时间的推移，对人体的伤害会越来越大，最后更是身体佝偻而痛苦地死去，而秘境中人一直以来都是选择默默地承受。

这种痛苦不是一天两天，而会持续不断，直至生命的终结。梦小倩从小便在秘境中长大，对这种痛苦自然熟悉，她当时跟秘境所有人一样，不知道原来这些都是圣花的“恩赐”。

“只是祖师爷发觉得太晚，来不及拯救我们。”梦小倩即便现在清醒之后，对梦寰人这个祖师爷也没有任何不敬之心。

如果没有梦寰人，就不会有蝴蝶秘境的存在，哪怕这是一个悲伤的存在。所以梦小倩对梦寰人的晚年充满同情，更为秘境中人的生存感到伤心。

“所以你要救他们。”白青岚看着梦小倩说道。

“可你不能死。”梦小倩知道解救秘境需要白青岚的鲜血，更何况现在还有一个蝴蝶夫人，她也不愿白青岚因此而再受到伤害。

“我们为了自由，你们为了生存。”白青岚笑道，眼中充满无限的柔情和坚毅。

身着黑袍的明海，依旧合十而立，闪亮的光头如同海中升起的一轮明月，光辉而伟大。

看到青火清澈明亮的眼神，梦小倩突然觉得心里不再阻塞和难过，一股从未有过的暖意缓缓从心底升起。

“梦小倩，如果你这样做了，你就是秘境的罪人。”这个时候，梦老五大声喊道。梦老五已经知道白青岚和梦小倩要做什么，他的心里很愤怒，也很恐惧。

“如果不这样做，我们才是秘境真正的罪人。”梦小倩安静地说道。

第十章　云开月明

“可惜你们没有机会去那么做了。”梦老三沙哑的声音从通道之中传了过来。

梦老五看到梦老三出现在岩洞之后，尤其看到梦老三身后那个高贵冷傲的黑色身影，他不再焦虑和惶恐。因为这个黑色身影正是秘境现在的新主人蝴蝶夫人。

“小倩，你不要受外人的蛊惑，而对秘境不敬。”梦老三看着梦小倩道。梦小倩看着梦老三，心中更是五味杂陈，她不知道自己该如何回答。

就算她现在告诉梦老三蝴蝶秘境一直以来都是一种虚假的生活状态，梦老三也不会信，所有的人都不会信，在他们心中，这份虚假便是真实的。

“我现在很清醒，我也不会背叛秘境。”最终，梦小倩看着梦老三，认真地答道。

听到梦小倩的回答，梦老三笑了笑，他早就知道会是这样的结果，可是他还是想最后试一试蝴蝶心法。

“小倩，你中毒了。”之前的时候，梦小倩在他的控制下去杀白青岚，结果反而让梦小倩投向了白青岚。梦老三当时一直躲在暗处看着，他也发现白青岚的血对秘境里的人有着巨大的威胁。

在他看来，白青岚的血便是一种对秘境最大的“毒药”，这毒药将会彻底打破秘境原有的平静。所以，白青岚一定要死。

“是。我们都中毒了。”梦小倩看了一眼身后的圣花，淡淡笑道。她的脸上很平静，她的笑容很真实。

梦小倩知道现在自己该怎样去做，她要让这个延续几代人的噩梦彻底终结。因为在她心里，梦老三还是她的师傅，蝴蝶秘境也还是她的家。

于是，梦小倩转过身来，朝着紫叶七星走去。

“啊！”，梦老三明白梦小倩要去做什么，他发出一声极为凄厉的声音。然后愤怒而惊慌地对蝴蝶夫人道，“夫人，请您杀了他们。”

蝴蝶夫人有些不屑地看着梦老三惊慌失措的样子，冷冷一笑。在她心里，蝴蝶秘境现在已经是属于她的，所以她看不惯梦老三把秘境当作宝贝一样的表现。

既然是自己的东西，蝴蝶夫人自然不会让人来破坏这一切，包括眼前的那株圣花。

所以，蝴蝶夫人向前走去，向圣花走去，向梦小倩走去。

看着出现在自己眼前的白青岚，蝴蝶夫人依旧高贵冷傲地向前走去，没有意外，没有生气，没有说话，也没有停止，仿佛她所做的一切是那么自然。

因为她现在是蝴蝶夫人，她比华妃更高贵，比海棠更冷，比花夫人更无情，比华如眉更美丽。她想做的事情没有人可以阻挡，无论是原来的白青岚还是现在重伤的白青岚。

在蝴蝶夫人眼里，眼前的这个男人一直都很出色，出色到她都有些不忍亲手取得他的性命。

所以，蝴蝶夫人在向前的同时，双手从黑色衣袖中提起，两只动人心魄的玉手掌心交错合在一起，轻轻旋转，微微抖动，散发出柔和的白光。

宛如一只合拢了翅膀的玉蝴蝶，翅膀打开后，便义无反顾地向白青岚飞了过去。

白青岚眼看那张熟悉的容颜朝自己走来，却仿佛离自己越来越远。眼看那双玉手之间散发出柔和的白光，却不由自主地眯起了双眼。

眼看一只洁白如玉的蝴蝶朝自己飞来，却发现自己竟然动弹不得。

白青岚感到这只蝴蝶飞得很慢，很轻，很专心。

因为蝴蝶一直都在朝自己的心飞来，白青岚知道自己已经受创的心脉定然承受不起这只蝴蝶的“青睐”。

蝴蝶夫人看到白青岚一动不动地站在那里，她没有意外，没有怜悯，当然也没有停手。

她也没有办法停手，因为一只同样白皙、白皙得让女人都嫉妒的手，从半路伸了过来。

这只手的形状很奇怪，中指和无名指轻轻地贴在拇指之上，似是天造地设般吻合，又如蜻蜓点水一样疏离，让人思索这中间应该拈点什么才好。

蝴蝶夫人不用思索，她从看见这只手的时候，甚至在这只手还没有出手的时候，她便知道这只手一定会出现。

因为这只手的主人叫明海。

因为明海此时的手式叫拈花手。

拈花手拈的应该是花。可明海知道，原来的海棠花便是眼前的这只如玉般的蝴蝶，眼前的玉蝴蝶也就是原来的海棠花。那么，拈花手用来捉蝶又有何妨?

在贺兰山，明海停手是因为他没有把握。现在的明海依然没有把握，可他不得不出手，因为这只玉蝴蝶想要白青岚的命。

蝴蝶夫人伸向白青岚胸口的手，亦如梦小倩此时伸向紫叶七星的手一样。都是那么的洁白，那么的美。那么的动人心魄，却又那么的决绝毅然。

梦小倩没有丝毫犹豫和害怕，她纤细洁白的手此时已经紧紧握住了叶片下唯一的茎蔓，这便是紫叶七星的根，也是这些年来圣花与秘境之间生命的联结。

紫色叶片此时似乎有些颤抖，透明的汁液滴在梦小倩的手臂上。梦小倩感到这些汁液冰凉得让人很舒服，就像她第一次喝到蝴蝶泉的泉水一样。

梦小倩回忆起自己在秘境从小到大的经历，这些经历是那么的真实那么的温暖。她的心里在这一刻充满了痛苦和挣扎，只要她拔出这株茎蔓，便可以亲手埋葬自己的过去。

紫叶七星在梦小倩的手里变得沉重无比，就如同明海此时的感觉。

蝴蝶夫人已经来到了白青岚身前，她的手也将要触及白青岚的胸口。而黑袍中的明海整个人就像一根包裹在黑布中的佛骨，晶莹剔透，同时又闪烁着人性的光辉。

拈花手最终与蝴蝶夫人的手碰到了一起，白光微微闪现，仿佛云雾之中月与光的一次邂逅。而明海在接触蝴蝶夫人的刹那，整个人却如遭重击般飞了出去。

鲜血从明海口中涌出，他没有想到那对看似轻盈小巧白玉般的手上，会传来如此强大霸道的力量。这股力量即便如明海也无法承受，而拈花手仅仅只留下了一个印子。

蝴蝶夫人有些意外地看着自己掌心的一个指印，这个指印有些淡淡的微红，微红的指印在蝴蝶夫人洁白的掌心醒目异常，这是明海的舍命一击。

明海嘴角含血却微微一笑，他已经尽力了。拈花手无论拈花与否，我自一笑而过。

不过，这并不能阻止蝴蝶夫人分毫，她的手毫无悬念也毫不留情地拍进了白青岚的胸口。

这一掌很重，比密室之中的那一掌还要重，重到白青岚整个身子都向后倾去。但是，白青岚没有后退，也没有倒下，他感到蝴蝶夫人的手掌似乎已经嵌进了自己的胸口。

白青岚胸口处的白衣渐渐渗出一片血色，这片血色将蝴蝶夫人白玉般的手掌紧紧包围起来。

梦小倩看到这一幕，她的心真的痛了起来。她感到所有的温暖都随着白青岚胸前渗出的血色渐渐离自己而去，于是她的心也渐渐冰冷。

于是，梦小倩不再挣扎，她纤细的小手将紫叶七星从秘境的泥土中缓缓拔出。

一切的一切都源此开始。那么，就让现在成为新的开始吧。此刻，紫色叶片上透明的汁液与梦小倩清澈的泪水一同滑落。

看着圣花被梦小倩连根拔起，梦老三大怒之余又有些迷茫。这是秘境的圣花，是圆满的圣花，竟然就这样毁在梦小倩的手里，秘境的将来该何去何从。

不过，当他看到白青岚已经落到蝴蝶夫人手里的时候，梦老三又好像重新看到了希望。只要没有白青岚这个最大的威胁，秘境依旧还是原来的秘境。

只是蝴蝶夫人接下来的话却让梦老三的心变得一片冰凉。

“你为什么不躲？”蝴蝶夫人看着白青岚轻轻道，她的脸上已经没有了冷漠，反而有一丝隐藏在嘴角中的笑意。

“躲不了。”白青岚苦笑道。

其实不是白青岚不想动，而是他真的不能动。如果他动了，他就输了。因为他需要蝴蝶夫人接触到自己，而且一定要接触到自己的血。

所以，明海舍命一击在蝴蝶夫人掌心留下指印。

所以，白青岚硬生生承受蝴蝶夫人的掌力。

因为白青岚就是蝴蝶夫人的解药，而明海则是这份解药的药引。

“你伤得很重。”蝴蝶夫人将手掌缓缓从白青岚胸口移开，认真而关心地说道。其实，现在她应该是华如眉，或许永远也不会再有蝴蝶夫人了。

“比上一次还重。”白青岚无奈地摇了摇头。

“上一次？”华如眉皱了皱眉，疑惑地问道。

“反正都死不了，还是把眼前的事情处理好吧。”白青岚没有再接着这个话题，他总不能告诉华如眉上回在密室也是你把我打成重伤的。

“不可能，不可能是这样的……”梦老三此时的精神已经接近崩溃，他知道华如眉一旦恢复清醒，白青岚就死不了，那么秘境也就绝不会按原来的样子保持下去。

对梦老三来说，原来的一切就是美好的，如果大家都变得像梦小倩这样的话，他根本无法接受，他更无法接受的是自己也会变成梦小倩那样。

所以，梦老三疯了，在真正的生活到来之前疯了，他情愿活在自己构建的世界里。

看着癫狂的梦老三，梦小倩手里拿着紫叶七星不知所措地站在一旁。自从将紫叶七星连根拔起，秘境的事情在梦小倩心里就已经有了决定，她一定要让所有人恢复正常。

在看到白青岚没有危险之后，她心里便很高兴，更为自己这样选择而感到满足。可当她看到华如眉恢复清醒之后，心中又升起一股无力而惆怅的感觉。

因为梦小倩知道，白青岚他们终将会离开，而自己则会永远留在这里。就像白青岚所说："我们为了自由，而你们为了生存。"

既然每个人都有自己的选择，那就不要犹豫，干脆义无反顾地去做。想到这里，梦小倩抬起了头，她脸上的冷淡被坚毅所取代，秘境还有许多事情等着她去做。

等白青岚他们从岩洞出来后，才发现外面的一切比他们想象得要好很多。在内境的蝴蝶泉边，秘境所有的人都聚集在这里，只是这时候大家的脸上都显得迷茫和不解。

梦小倩知道这是梦老一和其他几个长老正在举行秘境大会，可是她也不知道为什么会出现这样的结果，秘境所有的人仿佛突然间从梦中刚刚醒来一样。

"原来如此。"白青岚看着这些人手里或面前的杯子时，终于明白了过来，也只有他才明白这其中的缘故。

原来每一次秘境大会的举行，秘境所有的人都会集体喝上一杯蝴蝶泉水，这是秘境一直以来的传统。也正因为这样，秘境才可以在如此漫长的岁月一成不变地存在下来。

所以，在梦老三带着蝴蝶夫人去对付白青岚等人的时候，梦老一按照惯例在秘境大会上让大家喝下泉水，喝下圣花圆满之后的第一杯泉水。

这本应该是秘境之人最感到荣耀的时刻，没有人会料到，这杯泉水却将秘境所有的一切彻底粉碎了。粉碎了秘境的完美，粉碎了大家的向往，也粉碎了所有人的心。

因为这杯泉水里面除了有紫叶七星的汁液，还有着白青岚的血液。

白青岚没有想到自己当时被华如眉重伤坠进蝴蝶泉后，便已经注定了秘境的结局。

原来，一切的一切也终结于开始。

当梦小倩将泉水之中寻找到的黑铭剑交给白青岚时，她的脸上只有微笑，没有冷淡。她的心里有着不舍，还有一点点痛。

“保重。”梦小倩只对白青岚说了这两个字。

白青岚点了点头，却什么也没有说。他从梦小倩手中接过黑铭剑的时候，甚至刻意避过了梦小倩的手指，那柔软冰凉却充满暖意的手指。

“你当真不走？”离开之前，白青岚向华如眉问道。

“我为什么要走？”华如眉竟然决定留在蝴蝶秘境，这多少让白青岚有些意外，但他知道华如眉既然做了决定，就没有人能够改变。

何况有如此完美的绝世高手在梦小倩身边，白青岚也不用担心已经清醒的长老和那个心智失常的疯子会有什么异样的举动。

或许，自此蝴蝶秘境会成为真正意义上的秘境，而华如眉也会成为真正的蝴蝶夫人。

望着白青岚、明海和青火三道渐渐远去的背影，梦小倩静静地站着，没有悲伤，更没有眼泪。

“以后你要想见他，我带你出去找便是。”就在此时，梦小倩的耳旁传来了华如眉动听的声音。

听到此话，梦小倩的脸上又微微有些红了，她没有回答华如眉，而是细细地呢喃：“他们能找到回去的路吗？”

“白青岚一定可以。”华如眉说完这一句也转身向秘境的草屋走去。

从现在开始，她要真正享受蝴蝶秘境的生活，因为她是华如眉，是这个世上最完美的女子。

梦小倩也回过头来，她第一次觉得秘境的景色是如此的迷人。更让她心中笃定的是，镜山两边的内、外境将再也不复存在，因为整个秘境的生活都将重新开始。

在梦小倩身后不远处，靠在梦小姑身上的梦小草还依依不舍地望着白青岚三人远去的方向。

或许梦小草永远都不会忘记，当初自己在泉水边最先发现的白青岚，就是后来改变了整个蝴蝶秘境命运的男人。

大宋都城，子时。

就在白青岚和青火坠崖之后，大宋皇城的外城之中一座高雅的大院门口正站着一个人。

这个人一身白袍，英俊风流，一看便是出身世家或达官贵族。

整个都城这个时候都很黑，所以这个时候还敢亮光的地方不多，更何况这是在皇城的外城之中。

可这个院子的门口却很亮，因为门口的大门上有两盏红色的大灯笼，灯笼里的烛火烧得很旺，旺得让人从很远处就可以看清楚大院大门上匾额中的字。

“画眉轩。”白袍人轻轻念道，随即又拊掌笑道，“地方选得好，名字也取得好，我古枫今日也不虚此行。”

这个白衣男子便是古枫，而这座画眉轩的主人却是华如眉。古枫手里拿着一个酒杯，是华如眉最喜好的那种，酒杯是红药临死之前交给他的。

酒杯里有一张纸条，纸条上有画眉轩三个字。所以古枫来到皇城，找到了这里。

古枫轻轻一跃便落在了大院之中，他毫不费劲地就找到了古重山。整个大院除了古重山就没有别人，古重山却在喝酒，喝的还是皇宫的御酒。

“你知不知道我们找你找得都快疯了？”古枫看着古重山没好气地说道。

“那你疯了没有？”古重山喝完一杯酒问道。古重山年约五十多岁，但剑眉星目，也自有一番风流。

“还没有。”古枫答道。

“那你来做什么？”古重山道。

“救你。”古枫有股想走的冲动。

“你看到我没事，可以走了。”古重山摇了摇头道。

古枫转身便走，没有丝毫含糊。走到院墙边的时候，古枫突然说道：“白师兄和青火坠崖了，段师弟在给一位女子守灵。”

“那你准备去哪里？”古重山问道。

“还没想好。”古枫很老实地回答道。

“要不要先喝杯酒，再接着想？”古重山又倒了一杯酒道。

“也好。”于是，古枫转身回来，抓起古重山面前的酒壶，昂首喝了起来。

第五卷　慕容青火

第一章　青青子衿

燕武光拿起破木桌上的破酒壶，昂首喝得点滴不剩。

“再来一壶。”燕武光低沉地说道。于是酒肆里一个跛脚的老头儿慢悠悠地走过来将桌子上的破酒壶拿走，不一会儿，又提了满满的一壶酒回来。

将酒放在桌子上，老头儿便又慢悠悠地走回自己的破椅子坐上靠着，继续眯着眼睛，透过酒肆顶上的布窟窿看湛蓝的天空。

酒肆很小，很偏僻。整个酒肆除了酒之外只有一个老头儿，一张破桌子，一把破椅子和一块破了窟窿的布。

酒肆当然要有酒，虽然这个酒很劣，但劣酒也是酒。

燕武光看着破桌上重新装满酒的破酒壶，心里不知道在想些什么。呼啸的北风吹得酒肆顶上的破布呼啦啦地响，甚至连眼前的这张破桌子也摇晃起来。

混浊的劣酒从摇晃的壶嘴里洒出来不少，破椅上的老头儿将身上盖的羊毛毡子紧了紧，蜷缩成一团。

一切仿佛都在严寒中颤抖，但燕武光没有。

燕武光的身材不像寻常的北方人一样雄壮，却很匀称，这样的身材明眼人一看就知道是使剑的高手。

脸上的灰尘和沧桑似乎掩盖了他真实的年龄，但他此时拿酒壶的手却显示出他的年龄绝对不大，那是一只充满活力和力量的手。

酒壶到了燕武光手里便没有再晃动，因为燕武光的整个人很稳，就像是一座雕塑，甚至连他脸上那浅浅的一层络腮胡楂都“棱角分明”。

燕武光抬起头看着远方，数十里方圆，一望无际，除了沙尘没有一个人影。他不记得自己已经在这里待了多少天，也不知道喝了多少壶的劣酒。

但他不能走，因为这个酒肆在这里，而这里是大宋和燕国的交界处。

所以这个酒肆之前的生意一向很好，到这里来的人没有谁会管你是宋国人还是燕国人，只要你有钱，都可以在这里歇歇脚，喝上一壶劣质的酒。

最为关键的是，你可以在这里打听到最新的消息。

可是不知道从哪一天开始，来酒肆的人便越来越少了，到最后只剩下燕武光和酒肆的老头儿。

因为现在最新的消息就是大宋要攻打燕国，边界周围的人早早地便跑光了。

燕武光将酒壶里的酒再一次喝尽之后，他没有再叫老头儿给他添酒。不是口袋里的钱不够，而是时间不够了。

自从燕国皇子出现的消息传到军中后，将军就下令封锁了这个消息。但是燕武光知道，因为将军派他前来是要确定消息的真假，所以他便来到了这里。

燕武光不明白将军的想法，但他必须执行军令。他知道燕国四大守军中，金甲部是燕国皇帝慕容烈的直属部队，也是燕京的守军。黑甲部也一向对慕容烈忠心不二，现在镇守燕国西南边界一带。

传闻，当年先皇慕容正便是死在黑甲部的手里。而原属于慕容正的白甲部在慕容烈继位后，便被派到与大宋西北交界的贺兰山一带镇守。

至于四大守军中的青甲部则一直以来都是镇守燕国境内，实力最弱，却也最为安全。

北风一阵大过一阵，燕武光宽大破旧的长袍下是一套贴身软甲，软甲是军中出来执行任务时才有的待遇。燕武光的软甲也只是一件普通的软甲，可软甲的领口是青色的。

所以，燕武光的身份就很不普通了，因为他是青甲部的人。这一点没有人知道，燕武光也绝不会让任何人知道。

燕武光来到这里之后，却得知皇子竟然在贺兰山坠崖了，这个消息让他很吃惊。但他没有失望，他知道皇子身边有一个人，那个人的名字叫白青岚。

燕武光将酒壶放下之后，整理了一下行装，他准备走了。因为他刚得到的消息说，皇子出现了。

临走之前，燕武光看着依旧靠在破椅之上的老头儿。这些天来，他没有给过一次酒钱，不是钱不够，而是他给不起。

燕武光心里清楚，自己能够在这里喝酒，不是因为自己是燕国人，也不因为自己还是一个军人，更不因为自己是青甲部的军人。

只是因为燕武光是一位剑客，一位在燕国自余余之后最强的剑客。

或许，这么多年来，经过酒肆喝酒的人都知道老头儿酿的酒很劣，但都喝过无数次这样的劣酒，却没有人知道这个老头儿还会用剑。

只是老头儿的酒酿得极为糟糕，剑却用得极好。

因为老头儿除了是这个酒肆的老板还有着一个身份，一个极少人知道却让所有剑客肃然起敬的身份，他的师弟叫余余。

“申一游，不要忘了，你也是燕国人。”这是燕武光离去之时说的话。

燕武光离去之后，酒肆里只有羊毛毡子在风中微微摆动，而椅子上早已空无一人。

青火回头看了一眼，身后尘土飞扬之中，一片灰蒙蒙的，除了自己和身下的这匹黑马，再也没有任何一个人。

青火全身上下都布满了灰尘，青色衣袍上破了好儿道口子，他抓紧缰绳的手掌甚至都勒出了道道血痕。

一天一夜的狂奔让青火想起了自己在秘境石室中做的那个梦，梦中那种窒息的感觉在现实中也让青火有些后怕。

原来，从蝴蝶秘境出来后，青火和白青岚、明海三人发现自己到了一处陌生的地方。

不仅地理环境陌生，而且人也陌生。关键的是，不只是有一个陌生人，而是有十万个陌生人。因为他们遇到的是燕国的黑甲部守军。

这个时候，白青岚才意识到自己一行三人竟然身处燕国边境，而且是燕国黑甲部驻守的燕国西南边境。

黑甲部军队不认得明海，但他们一定认得白青岚和青火，因为慕容烈早已从燕京下了旨意，决不能让这两个人出现在燕国境内，不论死活。

于是，白青岚和明海只能带着青火往大宋边境退走。因为黑甲部的骑兵不是大宋阴山铁骑可比拟的，这是一支真正的铁血之师。

白青岚和明海或许可以从容而退，可青火不行，所以白青岚和明海给青火抢了一匹战马，让他先行赶回大宋边境。

青火知道自己已经没有危险了，这片杳无人烟的区域便是燕国和大宋的缓冲之地。一旦战争爆发，这片看似平静的区域则马上会变成惨烈的战场。

身下的黑马不停地打着响鼻，即便它是矫健异常的军马，也吃不消一天一夜的亡命奔跑。何况黑马浑身上下竟有无数的伤口，干透的血痂让黑马显得狰狞和虚弱。

青火不知道自己到了哪里，他只记得骑着黑马一路向东奔跑，一直跑到身后震耳欲聋的马蹄声渐渐消失，他也没有回过头。

他还是一直地跑，跑到自己没有丝毫力气，跑到身下的黑马不由自主地颤抖。所以，他只好在这里停了下来。

青火牵制黑马继续向东走去，他不会担心白青岚和明海。哪怕十万黑甲骑兵将他们完全包围，也丝毫淹没不了黑铭剑的剑光和明海明亮的光头。

青火一路这么想着，他也只能这么想想而已。没有食物和水，没有白青岚在身边，甚至现在连方向都没有。

一道瘦弱笔直的青色身影和一匹疲惫不堪的黑色战马就这样一直走着。没有停留，没有声音，有的只是一种执着。

北风卷地而过，沙尘漫天袭来。青火又一次吐出吹进嘴里的泥沙，他的嘴唇泛起白色的水泡，他的头发披散在背后，撕裂的掌心似乎已经与暗红色的缰绳连为一体。

青火知道白青岚一定可以找到自己，但他首先要活下去。青火努力睁开红肿而干涩的双眼，他用力捏紧自己的拳头，通过传递而来的疼痛驱赶视野中的模糊。

让青火感到意外的是，这次除了看到原来那种一成不变的色调之外，竟然还有一道人影在他的瞳孔之中渐渐变大。

青火可以确定这绝对不是幻觉，因为现在的青火不可能陷入幻觉。这也是从蝴蝶秘境之中出来后，青火唯一感到骄傲的一点，他学会了蝴蝶心法，连白青岚都不会。

燕武光看着眼前虚弱的青火，他的眼光明亮而凌厉，甚至还有些惊疑。因为青火身边的黑色战马让燕武光很吃惊，他当然认得这是燕国黑甲部的战马。

能够从黑甲部手中夺得战马，还能够活着离开的人，整个燕国现在也就申一游可以做到。整个天下或者还有人也可以做到，但他燕武光自问肯定做不到。

燕武光是一位剑客高手，自然是一个极其聪明的人。他知道既然不是申一游做的，那么现在这里有这个能力的只有一个人，这个人的名字叫白青岚。

燕武光不认识明海，自然也就不知道明海能不能做到。但他想到了白青岚，自然也知道了眼前这个孩子的身份。

不知道是不是前段时间的劣酒喝得有点多，燕武光竟然感到自己的嘴里有些苦涩。他想捏紧自己的剑柄，或许这样做可以让自己的心平静一些，可手心里竟然有些微微出汗。

燕武光知道一旦确认了青火的身份意味着什么。

能够让燕国黑甲部和白甲部全军出动的人，能够让将军违背常理派他前来寻找的人，能够动摇整个燕国根基的人，此刻竟然就站在自己的眼前。

“你是谁？”燕武光可以肯定这个孩子就是燕国皇子青火，但他还是问了出来。他感到此刻竟然有些紧张，甚至自己这一生中所有的生死决战时都没有过这样的感觉。

“你是谁？”青火轻轻地反问道，直觉告诉青火眼前这个男子没有恶意，所以他也没使用蝴蝶心法，这是自己唯一的底牌。

“我是燕国燕武光。”燕武光坦诚相告。

“我是大宋人。”青火说道。

“你不是大宋人，你是燕国人。”燕武光用锐利的眼神盯着青火，仿佛想从青火黑色的眼眸之中得到自己想要的答案。

听到燕武光的话，青火腼腆地笑了笑，黑色的眼眸变得越来越黑。

第二章　大漠孤烟

“黑甲部竟然还敢动手？”牡丹派牡丹殿内，慕容嫣听到木小灵的汇报之后，冷笑道。

“这次黑甲部大军全部压了过来，贺兰山西南守军已经全军戒备，看来宋燕这次必有一战。”木小灵分析道。

“黑甲部跟大宋打不起来，至少现在不会。”慕容嫣说道。

身为燕国公主的慕容嫣当然知道黑甲部跟慕容烈之间的关系。就算真要与大宋交战，最先受到波及的肯定是白甲部，因为白甲部是原属于慕容正的守军。

“可消息中说，黑甲部即将进入关外地区，而且没有停止的意思。”木小灵在这段时间一直认真地打理着牡丹派内部的事务，她也做得不错，慕容嫣也很满意。

“黑甲部针对的不是大宋，而是我。”慕容嫣的眼中闪过一丝愠色。

黑甲部不惜冒着与大宋交战的风险，如此突出边境之外。慕容嫣唯一能够想到的理由就是，青火出现了。

自从青火皇子出现的消息在燕国传开后，白甲部既然能够有所行动，那么忠心于慕容烈的黑甲部自然也不会不动。

“青火皇子有危险。”木小灵很快就想到了关键的所在。

“传令下去，牡丹派内所有的人即刻向贺兰山边境出发。”慕容嫣道，脸色冷艳而决然。

慕容嫣

慕容嫣绝不会让十年前的事情再次发生，也不会让青火步慕容正的后尘，更不会让慕容烈的诡计得逞。她要夺回属于自己的一切，夺回青火还有燕国。

“留守怎么办？”木小灵知道慕容嫣的决心，但她考虑的是万一这次不能成功进入燕国，或者事情有突然变化，牡丹派还可以作为慕容嫣的根基。

“一个不留。”慕容嫣等了十年，她没有时间也没有这个耐心再继续等下去，青火的出现是她报仇复位的最好契机。

最终让慕容嫣做如此决定的原因是，燕国的那个人暗中传话，只要青火真的是皇子，只要青火有成为燕国皇帝的潜力，他就会支持。

而一旦获得这个人的支持，慕容嫣有把握可以正面对抗慕容烈，至少不用再像过去那样只能寄居在大宋。

“是。”木小灵应道。

“我也去。”李空谷从殿外走进来说道。

李空谷从贺兰山被慕容嫣带回牡丹派后，心里一直担心明海的生死。现在青火既然出现了，说明白青岚等人没事，那么明海也会在那里。

慕容嫣看了李空谷一眼，没有说任何话。

她知道李空谷会去，所以才让人将边境的消息通知李空谷。慕容嫣将李空谷带回来的目的就是为了救治洛丹青，既然李空谷自己愿意，她自然不会拒绝这位药王的传人。

宋燕边境，一片杳无人烟的区域之中，两个人影和一匹黑马在漫天烟尘之中缓缓而行。

“你是白甲部的人？”青火问道。

燕武光摇了摇头，虽然他现在已经确定了青火就是皇子，可他还没有确定将军的心思。

所以，燕武光现在不能告诉青火自己是青甲部的人，他能够做的便是保证青火的安全。

青火与燕武光现在前进的方向不是向东，而是向北。燕武光告诉青火，再往东便是大宋边境，落入大宋手里，并不比被黑甲部追杀来得好。

于是，青火决定往北。这也是燕武光的意思，往北便是燕国的白甲部，而白甲部对青火而言就是最安全的地方。所以，青火认为燕武光是白甲部的人。

但现在青火可以肯定燕武光不是白甲部的人，因为燕武光不仅是一个剑客，更是一个军人，燕国的军人绝对不会不承认自己的归属。

“你为什么不骑马？”燕武光微眯着眼睛说道。他的眼睛一直看着前方，他知道青火一直都跟他并排而走。

“等人。”青火的眼睛也一直看着前方。

青火身边的黑马已经恢复了不少生气，走在这片它熟悉的土地之上，摇头晃脑，显得很有精神。

“等谁？”燕武光道。

“先生。”青火道。

“白青岚。”燕武光知道青火要等的人一定是他，“黑甲部的骑兵不是那么容易摆脱的。”

“先生可以。”青火说话的时候，没有丝毫犹豫，也没有丝毫波动。

燕武光没有再说什么，他知道身边的这个皇子，或者在他心里认为这个孩子要比燕国所有的孩子都要成熟冷静，甚至那些从小生活在军队之中的孩子也远远不及。

作为剑客的燕武光，从青火的眼中看出了同样一种东西，那是自信而执着的眼神。

想到这里，燕武光不由得想起之前青火看自己的那一眼。那一眼的眼神黑得如此清澈，让他在一刹那都有些心神失守，就像第一次面对将军的眼神时一样。

燕武光的嘴角泛起一丝自嘲，自己竟然还被称为燕国佘余之下第一剑客。没想到短短数日之间便遭到连连打击，先是见到了申一游，后来又遇到青火。

申一游自然不用说，他的剑术相传比佘余还更胜一筹，只是申一游出师之后便消失了。不在燕国，也不在大宋，燕武光现在知道申一游这些年到底在哪里了。

燕武光知道白青岚是剑术的绝世高手，连佘余都接不下一招，自己肯定也不会是白青岚的对手。再见到青火的时候，燕武光就很好奇这个白青岚的弟子会有怎样的修为。

但是，在看到青火的眼神之后，燕武光再也没有好奇的心思。他知道，如果是在决战中对上这样的眼神，那么自己一定会死。

所以，燕武光在感到惊异的同时，内心也有些兴奋起来。他想知道这个世上，真正的剑术可以达到什么样的程度，这是一个剑客的心。

青火知道燕武光是一名剑客，因为燕武光的左手一直握着剑，走路的时候握着，吃饭的时候握着，喝酒的时候握着，连睡觉的时候也握着。

总之，任何时候燕武光都握着自己的剑，这是燕武光对剑的心。

燕武光昂首等了半天，终于将酒囊当中最后一滴酒喝进了嘴里。虽然酒囊里装的都是申一游酿制的劣酒，但有总比没有要好。

他的喉结滚动了一下，咽下这最后一滴酒，燕武光就再也没有酒喝了。

这个时候，燕武光突然万分怀念起在酒肆等待的时光，可以平静地看北风肆虐，尘土飞扬，还可以不停歇地喝申一游的劣酒。

燕武光眯着的眼睛突然收缩起来，他摇了摇头。因为他看到前面有一道瘦小的身影，这个身影他只要看一眼就知道是谁，因为身影两边的肩膀竟然高低不平。

燕武光知道申一游不是给他送酒来的，因为申一游的手里没有酒。燕武光也知道申一游不是来找他的，因为自己不是申一游的对手。

所以，燕武光很不解，也很头疼。

“你就是皇子。”这句话本来是一个问句，但从申一游的嘴里说出来却又如此的肯定。

“我是青火。”青火停下了脚步，申一游就站在他的身前。身边的那匹摇头晃脑的黑马此时却十分老实，低眉顺眼，十分温顺。

“呵呵，慕容青火，好名字。”申一游瘦小的身体之中发出的声音很低沉，但每一个字传到青火耳中却异常清晰。

青火听到这句话不禁怔了一下，他从来没有想过这个问题。青火只知道自己叫青火，在无名谷的时候便是这个名字，后来得知自己的来历之后，还是这个名字。

他很喜欢青火这个名字，因为名字里跟白青岚有着相同的字。但是，申一游的话让青火有些迷惑起来，叫自己慕容青火似乎也没有不对。

青火知道先生肯定不会叫自己白青火，如果这样叫的话，自己和先生的辈分可就出了问题。想到这些，青火不自觉地笑了一下。

“这个世上，在我面前敢走神的人并不多。”申一游就像一个絮叨的老头子再跟一个小孩子说话。

其实，在外人眼里，确实就是一个老头子在和一个小孩子说着话。可燕武光绝对不会这么认为，自从申一游出现之后，燕武光握剑的手就一直越来越紧。

“你不用紧张，我就是来看看。”申一游低沉的声音让燕武光的内力再也隐藏不住，全身内力迸发，连络腮胡楂都根根凌厉起来。

察觉到这一切，燕武光心中大惊，这份剑内力的暴露不是他想要的，只是在申一游的压力下他控制不住爆发了出来。燕武光担心申一游会因此而误解自己的意图。

申一游这个时候才看了燕武光一眼，瘦小的身体标枪一般挺立在风尘黄沙之中，深陷眼窝的眼睛深邃而饱满。申一游笑了笑，便收回了目光。

燕武光知道申一游不会出手了，他的心里松了一口气。浑身爆发的内力渐渐沉寂下来，整个人也恢复了平静。

“几年前，慕容烈来这里找到了我。”不知道为什么，申一游突然自顾自地说起这件事，这件事燕武光也不知道。“慕容烈的身边跟着佘余，在十丈之外与我说话。”

申一游当时没有说任何话，转身便走了。因为十丈的距离刚好是他出剑攻击的极限，佘余是他师弟，当然知道这一点。“呵呵。”申一游轻轻笑道，“你比不上佘余。”

燕武光知道申一游说的是他，他没有答话，也没有资格答话。

“但佘余比不上白青岚，而慕容烈却比不上你。”这句话申一游是对青火说的。

“我是剑客。”青火虽然不清楚眼前这个老头儿说这么一些话是什么意思，但他不想有人将自己和慕容烈放在一起。

“你若不是慕容青火，将来定是天下第一剑客。”申一游说完这句话转身而去。

北风依旧，黄沙遍地。

燕武光看到申一游瘦小的身体在风沙之中渐行渐远，如一柄藏锋的剑消失在天地之间。

青火

第三章　酒逢知己

古枫看着正在边走边喝的古重山，俊朗的脸上显得很无奈。

现在整个大宋都知道贺兰边境的大战一触即发，而古枫更知道慕容嫣的牡丹派已向边境赶来。

“你还有多少酒？”古枫问道。

“最后一壶。”古重山咽下口中的酒，有些陶醉地说道。

古枫听完之后，有些轻松又有些遗憾。

自从画眉轩见面之后，已经过了十余日，古枫和古重山两人也从繁华的京都一路走到了荒凉的关外。

一路之上，古重山似乎有喝不完的酒，每天中午一定会喝上一壶。

古枫不知道古重山是如何带着这些酒的，因为他根本就没有发现古重山身上哪里能藏着酒，但古重山想喝的时候便会有酒，而且都是与画眉轩之中一样的御酒。

这种御酒的年份很长，酒香很浓，味道却很淡。

这是好酒，但古枫只在刚见古重山的时候喝过一次。所以古枫每天只能看着古重山喝，他的日子很难过。

古枫想喝酒却没有酒喝，他只能看着别人喝。因为喝酒的人是古重山，是古剑门的掌门，是他的父亲。

“你为什么出关？”既然美酒已经没有了，那么古枫只好关心一下古重山本人。

“因为我想喝酒了。”古重山将酒壶颠倒过来等了一会儿，发现确实没有一滴酒出来，才恋恋不舍地将酒壶重新放到怀中。

“那为什么现在出关？”古枫知道古重山九年前与佘余一战，身受重伤，一直闭关。

“因为我能喝酒了。”古重山笑道。

古枫明白了，也放心了。

想喝酒说明古重山知道白青岚的事，堂堂古剑门的掌门对江湖中的大小事件，只要想知道就一定可以知道。

能喝酒意味着古重山的伤势已经痊愈，所以他出关了。他要见见自己最喜爱的弟子，还有当年那个可爱的孩子。

“白师兄现在的麻烦一定很大。”古枫突然极为认真地说道。

“他不怕麻烦大。”古重山道。

“可青火太小。”古枫看着古重山道。

“所以我们来了。”古重山没有看古枫，而是看着眼前的黄沙。

“我怕来晚了。”古枫知道青火的身份非同小可，或者可以说青火才是这次大宋和燕国大动干戈的根源。

所以，青火也是最危险的。

“还不算晚。”古重山的声音如此肯定，让身边的古枫都吃了一惊。

古枫顺着古重山的眼光望去，一个破烂的酒肆在漫天风沙之中不停摇晃得让人心惊。

古枫和古重山在酒肆里面坐了下来。还是那张破桌，桌子上还是那个破酒壶。破布的窟窿下面，申一游依旧躺在破椅子上面。

“好劣的酒。”古枫喝了一口破酒壶中的酒忍不住说道，“好酒。”

“确是好酒。”古重山没有喝，他的话是看着申一游说的。

古枫放下破酒壶，他没有再喝。他不想喝第二口，因为这酒太劣，没有一点的酒意。他不敢喝第二口，因为这酒太烈，充满了浓浓的剑意。

酒是申一游酿的，申一游让燕武光喝，燕武光才可以喝那么多。申一游不让古枫喝，古枫便喝不下去。

古重山从怀中拿出自己的酒壶，很随意地喝了起来，慢慢地品尝了起来。古重山这次没有陶醉，他的脸色显得很红润。

因为古重山喝的酒是申一游酿的酒。

看着眼前的破酒壶里空无一物，古枫摇了摇，他拿起破酒壶朝申一游走去。没有酒了，自然要打酒才行。

离申一游还有十丈距离的时候，古枫突然停了下来，他察觉到了一丝危险，一丝极其可怕的危险。

这份危险来自于剑客天生的反应，来自于古枫身体中循环不息的剑气，更来自于眼前那个蜷缩在羊毛毡子中的老头儿。

古枫知道，只要自己亮出青玉剑，便可以走出脚下的这一步。但是，他不能保证自己走出这一步后，还能不能退回来。

所以，古枫有一些犹豫，他不是为自己的生死犹豫。而是为自己的选择犹豫，他不知道申一游是敌是友，因为他根本就不认识申一游。

“没想到，在这里还能遇到懂酒之人。”就在古枫体内的剑气游走不定，青玉剑嗡鸣声渐起之际，申一游突然说道。

申一游翻身站了起来，瘦削的身体在地面之上高低不平，显得有些滑稽。他歪着头，看着古重山，然后点了一下头。

古重山微微一笑，也点了下头。他手里的酒壶已经见底了。

“酒中有剑，便是好酒。”古重山正色地说道。

“心中无剑，才是好剑。”申一游看着古枫说道。

听到这句话，古枫的心头一动，他知道自己不是眼前这个老头儿的对手，甚至连拔剑的机会都没有。

所以古枫退了回来，退到破桌子旁边，因为古重山坐在这里。

“剑在哪里？”古重山问道。

“剑在心中。”申一游看向古重山回道。

“心中无剑，剑从何来？”古重山继续问道。

“剑由心生。”申一游深陷的眼睛也逐渐明亮起来。

“心又何去？”古重山的脸上笑意渐生。

“心随剑动。”申一游毫不犹豫地说道。

“哈哈哈，好。好一个心随剑动。”古重山大笑道，笑声震得整个酒肆都摇晃起来。

“我有一个师弟。”申一游突然说道。

“谁？”古重山问道。

“佘余。”申一游的声音没有任何的变化，

听到这里，古枫和古重山的眼角都不约而同地跳了一下。他们现在才知道为什么眼前这个老头儿如此的惊人，此人竟然是燕国第一刺客佘余的师兄。

更为关键的是，整个江湖武林之中几乎从未听过此人的名号。如果这个人不是极其擅长隐藏行踪，便是一个嗜剑如命之人，不问江湖之事。

但对于现在的古枫和古重山来说，无论哪一种情况都不是他们愿意看到的。

“佘余没有死。”古枫接口道，他知道佘余在洛阳被白青岚重创后便消失了。

“佘余已经死了。”申一游的语气非常肯定。

古枫没有说话，他知道申一游的意思。佘余已经被白青岚斩断双手，对于一个剑客来说，失去了握剑的双手便等于失去了生命。

“所以，你来报仇。”古重山微笑着看着申一游。

“呵呵，佘余不会让，他也不配让我替他报仇。”申一游摇了摇头道。

“那你是让我们来喝酒？”古重山问道。申一游竟然点了点头。

“为何？”古重山又问道。

“你们爱不爱酒？”申一游没有回答，而是反问道。这次是古重山点了点头。

“我的酒是不是这世上最好的酒？”申一游继续问道。

“是。”古重山毫不犹豫地回答道。

因为申一游的酒中融入了他对剑的感悟，只要他愿意，酒中的剑意足以杀死任何一个顶级高手。

古重山将手中的酒壶向申一游递了过去，然后说，“请倒酒，倒好酒。”

古枫看着跛脚站立的申一游，手中的破酒壶开始抖动起来，因为他脚下的地面在抖。酒肆之中，一股让人心悸的剑意向四周传递开来。

白青岚看着周围密密麻麻的黑甲骑兵，这让他想起了阿兰草原遇到的阴山铁骑，只不过阴山铁骑的数量和战力完全无法与眼前的黑甲骑兵相比。

整整十万的黑甲骑兵层层围成一圈，没有一丝喧哗，没有一丝动荡，甚至没有一丝光亮。黑压压的一片杀气笼罩着沙丘上的白青岚和明海。

自从白青岚将青火从包围发起之初送走以后，他和明海便落入了黑甲骑兵的包围之中。令人奇怪的是，形成合围之后的黑甲骑兵竟然没有再发动进攻，他们只是静静地围着。

“你猜他们为什么不动手？”白青岚笑着对身旁的明海说道。

“等。”明海道。

黑甲骑兵在之前追击之中的攻击竟无法攻破白青岚那道黑色的剑光，甚至连白青岚和明海的身子都没碰到一下，只有两道白影在一片黑色之中潇洒地流动。

“他们不动，我们也不能动。”白青岚看向大宋贺兰山的方向，继续说道，“我们不能动，他还能动。”

明海知道白青岚说的是姬川，姬川是黑甲骑兵的副将，地位仅次于黑甲部的将军。

在之前的追击之中，只有姬川才能真正对白青岚和明海造成一点威胁。姬川是一名剑客，一名擅长刺杀的剑客，因为他是佘余唯一的弟子。

所以姬川跟佘余很像，他的剑法也跟佘余的很像，但他的剑却与佘余的鱼肠剑不一样。

姬川用的是一把蛇形剑，但他却完美地传承了佘余身上的阴狠和毒辣。

乱军之中姬川曾对白青岚出手过一次，但是他提前收手了，所以他现在还活着。

正是因为这一点，白青岚才会提到姬川。能够将刺杀把握得如此自如的人，就绝对值得白青岚放在心上。

杀手与剑客的最大区别在于，一个知死而退，一个知死而行。所以，杀手不怕剑客却怕死，而剑客不怕死却害怕杀手。

“同样的位置。”明海看着头顶的日头道，这是他们被包围之后的第三天。

白青岚知道这意味着姬川已经走了三天，三天的时间足够一个顶级杀手做许多事情。

“看来我们要想办法出去。”白青岚望了一眼四周铁桶一般的黑甲骑兵道。

“你想。”明海道。

“如果不杀人的话？”黑铭剑笔直立在白青岚的身前，剑没有出鞘，当然也就没有杀人。

“很难。”明海将目光从天空收起道。

“要是杀人呢？”白青岚道。

“更难。”明海说完，很认真地看着白青岚。

白青岚笑了笑，握住面前的黑铭剑，站起身来。

第四章　剑意阑珊

赵怀安此时心里隐隐不安，不是为他自己，而是为龙椅上的那个人。

自华如眉走后，赵准几乎整天都待在御书房里。今天也不例外，所以赵怀安此刻也坐在御书房里。

赵怀安坐在椅子上，仔细地看着眼前的茶杯，茶杯不是大宋皇室御用的款式，而是燕国皇室御用的夜光杯。他知道赵准想要做什么，其实他早就知道。

“还可以再等等。”作为臣子，赵怀安不得不先开口。

“等？”赵准摇了摇头，“我在等，军队在等，朝廷在等，所以现在不用再等了。”

“这是个很好的机会，也可能是唯一的机会。”赵怀安用手指轻轻地敲着桌子认真地说道。

“我不用再等下去。”赵准盯着赵怀安，他在说出自己的意思之前，想要得到赵怀安肯定的答复。

“燕国现在黑甲部和白甲部已经开始动荡，青甲部还是按兵不动。如果我们现在动手，黑白两甲部便不会真正决裂。”赵怀安对整个局势了解得相当透彻。

“慕容烈虽然没有雄才大略，但他还是一个男人。”赵准突然如此说道。

“只要青火不死，燕国必乱。”赵怀安有些不明白赵准的意思。

“你还是跟原来一样，把计谋看得太重。”赵准微微笑道。

赵怀安的手指停了下来，他明白赵怀安的意思。慕容嫣始终还是一个女子，她当年可以为了夺回皇位，放弃白青岚和青火，那么如今为了皇位她也可以放弃一切。

而慕容烈不行，慕容嫣可以放弃的东西他不能放弃，比如说燕国目前的形势。

所以，慕容烈一定要杀死青火，他怕燕国变乱，更怕大宋趁乱出兵。但慕容嫣不怕，燕国乱与不乱，一定是在她夺回皇位之后才会来考虑。

关键的是，燕国现在还是在慕容烈的手里，所以赵准判定燕国一定不会乱，至少不会出现大宋所希望的大乱。

“计谋的事情总需要有人来做的。”赵怀安说道。

赵准看着赵怀安，觉得自己这个皇弟比起以前，更加让他喜欢和高兴，可惜自己的那些皇子之中竟无人可担大任。

提到皇子，赵准不由得想到皇宫之外的那个长阴侯王走儿。反而是这个从小没有经过束缚的私生子，倒比皇宫内的诸位皇子要更有心机和大志。

只是名不正言不顺的事情，在大宋是没有前途的，朝廷不会允许，赵准也不会允许。

“朕要你去当征西元帅，统兵前往贺兰山。”回过神来的赵准对赵怀安说道。

赵怀安闻言顿时一惊，正准备说话，赵准挥手阻止道：“战场不仅需要计谋，更需要朕放心的人。”

“我不能走。”赵怀安说得很果断。

“你不用担心我。”赵准知道赵怀安是对自己的安全不放心。

“我担心的是大宋。”赵怀安没有丝毫让步。

“高手尽在贺兰山，皇宫没有大碍。”赵准道。

“你不要忘了，还有一条漏网之鱼。”这个时候，赵怀安又恢复了原来的语气，赵准知道这是赵怀安真正以皇弟的身份说话时才有的语气。

赵准更知道，漏网之鱼指的是佘余，无论佘余有没有手，只要鱼肠剑还在，佘余就一定还可以杀人。更何况，佘余的身边还有着一个让赵准爱恨难断的长阴侯。

“你让沈梦南留下吧。”赵准道。

既然佘余是一条鱼，那么何妨让他来试一试皇宫这张网。赵准更想知道的是，王走儿会不会如自己所想的一样，趁着宋燕之争的机会，暴露自己的野心。

所以，赵准决定给王走儿一个机会，也给自己一个机会。因为，赵准之前说过，慕容烈绝不会让燕国乱，而他更不会让大宋乱。现在不行，以后也不行。

“沈梦南拦不住佘余。”赵怀安似乎知道了赵准的想法，可他不会让赵准去冒险。

“你呢？”赵怀安问道。

“在我面前佘余杀不死任何人。”对于已经恢复内力的赵怀安来说，这一点他无比的自信。

“很好，所以你更要去。”赵怀安笑道。

赵怀安没有再说话，他知道赵准是对的，自己是大宋朝廷唯一能够抗衡绝世高手的人。既然大宋朝廷已经决定对燕国用兵，那么征西大军的主帅决不能死。

赵怀安知道赵准走的是一步险棋，却又是一步狠棋。如果赵准的计划可以成功，大宋的内忧外患将一扫而空。从此以后，大宋才可以真正地一统天下。

“你连夜出发，镇南军那边我已下密旨，如有需要，亦可随时调遣。”见赵怀安能够接受自己的安排，赵准也松了一口气。

“臣弟谨遵圣命。”赵怀安罕见地行礼道。

燕武光看着青火的背影，心中竟隐隐有一种熟悉的感觉。这种感觉就像当年燕京兵变时，将军在帐篷中的背影一样，让人感伤却又无比坚定。

这可能也是将军为什么能够在慕容烈继位之后还能统帅青甲部的原因吧。青甲部与黑甲部、白甲部不一样，它建立的使命只有一个，绝对地维护燕国的稳定。

将军一直是这样做的，甚至在慕容正死的时候也丝毫没有违背过。所以，燕国上下从没有人在背后议论青甲部，慕容烈也不敢动青甲部，青甲部代表了一种绝对的平衡。

燕武光将心思重新回到青火身上，从之前面对申一游的情况来看，青火比自己的表现要好。至少在面对申一游的剑意压迫时，青火没有像自己那样狼狈。

或许燕武光可以将这一切归结为青火年纪太小，根本不懂得剑意。但燕武光摇了摇头，眼前这个瘦小的背影竟然跟申一游那道瘦削的身影有着某种莫名的相似。

“白青岚还没有跟上来。”燕武光平时在军中便是一个话极少的人，可现在遇到了青火。

“先生现在不需要来。”青火依旧牵着那匹黑色的战马，黑马身上大部分的血痂都已脱落，几处显眼的伤痕之上，新长出的鬃毛光滑油亮。

“黑甲骑兵很麻烦。”燕武光向前走到青火的身边说道。

“麻烦总是要解决的。”青火突然停下来转头对燕武光道。

燕武光听到这句话，竟然愣了一下，然后从腰间拿出酒囊喝了一大口酒，哈哈笑道：“我现在倒很想马上见见白青岚。”

燕武光说的是实话，他的确很想看看江湖中传闻的“生死剑”白青岚究竟是怎样一个人。尤其是能够教出青火这般有趣的人，必定是一个更加有趣的人。

青火没有搭理燕武光递到自己面前的酒囊，他不会喝别人的酒，哪怕这个人是燕武光。

青火记得自己上次喝酒，还是在天山客栈的时候。所以，他的脑海中浮现出在蝴蝶秘境刚醒来的时候，梦小草端着杯子站在自己眼前的画面。

燕武光笑了笑，将酒囊收了回来。这个世上能让他敬酒的人不多，只是在刚才，他认为青火有这个资格和自己一起喝酒，而不是一个需要自己来保护的孩子。

燕武光和青火就这样站在关外的风沙之中，两个人心里都有各自的想法，只是想的都是自己的事情。

黑色的战马也站在风中想事情，它随意打了几个轻轻的响鼻，无聊地在原地前后走动，间或抬起前蹄或后蹄刨几下地面上的泥土。

扬起的尘土随着北风很快便消散在周围的空气之中，这幅画面在黑马的眼中却极为的熟悉，只不过战场上的尘土要比现在的多得多。

如果一定要比较，倒是不远处那道青烟般的尘土跟它现在有些类似。只是那道尘土太快，远处还显得较小，到了近前，却也是尘沙滚滚。

在黑马扬起耳朵朝远处看时，燕武光便已经察觉到有人追来了。他继续喝着酒囊里的酒，青火扭头看着尘沙迫近的方向，谁也没有说话，谁也没有着急。

姬川没有见过青火，但他可以肯定这个孩子就是青火。所以他停下来之后，眼睛便没有从青火身上离开过，因为这就是他接下来的目标。

“燕武光，你要阻止我？”姬川之所以没有一见面就动手，就是因为他看到了旁边的燕武光。

燕武光拦不拦得住他先不说，光是燕武光出现在这里，就足够让姬川思索一番。因为燕武光是青甲部的人，代表的是青甲部的态度。

燕武光摇了摇头，将已经干瘪下去的酒囊挂在腰上，平静地说道：“我不会阻止你，我只会杀了你。”

“你杀得了我吗？”姬川骑着的黑马跟青火牵的那匹很像，它们本就是来自于同一个地方。

姬川看起来很年轻，或许是因为姬川的皮肤很白的缘故，不是明海那样让人侧目的白皙，而是佘余一般令人皱眉的惨白。

所以青火第一眼看到姬川心里就不喜欢，不过这不要紧。因为青火从姬川眼里看到的只有杀意，这股黑色的杀意从黑色马背上向青火延伸过来。

当姬川毫无征兆地向青火袭来之时，青火却很冷静，冷静得让燕武光都感到心惊。燕武光知道青火不是没有察觉，更不是被姬川阴柔的杀意所捕获。

燕武光清楚地看到在姬川出手的一瞬间，青火的嘴角竟然笑了一下，这对燕武光的震撼是无法言喻的。甚至连燕武光的出手都因此而慢了半拍，不过这也不要紧。

一道刺眼的亮光从燕武光手里亮起，一声清越的剑鸣从燕武光剑中传出。这是青火第一次见到燕武光的剑，第一次见燕武光拔剑。

青火发现，燕武光的剑与其他的剑都不一样，这把剑的剑鞘是圆的，所以拔出来的剑也是圆的。因为这把剑的剑脊很厚，厚得连剑刃都显出一种憨态。

这把剑叫：流光剑。

第五章　流光溢彩

姬川的身形停了下来，他看着燕武光手里这柄奇怪的剑。说实在的，流光剑看起来并不像一把剑，而更像是一杆枪。

只是姬川没有时间去理会它到底是剑是枪，因为流光剑已经向他刺了过来。点点光点在流光剑的剑尖荡漾开来，明晃晃地笼罩着姬川的立身之处，像极了一场雨，一场光雨。

姬川的身形在光雨到来之前，开始慢慢变形，变得像一条蛇，身体弯曲但不失柔美。熟悉姬川的人一定知道，姬川此时的身形就像他自己的剑，姬川的剑叫蛇影剑。

姬川没有跟燕武光交过手，但是他听过燕武光的名号。对于谁是燕国现在的第一剑，姬川并没有兴趣，因为他的师傅是佘余，他的本职是杀手。

所以，在燕武光暴风骤雨般的光点之中，姬川扭曲的身影越来越细，越来越小，直到消失在这片光雨之中。

燕武光的剑也停了下来，脸上已经出现了一层汗水，汗水流经的胡楂，就像此刻他手里的流光剑一样峥嵘挺立。

燕武光的脸上有汗，身上也有汗，但他握剑的右手反而没有汗，而是干燥得就像这里的天气一样。

流光剑像一杆枪，所以很重，所以燕武光用得最多的招式便是刺，刺破眼前的一切，刺破对手的所有。

这是燕武光的风格，一旦出手便是一轮不死不休的攻击，流光剑的特点让燕武光不可能中途变招。他也不需要变招，刺便是燕武光练得最多的一个招式，他要刺出一道光。

这道光向着姬川的面门刺了过来，在接触的刹那之间，燕武光的双腿竟然向前滑去，让他整个人突然往下一沉。看着从鼻尖滑过的流光，燕武光很满意。

自从姬川从马背上发动攻击后，青火只看到过他一次，便是在燕武光拔剑之后。然后，姬川就像从视野当中消失了一样，再也没有任何踪迹。

所以，当看到燕武光第二次出剑的方向时，青火并不惊讶。因为，光天化日之下唯一能藏住人的地方便只有人的影子，影子是燕武光的，也是姬川的。

姬川藏身在燕武光的影子之中时，渐渐感到有些不对，他藏身的这道影子正在变短，因为燕武光的身体正在后仰。

姬川知道燕武光迟早会发现自己的行踪，但姬川没有想到燕武光发现的时候便是他发动攻击的时候，中间连一丁点儿的时间都没有停留，没有留给自己，也没有留给姬川。

于是，姬川身形显现的时候，眼中就有一道刺眼光芒直奔而来。姬川没有感到意外，更加没有惊慌，他不会去躲这道光，躲便将自己置身于无限的剑光之下，再无容身之处。

所以，姬川的双腿也向前滑去，他的身体也在后仰，在旁人看来，就是一道黑色的影子在渐渐变形，直到变得与燕武光的影子重合在一起。

姬川是杀手，他现在杀不死燕武光，那么他就必须保证自己不被燕武光杀死。所以，姬川极尽所能地跟在燕武光身后，躲进燕武光的影子里。

因为有光的地方就有影子，有燕武光的影子便会有姬川。

燕武光知道姬川一直附在自己背后，但是他没有办法回头，只要自己回头便是给了姬川机会，给了蛇影剑机会。杀手如果出手，一次便足够了。

姬川可以等，燕武光不能等。就算燕武光可以等，青火也不能等。于是，燕武光磅礴的剑光停止下来，但他的流光剑没有停。

燕武光将流光剑自上而下，右手握剑击地，翻转手腕，剑尖斜指后背，剑芒吞吐。整个人便以右手为轴，原地旋转起来，流光剑的剑尖却贴着后背一刺到底。

一道黑色的身影从燕武光身下升入空中，身影的速度很快，但下降得更快。快到燕武光的身体还没来得及调整，快到燕武光的眼里只有一条完全的蛇影直奔面庞而来。

姬川没料到燕武光以如此凶狠的方式来摆脱自己，所以姬川不得不现身。真正的杀手不会放过任何一点机会，所以姬川现身的同时也是他出手的时机。

青火一直都看得很清楚，无论姬川躲在暗处还是现身出手，他知道，燕武光现在很危险。

燕武光此时整个人还是仰躺在地上，从姬川掠到空中之后，他便知道了姬川的选择，或者在他逼迫姬川现身之前他就已经猜到了。

所以，燕武光丝毫没有慌张，既然后仰的身子来不及站起，他干脆就躺下，紧紧地躺在地上。躺下的燕武光延缓了蛇影剑的攻击，这点延缓便足够了。

燕武光右手的流光剑笔直地向姬川刺了过去，还是刺，只是这一刺有点无可奈何的味道。

燕武光无可奈何，姬川也无可奈何。因为姬川人在空中，而影子却在地上，他没有办法再次融入黑暗，意味着姬川完全暴露在流光剑的面前。

当流光与蛇影交错而过，剩下的只有死亡。不是光明驱逐黑暗，便是黑暗淹没光明。

燕武光看着天空，眼睛如剑尖一般明亮，他仿佛没有看到黑暗越来越近，越来越大，也越来越淡。就在流光剑刺破天空的时候，姬川消失了，只有剑尖留有一抹红色的光亮。

姬川站在远处冷冷地看着燕武光，看着流光剑剑尖那一抹红色渐渐凝聚成一滴血。这滴血是姬川的血，是流光剑从姬川苍白的脸上汲取的血。

姬川本可以杀死燕武光的，他的蛇影剑本可以饱尝燕武光的血。可是最终却没有，因为姬川没有把握避开流光剑，所以在流光与蛇影交错的时刻，姬川的心也开始弯曲了。

姬川活了下来，但他付出一滴血的代价，这份代价此刻就在燕武光的剑上。姬川的脸上有一道极浅极细的剑痕，没有疼痛，没有血色，就像姬川的脸色一样的白。

“看来你杀不死我。”姬川冷冷地说道。

“看来我不需要杀你。”燕武光从腰间拿出酒囊，他皱了皱眉，酒囊已经在之前的旋转之中被他自己划破了。

姬川知道燕武光说得很对，因为他输了，更因为他舍不得死。只要燕武光在这里，姬川就动不了青火，而要想杀死燕武光，姬川首先要不怕死。

这是姬川的矛盾，也是燕武光的优势。

“你不应该出现在这里。”姬川这句话说得很平静，就像面对一个老战友。

“我已经来了。”燕武光知道姬川的意思。

燕武光是青甲部的人，他的出现代表了青甲部的态度，这份态度的重要性丝毫不低于青火的生死。所以，姬川之前不会选择和燕武光一决生死，因为他要将这个消息带回去。

一旦确定青甲部对青火的态度，对整个燕国都将是一次极大的震动，这个震动甚至可以改变现在的国势。

“是将军的意思还是青甲部的意思？”姬川非常想知道这一点，虽然他也知道燕武光不会告诉他，可他还是要问。

“我只做自己想做的事。”燕武光说完，将酒囊扔在地上，朝青火走了过去。

“如此看来，我们应该是一样的人。”听到燕武光这样说，姬川知道无论是谁的意思，他现在已经杀不死青火。

“不一样。我是剑客，你是杀手。”燕武光纠正道。

“所以，皇子必须得死。”姬川冷淡地说道，脸上似乎出现一抹笑意，只是这抹笑意就跟他脸上的剑痕一样苍白。

不远处，一队黑色的骑兵向这边疾驰而来。

“空谷姐姐，丹青还能撑多久？”关外，木小灵将马儿靠近李空谷轻轻地问道。

李空谷坐在马背上，看着一望无际的黄沙，她的心里此时早已渐渐平静，再也没有之前在牡丹派中的焦躁和无望。

听到木小灵的问话，李空谷心中一动，她心里很清楚洛丹青的想法。洛丹青岂非和自己有相似之处，只因心中一番执念，苦苦挣扎追寻至此。

可是，相比自己而言，明海活着，总有相见之日。洛丹青则命不久矣，心脉尽断，若非慕容嫣以绝世内力护其生机，只怕也等不到自己来救治。

李空谷对木小灵摇了摇头，现在的洛丹青，别说是她，就算是她师傅药王亲自来了也救不活。她所能做的，便是尽量维持洛丹青的生机，不是为了慕容嫣，而是为了她自己。

木小灵深深吸了一口气，她觉得自己和洛丹青有点同病相怜。洛丹青至少为慕容嫣做了许多，在洛阳，在牡丹派中，甚至这次不惜性命追随而来。

“我倒有些羡慕他。”木小灵看着前方叹道，她的身后是随行的一千名牡丹派弟子。

这些人也是洛丹青受伤之后从教中挑选出来的，洛丹青可以借助他们来布置阵法。所以，慕容嫣才放心让木小灵率领他们来寻找青火，而自己单独前往白甲部。

“羡慕什么，他活得痛苦。”李空谷非常清楚一个心脉尽断的人每天要遭受的是何等的苦痛，可她从没有在洛丹青身上看出半分痛苦的神情。

“可他的心并不苦。”木小灵幽幽地说道。

洛丹青虽然每天都受到内伤的煎熬，但他依旧每天坚持作画，画心中喜爱的那个人。

李空谷笑了笑，她自然知道木小灵心中的那个人是谁。

突然，从洛丹青的马车中传来停止的指令，这让李空谷和木小灵的神色都凝重了起来。

因为洛丹青之前让大家停过一次，到现在整个队伍仍然记得那股虽隔很远却依旧让人心惊胆战的剑意。最后，她们不得不绕开那股剑意的方向。

“什么情况？”木小灵策马来到洛丹青的马车旁轻声问道。马车的车帘子掀开一角，露出洛丹青虚弱而俊秀的脸庞。

“那边有人。”洛丹青指着一个方向言道，他的声音很低，也很温柔。

“不知是何人？”木小灵顺着洛丹青所指的方向看去。

“两个高手，还有一队人。咳……如果我推测没错，应该是军队的人，咳……”洛丹青轻咳道。

“传令，大家速与我营救皇子。”木小灵听完后变色道，随后一马当先朝洛丹青所指的方向奔驰而去。

第六章　铁血丹心

木小灵从大宋境内一路行来，自然知道大宋的军队还没有出征，那么在关外征战之地，现在出现的军队必然是燕国的。而燕国军队竟然敢孤军深入至此，唯一的原因便是青火。

所以，木小灵毫不犹豫地向青火的方向赶来，因为青火是皇子，是慕容嫣的孩子，更是白青岚的儿子。

一队五千之众的黑甲骑兵出现在燕武光的视线之中，这队黑甲骑兵是姬川带来的。在快要接近燕武光三人之地时，五千黑甲骑兵便逐渐分散，呈扇形向他们包抄而来。

燕武光知道黑甲骑兵的战斗力是何等的可怕，如果是他单独迎战，尚有自保之力。可是现在，他没有一丝把握，因为自从黑甲骑兵出现的时刻，就已经晚了。

更何况，身旁还有一个虎视眈眈的姬川。燕武光清楚，只要黑甲骑兵临近之后发动一轮攻击，他就再也无暇照看青火的生死，甚至自己也会葬送在这里。

想到这里，燕武光忍不住看了一眼青火。他心里没有担心自己，作为一名剑客，燕武光早已将生死置之度外。他只是感到可惜，为这样一个优秀的皇子而可惜。

可是青火的平静依旧超出他的预料，似乎远处那片黑色的骑兵在青火眼里并不存在一样。青火的眼中沉静如水，却漆黑如墨。

因为燕武光不知道，那片代表死亡的黑色与青火所接触的比起来，简直可以算是微不足道。

无论是白青岚的黑铭剑，还是蝴蝶夫人的黑色衣袖，哪一个都比青火眼前的这片黑色要激动人心得多。甚至于连青火自己眼中的眼眸，都要比这片黑色更加黑得透彻。

青火平静的脸庞之后，是一颗不平静的心，握缰绳的小手愈发地握紧了一些。

黑色战马似乎察觉到了青火的心意，四蹄不再随意地摆动，全身绷得紧紧的。似乎只要青火一声令下，它就会不顾一切地向前奔去，因为现在青火是它的主人。

让姬川感到意外的是，燕武光和青火竟然在黑甲骑兵出现之后没有任何反应。或许，这也是情理之中的事情，姬川从来没有怀疑青火会逃出自己的手心。

但突然出现的木小灵，却将一个疑问带进了姬川眼里，就像跟在木小灵身后出现的一千牡丹派弟子一样。

火红如火的木小灵在关外的风沙之中如此显眼，似乎将所有的目光都吸引了过来。姬川和燕武光都不认识木小灵，但很快他们就知道木小灵是来保护青火的。

因为就在木小灵出现的时候，甚至连那身红色的衣裳才刚刚映入眼帘的时候，青火便已经跨上黑色战马，朝木小灵的方向奔了过去。

燕武光看到青火从自己身边闪过，不由自主地笑了，他觉得将军这次派他出来是对的。因为他认为青火是对的，一位拥有决心和智慧的皇子必然是对的。

姬川看向青火的眼神很冷酷，他得出了与燕武光同样的判断，这个判断和燕武光嘴角浮现的微笑让姬川觉得杀死青火比杀死一个皇子还要重要。

姬川就这样看着，并没有任何的行动。他要等，等黑甲骑兵到来之后，携冲击之势一举攻破任何的阻碍。姬川相信眼前的千余人就算是大宋最精锐的部队，也无法阻挡黑甲骑兵的冲击。

燕武光也没有动，他自然知道接下来的结果，所以他也要等，等待一个恰当的时机。就算这个时机不会出现，在木小灵等人的阻挡之下，燕武光是有一线希望从混乱中带走青火的。

只是木小灵出现之后的举动却令所有人都感到意外，明明看到了青火在眼前，追兵也在眼前，木小灵等人竟然停了下来。

一千余人就这样停在那里等，等青火，或者也可以说，等姬川和他的黑甲骑兵。

燕武光看到这里眼睛缩进狭长的眼光之中，他看得出来木小灵的一千余人绝不是在等死，他们是在等黑甲骑兵来一决生死。

因为这些人不是士兵，而是阵法师。

如果是两国交战，一名出色的阵法师往往是对手的噩梦，常常左右战争的胜负。燕武光万万不曾想到的是，平时一名阵法师都难得一见，而今天的阵法师竟然有一群。

虽然这一千余人只是最初级的阵法师，但由如此众多的阵法师组成的阵法，又该是如何的可怕。

想到这里，燕武光握剑的右手竟然冒出汗来，因为他想到了一个更加让人感到可怕的事情。能够催动一千余名初级阵法师的人，必定是一个阵法宗师级的人物，这样的人物足以让一个国家为之痴狂。

姬川此时的心情绝对不比燕武光平静，他一样在军中效力，自然一眼便看出了木小灵那一千余人的古怪之处。

但是姬川已经别无选择，因为青火此时已经消失在木小灵身后，而黑甲骑兵已经冲到了近前。

当第一名黑甲骑兵从身边疾驰而过时，姬川的身影出现在他自己的战马之上。几道同样的黑色身影疾驰而过之后，姬川便自然而完美地融入到了一片黑色浪潮之中。

黑甲部的五千骑兵，带着燕国的荣耀和爱恨冲向木小灵，冲向那个红衣女子和她身后的阵法师方阵，冲向阵法之中那道瘦小而令燕国为之疯狂的青火皇子。

在姬川的身影消失的时候，木小灵也从最前面的位置退入到阵法之中。接下来的事情已经跟她无关，她也帮不上任何忙。

木小灵的身边便是青火，当然还有一个满脸络腮胡楂的燕武光。燕武光是洛丹青放入阵法的，所以木小灵没有阻止也没有说话，现在根本没有时间说话。

青火已经调转马头，他平静地看着不断靠近的黑甲骑兵，似乎看到在那黑色浪潮之中飘飘而起的白色身影。青火的心紧了一下，然后便是一片混乱的刀枪剑鸣在耳边响起。

姬川跟所有的五千骑兵一样，一样的装束，一样的奔驰，一样的冲刺。只要他不出手，没有人会发现他和黑甲骑兵有任何的不同。

姬川也确实没有出手，因为他根本没有找到出手的时机。

在黑甲骑兵冲击阵法之后，似乎眼前这片狭小的区域变得如同整个阿兰草原般广阔。本应该从区域中纵贯而出的骑兵，却仿佛陷入一个圆圈之中来回冲杀，不得而出。

姬川知道这是阵法的优势，如果不懂阵法，便会在阵法中被消耗殆尽。姬川不懂阵法，但他却懂得如何破解阵法。

阵法破解无非两个方法。一是以道破之，由同样精通阵法之人，探明阵眼所在，以阵破阵。

二是以力破之，这便要破阵之人，以力破阵。如何以力破阵，既然不懂阵法，自然看不出阵眼，那么唯一可以做的便是击杀布阵之人，阵法师一死，阵法便不攻自破。

所以，姬川在不停地游走之中，一直在留意地观察身边的情况。他发现无论黑甲骑兵在阵中如何冲击，所有骑兵前进的方向都有九个。

姬川虽不懂阵法，但却是极优秀的杀手。他观察的结果也没有任何错误，洛丹青此阵正是名叫：九九生死阵。

但姬川知道阵法之中必留有出路，只是出路之中又分生路死路，生路有惊无险，死路九死一生。

所以，姬川暗中将骑兵分为九队，分别朝九个方向冲击而去。九个方向，必有一条生路，只要其中一队能够冲出阵法，阵法便会出现破绽。

而姬川自己则继续在阵中游走，他盯着的便是木小灵那道红色的身影，这道身影和木小灵本人一样是那样的显眼。

姬川发觉无论自己如何改变方向和位置，这道红色的身影却一直没有变动过。姬川知道，红色身影所在之地便是阵法的破绽所在，或者也是陷阱所在。

马车之中的洛丹青此时脸色异常苍白，他全身的衣服都已经湿透，极端虚弱的身体操纵如此规模之大的阵法，确实让他力不从心。

尤其是黑甲骑兵分九队突破之后，阵法受到了空前的压力，洛丹青心神再也承受不起。车厢桌面上的阵图早已被斑斑红点浸染，这些都是洛丹青的心血。

车厢旁的李空谷突然皱紧了眉头，她可以感觉到洛丹青已经到了油尽灯枯的地步。因为车厢周围浓浓的墨香之中，夹杂着一股淡淡的血腥味。

可是李空谷也毫无办法，洛丹青心脉既断，心血有损无补。洛丹青心血耗尽的时候，便是身死阵破之时。

黑甲骑兵无愧于燕国最精锐之军队，千余名牡丹派弟子即便在极为精妙的阵法布置下，依然受到了很大的损伤。阵基受损，阵法也必然受到影响，这又进一步加大了洛丹青的压力。

姬川身处阵法之中，对阵法的变化自然深有感受。姬川明显地感到阵法在逐渐减弱，弱到可以看到九队黑甲骑兵冲出阵法的希望，弱到那道红色身影越来越清晰。

姬川的身体再一次弯曲变形，当他显现出来的时候，一辆马车出现在他面前。望着马车车厢上的红色帘子，姬川惨白的脸上露出了一丝阴冷的笑容。

看到洛丹青时，姬川也不禁有些动容。他没有想到这位阵法宗师竟然是如此的年轻，又如此的虚弱。姬川终于知道阵法为什么会越来越弱，阵法无缺而阵法师有恙。

洛丹青掀起车窗的帘子，艰难地对着姬川微微一笑。自从受伤以后，洛丹青还是第一次出现在阳光之下，也是第一次看到竟然有人比自己的脸色还要苍白。

而姬川在看到洛丹青笑容的那一刻，突然间脸色大变，身形疾速地向后退去。

因为洛丹青的一笑是难以忘却的一笑，是心满意足的一笑，是九死无生的一笑。

洛丹青的手从车帘上慢慢滑落，闭上眼睛的时候，他只看到一片红彤彤的影子。

那是洛阳城中慕容嫣惊鸿一剑的回眸。

那是牡丹派里慕容嫣冷艳掩藏的柔情。

那是长卷画纸上慕容嫣无数次的面孔。

那是洛丹青心里慕容嫣永不磨灭的身影。

第七章　君子一怒

姬川发现自己犯了一个致命的错误。如果布阵的阵法师早已忘却生死，他又怎会在阵中留下生路。所以，姬川知道五千黑甲骑兵完了。

一道火红的光亮从洛丹青的车厢开始绽放。

于是，数千道火红的光亮从牡丹派弟子的身体中相继绽放，整个阵法所在的区域完全笼罩在一片烟尘火海之间。

李空谷以手掩嘴呆呆地看着眼前的火光冲天，她还不能相信自己看到的一幕。

就在之前，她还在思索怎样才能帮到洛丹青。可是下一刻，李空谷发现洛丹青的马车从视线里消失了，而自己却出现在阵法之外。

木小灵并没有任何惊讶，她在牡丹派中跟洛丹青接触的时间最长，她很了解洛丹青的想法。她不会干涉更不会阻止洛丹青的决定，因为每个人都有自己的决心。

青火坐在黑马上，他的眼里没有冲天的火光，有的只是愤怒。这是青火自从跟白青岚踏足江湖以来，第一次如此愤怒。

青火知道马车之中的那个人叫洛丹青，所以他认为洛丹青不应该死在这里。他的脑海中清晰浮现出白青岚在西山桃林之中的闲庭信步，古枫面对万朵桃花挥剑时的洒脱。

而洛阳城中洛丹青的谦谦君子和一纸画卷抵万剑的自信让青火有种莫名的认同。

所以，青火现在很愤怒，很伤感。

青火知道洛丹青不是为自己而死，却是因自己而死。他愤怒姬川的如影追杀，他愤怒慕容嫣的冷艳高贵，他愤怒洛丹青的谦谦君子，他愤怒自己的燕国皇子身份。

青火的愤怒源自内心深处对生命的感伤和对命运的无奈。青火决定，如果一切是从他开始，那便让他来结束。

所以，当姬川满身伤痕从火光之中挣扎而出时，看到的是青火慢慢逼近的身影。

黑色战马上瘦小的青色身影，此时姬川却只能仰视。姬川除了脸色之外，全身尽是一片漆黑，黑甲在烈火的洗礼之后显得更光亮。

燕武光握紧了手中的流光剑，他认真看着青火一步步向姬川走去，却没有动。他知道青火此刻是用剑客的方式向另一名剑客表达自己的不满。

这是燕武光对青火的尊重，而不是燕武光对皇子的忠诚。

姬川看着来到自己眼前的青火，面无表情。因为他不知道自己是该高兴？该愤怒？该赞赏？还是该嘲笑？

但姬川不是真正的剑客，他只是个纯粹的杀手。所以，姬川什么情绪都不需要，他只需要出剑。

这一次，姬川没有将身形隐藏在影子之中，因为燕武光离得太远。现在的距离，只要他出手，没有人可以救得了青火。

青火看到一道弯曲的波动从姬川右手的衣袖向手中游去，他知道这便是姬川的蛇影剑。

蛇是一种奇怪的动物，看不到的时候，你并不觉得可怕。待你看到之时，可怕的或许就不只你所看到的东西。姬川的蛇影剑也是如此。

青火静静地看着，他看的不是蛇影剑移动的痕迹，他看的是姬川。因为青火也知道，现在没有人能够救他，除了他自己。

姬川不知道眼前的青火为何会如此的平静，平静到让他心里不禁生出一丝疑惑。

杀手无情，但杀手也多疑。这丝疑惑让姬川更犹豫起来，蛇影剑移动的速度也越来越慢。

这个时候，姬川想起佘余曾对他说过：当杀手犹豫的时候，便是自身最危险的时候。

于是，姬川便毫不犹豫地出剑了，在自身最危险的时候要最果断地出剑。姬川不知道青火是如何做到让自己迟疑的，但他相信，只要他能出剑，便一样可以杀人。

蛇影剑从出现的瞬间便钻入青火的胸口，就像将手伸入水中一样，清凉的感觉瞬间就传遍了全身。

这样真真切切的感觉姬川很久都没有感觉到了，他有些怀念，有些不舍，更多的是有些不相信。

“你用的不是剑法。”看着没入自己胸口的蛇影剑，姬川对青火说道。

青火用的当然不是剑法，而是蝴蝶心法。

“你也不是剑客。”青火平静如初地说道。

姬川当然不是剑客，而是杀手。

姬川点了点头，他知道青火的眼中为何会如此平静。因为平静中有一股熟悉的味道，那是生命和死亡的味道。

姬川松开右手，与蛇影剑融为一体的身子缓缓向后倒去。他最后看到的是一片湛蓝的天空，就跟从申一游的酒肆破布窟窿里看到的一模一样。

燕武光知道青火会一种特殊的功法，但他没有想到青火竟然真的杀死了姬川。燕武光看着青火的背影，心里突然想起申一游离开时说的那句话。

木小灵和李空谷还没有回过神来，她们看到青火向姬川走去，看到姬川向青火出剑，看到姬川的剑突然刺向了自己的胸口，看到姬川就这样平静地死去。

青火脸上没有兴奋，也没有害怕，只有汗。他现在的脸色很白，如果不是姬川在洛丹青的阵法之中受了重伤，如果姬川没有轻敌，如果青火心里不是充满了愤怒。

或许，此刻倒在地上的人就是青火。

可是现在，一切都没有什么关系了。青火回过头来，燕武光、木小灵和李空谷都在看着他，四个人谁也没有说话，就这样平静地站着，平静地望着。

“啪啪啪”，一阵掌声突兀地响了起来。木小灵吃惊地循声望去，好不容易才从黑甲骑兵手中将青火救出，她可不想再出什么意外。

一位相貌威严、身着青色软甲的中年男子不知何时出现在众人面前。

燕武光一见此人，顿时心中又惊又喜，赶紧收剑上前行礼道：“武光参见将军。”

“你可知罪？”被燕武光称为将军的中年男子没有理会其他人，威严的脸上带有怒意地对燕武光说道。

“武光领罪。”燕武光此时才反应过来，不由得心中一紧说道。

燕武光知道将军问的是之前让青火独自面对姬川的事，自己一时冲动，险些铸成大错。万一青火出了意外，后果绝对不是自己甚至是将军能够承担的。

“记住，军队不是江湖。”将军很少责备下属，尤其是对燕武光，只是这次燕武光做得实在太差。如果他不是一直跟在燕武光后面，他也不知道燕武光竟然敢如此热血狂大。

“你是何人？”听到燕武光的称呼，木小灵心中就已感到不安，单单一个燕武光，她和李空谷便没有办法应付，何况现在又来了一个明显比燕武光更强的将军。

“敌人。”将军的话很直接，也很冷酷。

“既然是敌人，你为什么还不出手？”木小灵也冷冷地问道，她知道这个将军一定不会对青火不利，但她要让青火对慕容嫣有利。

“你们还不配我出手。”将军说的每一句话都有一股高高在上的味道。

“哦，那我呢？”远处，一个很熟悉的声音传来。

“派主。”听到声音，木小灵面露喜色，望向声音传来的方向。

就在风云突变之际，远离关外的大宋皇宫也不太平。极少数深知内情的宫内人士知晓，安逸王赵怀安已经暗中前往贺兰山，即将统帅大军西征。

整座皇宫虽然还如平时一样平静，可内里的都尉和御前侍卫都比平时严苛了许多，连内廷都统沈梦南这些天都是亲自巡逻，不敢丝毫懈怠。

一队御前侍卫从御花园探巡而过，谁也没有注意到御花园的池水中从水底冒出几串极轻的气泡。即便看到了，也不会在意，因为池水之中有的只是鱼鳖之类。

这些气泡冒出之后，两个脑袋从池水之中也渐渐冒出。一个是脸色略显阴鸷的年轻男子，另一个则是脸色惨白的老者。

一炷香之后，皇宫之中就多出了一老一小两个太监。小太监大部分时间都低着头，看着像是新来的，胆子小得很。

而老太监则是一副泰然处之的神色，不慌不忙地领着小太监在宫中穿行。如果熟悉皇宫道路的人一定知道，这两个太监前进的方向正是大宋皇帝所在的御书房。

“没想到，你刮了胡子倒很像太监。”行走之中，从小太监口里传出一个极小的声音。

“王走儿，不要以为我不会杀你。”老太监听到这句话稍微停了一下，又继续向前走去。

这两个人正是之前从洛阳向京城一路行来的王走儿和佘余，只是谁也没有料到他们竟然已经混进了皇宫。

“你不会杀我，至少现在不会。”王走儿现在似乎对佘余的威胁一点都不畏惧。

“那是自然，你现在毕竟是我徒弟。”佘余的话是要王走儿记得二人之间还有师徒关系。

“你不是为我，你是为了燕国。”王走儿的声音波澜不惊，他心中很清楚，所谓师徒不过是相互利用的借口罢了。

“不论为什么，我们现在的目标是一致的。”佘余说话的时候嘴唇看不出有任何的动作，但声音却能清清楚楚地传到王走儿耳中。

“所以，我才会带你进来。”王走儿依旧低着头。

皇宫内有一条直达御书房的密道，出口便在御花园的池水之中。这是王走儿在丐帮担任帮主的时候，花费很大心思才找到的，而密道便是王走儿这次行动的最大依仗。

“没有我，你杀不了赵准。”佘余很清楚王走儿的想法。

“别忘了，你教的我都会了。”王走儿说的只是一半，还有一半是王走儿知道赵怀安已经不在京城。

“但你不是我。”没有双手的佘余依旧是佘余，因为无论佘余传授王走儿多少，鱼肠剑还在佘余手里。

“你说得对。”王走儿说完这句便没有再说话，低垂的面庞上露出一丝阴冷的笑容，一闪即逝。

第八章　十年生死

“十年不见，公主安好？”将军口中虽然称呼慕容嫣为公主，语气依然如故。

“哼，当然好。不然我怎么可以见到青甲大将军。”慕容嫣柳眉轻挑，冷冷地回道。

“我来这里并不是要见你。”将军看着慕容嫣说道。

“不想见还是不敢见？”慕容嫣的声音突然一下子凌厉起来。

“不需要见你。”将军看着慕容嫣回道。

“慕容狄，就算你不来见我，我也会去找你的。”慕容嫣恨恨地说道。

“你还是和以前一样冲动。”慕容狄说道。

“我冲动？哈哈，好，很好。”听到慕容狄这句话，慕容嫣怒极反笑，“你恐怕忘了自己的姓氏是谁赐予的？”

“义父待我恩重如山，赐姓慕容，我绝不敢忘。”慕容狄正色说道。

“你既然还承认父皇是义父，那我倒想知道当年你为什么不出手？”慕容嫣的眼神很冷。

木小灵不知道眼前这位手握青甲部大权的慕容狄竟然是慕容嫣的义兄，但她知道只要对慕容狄的回答不够满意，慕容嫣随时都会出手。

“公主殿下误会将军了。”燕武光跟随慕容狄很久，自然知道眼前的慕容嫣公主和将军之间的关系，更清楚十年前燕国动乱的始末。

“误会？你有什么资格替他说误会？”慕容嫣看都没有看燕武光说道。

“武光，退下。”慕容狄呵斥道。

“将军，恕武光多言，此事应该让公主和皇子知道。”燕武光看了青火一眼。

说实话，一直到现在燕武光也不知道慕容狄当年的决定是否就是对的，但他知道慕容狄的心里最重要的一直是燕国，所以无论慕容狄做什么，他也义无反顾地去做。

慕容狄听到燕武光提到青火皇子之后，心里不知道在想什么，并没有再说话。

“好，你说。”慕容嫣确实很想知道堂堂青甲大将军的慕容狄，当年为什么不出手。

“当年，皇……慕容烈作乱，弑杀先皇之时，将军与我等皆在南方征战，根本来不及回京救驾。”燕武光说出慕容烈三个字的时候，似乎心里就已经下定了决心。

“父皇身死，我可以不怪你们。”听到慕容烈的名字，慕容嫣全身都散发出一股极为惊人的气势。

慕容嫣当年身为公主，对燕国上下诸事也有所了解，自然知道慕容狄的青甲部当时正在南方平乱，至于当年南方的动乱是否慕容烈之诡计，对现在来说都不重要了。

“但慕容烈夺位之后，青甲部为何按兵不动？”慕容嫣质问道。

“因为边关告急，而燕京大局已定。将军只好以大局为重，领兵抗宋。”燕武光好像眼前又出现了当时将军的背影，那道背影即让人悲怆又让人尊敬。

就在青甲部得知燕京发生巨变的同时，从贺兰山边关也传来了战报。大宋在得知燕国发生变故后，竟然沿贺兰山脉一线全面攻了过来。

当时，原本戍卫边关的金甲部还叫黄甲部，被慕容烈聚集到了燕京，与原本忠属于慕容正的白甲部对峙。整个边关防线形势万分险峻。

燕武光的眼中似乎有些模糊，等他回过神来，发现记忆中那天将军的背影与眼前的青火竟然重合到了一起。

“好一个‘以大局为重’。”慕容嫣怒视着慕容狄说道。她现在当然知道当年的形势，如果当年慕容狄东进支援黑甲部，可能现在他们所立之地早已落入大宋手中。

“将军一心为我大燕，实属无奈。”燕武光恳切地说道。

“既然你如此大仁大义，当年为何不接受我的诏书，甚至连回信都没有？”慕容嫣质问的还是慕容狄。

“因为你太冲动。”慕容狄终于接口说道，燕武光的话也是这十年来埋在他心底的死结。

“那又如何，父皇惨死，身为皇女我岂能无动于衷？”慕容嫣的声音有些颤抖。

“嫣儿，你可知义父当年授我为青甲大将军时说了什么？”慕容狄深吸了一口气，冷峻的脸庞上透出一丝感伤。

“你没有资格称呼这两个字。”慕容嫣的情绪丝毫不为慕容狄所动。

“青甲部，为护国制衡而设。无论何时，当以大燕生死存亡为重。”慕容狄继续说道，“我若受诏，国必乱，大燕危矣。”

“父皇。”慕容嫣默默念道。

她知道慕容狄是对的，按照慕容嫣的性格，当年如果慕容狄接受诏书，以慕容嫣为主。她必然会将青甲部调往燕京，与残余的白甲部一同为慕容正报仇。

但无论燕京最终能否攻破，父仇是否能报，边关必定失守，燕国也定将不是现在的燕国。

“将军实属无奈，但仍暗中派人为公主殿下清除后患。还请殿下万勿怪罪将军。”燕武光看到慕容嫣似乎有所触动，不由得说道。

慕容嫣很清楚当年自己能够从燕国逃亡到大宋，背后一定是有人在暗中帮忙。她一直以为帮忙的人是白甲部之人，从来没有想过竟然是慕容狄派遣的。

“即便如此，十年来，你为何不给我消息，言明一切？”慕容嫣虽然相信燕武光所说的话，也知道慕容狄不会投靠慕容烈，但她的心里还是很难受，很愤怒。

“我是慕容狄，更是青甲大将军。”慕容狄的声音镇定如常。慕容嫣明白这句话的意思。

当年边关事定，慕容烈早已将燕京牢牢掌控，近有黄甲部勤王守卫，远有黑甲部遥相呼应。白甲部人心涣散，群龙无首，而青甲部经边关一战，实力大损。

慕容烈登基后，将黄甲部改为金甲部，常驻燕京，大肆扩充金甲、黑甲两部。将白甲部调往贺兰山北面边关，与南面的黑甲部一同防卫大宋，并互相牵制。

至于青甲部，慕容烈虽然知道慕容狄乃慕容正之义子，但因青甲部的特殊和燕京动乱之中的行为，并未对其过多打击，只是限其扩军，责青甲部劳作国事，不得入燕京。

“所以，为了大燕，父皇就得枉死？皇室正统就该流落江湖？”慕容嫣冷笑道。

“十年来，我对燕国军政未曾有过一言一行。”慕容狄道。

“我要听结果。”慕容嫣知道慕容狄是在观察，观察慕容烈统治下的燕国前途如何。因为慕容嫣可以不相信慕容狄，但她可以相信青甲部。

“慕容烈为人阴狠毒辣，御人可用，治国不足。今日之大燕虽略有强盛，但暗藏军祸。”慕容狄非常冷静地分析道。

“很好，既然如此，我再给你一个机会。”慕容嫣手中突然多了一个洁白如玉的令牌，“白甲部已经全部投向于我，这是白甲部的白甲令牌。”

慕容嫣知道慕容狄能到这里来，而且会亲自出现，就已经代表了一种态度。这种态度正是她所希望看到的，只要慕容狄能够支持她，慕容嫣便有把握与慕容烈正面抗衡。

“我说过，我来这里不是要见你。”慕容狄是有自己的态度，但是这个态度不是慕容嫣所认同的态度。

“见谁？”慕容嫣突然笑了，笑得很迷人，因为她已经猜到了慕容狄的答案。

“青火。”慕容狄冷峻的脸上出现一抹狂热的期冀。

古枫和古重山依旧坐在酒肆之中，除了他们所坐的破桌椅之外，整个酒肆竟然已经消失不见了。

当然，他们手中的酒壶依然还在，古枫拿着破酒壶向古重山敬道：“就让他这么走了？”

“他赢了，自然让他走。”古重山将酒壶对着嘴巴倒出一道晶莹的酒线。

“你当初在皇宫也是这样被华如眉留下来的？”古枫感兴趣地问道。

“愿赌服输。难道你认为我不敢承认吗？”古重山对古枫的调侃毫不在意。

古重山又灌下一大口酒，看着风沙中的远处。他没有想到自己养伤出关之后，接连遇到的华如眉和申一游竟然都是绝世高手，而且竟然都要跟他打赌。

关键的是，打赌之后古重山竟然都输了，所以，他留在京城喝完酒之后，来到关外竟然还要在这里喝酒。

幸运的是，两次都有酒喝。既然有酒喝，或许其他的也并不显得那么重要了。

“这酒真是难喝。”看古重山喝得那么自然，古枫却皱眉道。

“人走了，酒也走了。”古重山说的是申一游，没有剑意的劣酒，自然真的就是劣酒。

“你为什么会输？”在古枫看来，古重山和申一游剑意的比拼是势均力敌的，他确实不知道古重山输在哪里。

“他胸中有剑，我胸中无剑。”古重山又倒了一口酒。

“你的境界比他高才是。”古枫笑道。

“他的胸中只有剑。”古重山摇了摇头笑道。

古枫点了点头，因为他明白了。古重山胸中无剑，却有别的东西，而申一游整个人便是一柄剑。

于是，两个人都不再说话。他们在等，等一个想说话的人来说话，因为这个人一定有话要说。

没过多久，这个人果然来了。

“天涯拜见师傅。”一身黑色长袍的段天涯径直走到古重山面前说道，黑色长袍上纤尘不染。

“事情办好了？”古重山问道。

“办好了。”段天涯知道古重山问的是红药的事，他替好药守完灵便赶了过来。

“听古枫讲，红药是个难得的女子。”古重山叹道。

“红药已经是我的妻子了。”段天涯道。

“以前，你们师兄弟三人之中，我最担心的便是你。”古重山将酒壶之中的酒一饮而尽，“看来，我是真的老了。”

“天涯命比剑硬，师傅无须担心。”段天涯接着说道，“只是青火师侄似乎遇到了麻烦。”

“那就去帮忙吧。”古重山道。

“你不是打赌输了吗？”古枫在一旁提醒道。

“我不去，你们可以去。”古重山没好气地回道。

看着古枫和段天涯渐渐远去的身影，古重山笑着摇了摇头。转过身来，向大宋境内走去。

北风吹过，仅存的破桌椅也随风消散在黄沙之中。

第九章　旌旗蔽空

慕容狄看着青火，这几天来他一直在观察青火，自然看出了青火的不凡之处。尤其是青火的冷静和成熟，更让暗中的慕容狄喜爱不已。

在慕容狄看来，青火是比慕容烈更加适合做燕国皇帝的人选。只要青火继承皇位，燕国定然可以比现在发展得更好，而这也是符合青甲部使命的。

既然当年可以为了护国制衡而对慕容烈的叛逆行为默不追究，那么今日自然也可以为了燕国的未来将青火送上皇位，送上本该属于皇室正统血脉的皇位。

这就是慕容狄的态度，也是青甲部的态度，更是燕国自古以来所尊崇的态度。这也是当今整个天下，燕国能够与大宋相抗衡的原因。

当然，所有的态度都建立在一个共同的基础之上，那就是燕国不能亡。

所以，十年前，慕容狄没有接受慕容嫣的诏书。

所以，十年后，慕容狄亲自来迎接青火。

“青火是我的孩子。”慕容嫣的意思很明显，慕容狄接受青火便也要接受于她。

“青火是大燕的皇子。”慕容狄当然知道慕容嫣的想法，所以他再次拒绝了慕容嫣。

无论十年前还是今日，也无论慕容嫣是慕容正的女儿还是青火的母亲，在慕容狄眼里，只有对大燕最有利的才是他选择的理由。

“好，我答应你。”慕容嫣盯着慕容狄道，“只要你愿意辅佐青火，我便把白甲令牌也交给他。”

“只要他是慕容青火，青甲部从此便会效忠于他。”慕容狄知道慕容嫣会答应，所以他才会选择现在现身。

对于慕容嫣来说，只要青火能够得到慕容狄和青甲部的支持，再加上自己的白甲部和那些暗藏在燕京的慕容正旧属的支持，燕国皇位必定可以夺回来。

而不管现在青火的身份如何，只要慕容青火这四个字还被他们认可。那么到时候，不仅父仇得报，青火登基之后，自己便是太后。牡丹派掌门跟君临天下的太后比起来，实在是算不得什么。

“我是青火，是一名剑客。”就在慕容嫣和慕容狄两人达成共识的时候，青火的声音传到了所有人的耳中。

这个声音也让慕容嫣和慕容狄清醒过来，因为他们似乎忘记了青火并不是一个懵懂无知的孩子，而是一个天赋极佳的孩子。

更为关键的是，青火的师傅是白青岚，青火也是白青岚的孩子。

“你知道你的身世？”慕容狄对青火问道。

“可我知道你们不是我的朋友。”青火认真地回道。

“我们当然不是你的朋友。”慕容狄难得地笑了一下，“我是你的舅舅，而她是你的母亲。”

“你知道我说的朋友是什么意思吗？”青火现在已经恢复了一些，虽然还很虚弱，但他眼中的清澈连慕容狄都感到有些心惊。

青火突然伸手指了指燕武光、木小灵和李空谷说道：“他们做过我的朋友。”

“青火皇子……”燕武光闻言，整个人一怔，他想要说什么却被青火接下来的话打断了。

“但，现在都不是。”青火抬起头，看向西南的方向，这是这些天里自己一路逃亡过来的方向。

听到青火的话，木小灵和李空谷对视了一眼，从对方眼中看出了一丝感动和惭愧。而慕容嫣看着青火，冷艳的脸上显得更冷，冷得她的眉头都微微皱起。

“青火，你是个聪明的孩子。只要你记住自己是慕容青火，只要你能够当上燕国皇帝，天下的人都是你的朋友，而天下就是你的家。”慕容狄说出这些的时候，一股雄浑的气势从他的身上散发出来。

“我的家在江湖。”青火的嘴角向上翘了翘，似乎想到了什么高兴的事情。因为他记得先生跟他说过剑客行走江湖，四海为家的故事，青火跟白青岚在一起便一直是这样做的。

“可你别忘了你还有亲人，他们都死在慕容烈的手里。剑客，也要有仇报仇。”慕容狄说道。

青火听了这句话后，小脸上似乎有些茫然。慕容嫣虽然行事不讲情面，但青火对她总有一些好感。而听到慕容正被慕容烈所害，青火心里也有一些愤怒。

看到青火略显迷惘，慕容狄继续说道：“只要你答应做皇子，我可以保证，夺得燕京之后，让你选择。到时候，是留下做皇帝，还是离开当剑客，都由你自己决定。”

慕容狄也知道青火不是普通的孩子，青火有自己的思想和主张，甚至在某些方面比成年人思考的还要多。所以，慕容狄采取一种大义和怀柔结合的方式进行劝说。

“青火不会答应，我也不会答应。”正在此时，白青岚的声音从远处传来，一道白色的身影正从西南方向快速飞来。

“我申一游也不答应。”另一道瘦削的身影从西北的方向徐徐飘来。

白青岚和申一游的到来，让在场的众人都变了脸色，首当其冲的便是慕容狄和慕容嫣。

慕容狄深知申一游的底细，自然知道此人极其棘手，关键是他不知道申一游出现的目的是什么。而慕容嫣则是从申一游身上感受到了一股绝世强者的气息。

因为申一游到来之后，并没有收敛自己的剑意，而是将剑意肆意地外放而出。此时的申一游，站在那里便是一柄绝世的剑。

青火脸上本来有些迷茫的神色，在见到白青岚之后便烟消云散，他在马背上静静地看着白青岚的身影。青火一点也不惊讶，因为他知道白青岚一定会来的。

“不愧是白青岚，十万黑甲骑兵都困不住你。”慕容狄说道。

“黑甲骑兵可以困住两个绝世高手，但困不住我。”白青岚淡淡一笑。

于是，慕容狄明白了。十万黑甲骑兵岂止能困住两个绝世高手，便是再多两个也能困住。

问题是，困住两个容易，但如果其中一个没打算走，只是单单相助另一个离开，这对于绝世高手来说，别说十万黑甲骑兵，就是黑甲骑兵的数量再多一些也没用的。

“和尚还没出来？”李空谷看到白青岚的时候便想起了明海。听到白青岚的话后，她也明白明海是为了帮白青岚脱困，自己留了下来，她不禁有些担心起来。

“放心，我走了，他自然也就可以走了。”白青岚对李空谷说道。

李空谷听后微微点头，渐渐放下心来。李空谷也是一个聪明的女子，当然知道白青岚话里所指的含义。

“白青岚，难道你要干涉大燕皇室的事吗？”慕容狄说道，“只要青火继位，将来定可一统天下。”

“天下与我何干，与青火何干？”白青岚反问道。

“就算与你无关，跟他一定有关系。因为他的身体里面流着慕容氏的血，他叫慕容青火。”慕容狄指着青火说道。

“一派胡言。”不等白青岚说话，申一游便插言道。

“申一游，难道你要置大燕生死存亡于不顾？”慕容狄冷声道，他对申一游的插手极为不满。

“燕国愚不可及，大宋自作聪明，而尔等习武更是有辱武学。”剑意外放的申一游，每一句话从那瘦削的身体发出来，都如天雷滚滚般缠绕在众人耳边。

“你一介武夫，苟活于边关，又有何资格评判家国之事？”慕容狄的话没有丝毫客气。

“我虽一心向剑，但也知天下乃天下人的天下，非燕国的天下，也非大宋的天下，更不是慕容氏的天下。”申一游说话的时候，看的是白青岚，而非慕容狄。

“说得好。”听到申一游的话，白青岚也不由得称赞了一句。但他更在意的还是申一游望过来的目光，两道充满剑意的目光。

从这两道目光之中，白青岚感受到了一股淋漓尽致的剑意，这是白青岚重出江湖以来遇到的最纯粹的剑意，纯粹到已经超过了剑意本身。

看到白青岚和申一游的对视，在场所有的人沉静了下来。因为他们都发觉了让人不解的一幕，当世最强大的两位剑客在对青火的问题上，竟然保持了惊人一致的观点。

所以，谁都没有说话，谁也没有办法，谁也不知道答案是什么。

也许，答案会出现在白青岚和申一游的身上，或者藏在白青岚和申一游的剑里。

突然，一阵低沉嘹亮的号角声陆续响起，响彻整个贺兰山脉。就在众人惊疑不定之时，一黑一白两道身影从东边赶了过来。

“怎么回事？”看到是古枫和段天涯后，李空谷急切地问道。

“赵怀安率征西大军五十万，已出贺兰山，正向燕国边境压来。”段天涯答道。

闻听此消息，众人反应不一。木小灵和李空谷顿时花容失色，不知如何是好。燕武光也脸色大变，径直看向了慕容狄。

而慕容狄和慕容嫣虽然脸色平静，但神情都显得极为凝重。此刻的情形与十年前的一幕几乎如出一辙，只是当时两人决定不同，而这一次他们又该如何选择呢？

此时此刻，最平静的人莫过于白青岚和申一游，两人充满剑意与战意的目光交织之后便没有再分开。

似乎这天地之间没有任何事情可以打扰到他们，双方眼中的那个人就像剑一样锋利和永恒。

“不如一战。”申一游低低念道。

“正合我意。”白青岚点头默认道。

“你们疯了？”木小灵摇头喃喃自语道。

众人只感到白青岚和申一游身上越来越强的剑意，甚至比大宋五十万大军的压迫还要让人窒息。

“大军压境，先一起想办法啊。”木小灵一个激灵醒悟过来，忍不住向白青岚和申一游喊道。

“与我何干？”白青岚摇头道。

“与剑何干？”申一游叹息道。

而两人的剑意也在此时达到了极致，绝世之战一触即发。

第十章　天若有情

大宋皇宫御书房内，王走儿看向赵准的目光也炽热到极致。因为赵准的身下是龙椅，一张能够让天下为之疯狂的椅子。

王走儿此时早已抬起了头，他站在赵准的面前，整个人散发出一股震慑一切的气势，这股气势又带有一些江湖中的洒脱。可以说，此时的王走儿确有一番让人称道的形象。

赵准盯着王走儿看了很长时间，他点了点头，又摇了摇头。不得不说，王走儿是赵准所有儿子之中能力最好的，可惜王走儿是私生子，更可惜王走儿走了一条最不该走的路。

“你对我很失望吗？”看到赵准摇头，王走儿出声问道。

“如果你在我身边长大，或许真的可以继承大统。”赵准平静地说道。

“如果我在你身边，只怕也活不到现在。”王走儿冷笑道，略显消瘦的脸上难得没有显现一贯的阴鸷之色。

“所以，你现在恨我。”赵准知道王走儿说的是对的，否则他当年也不会从小就将王走儿放在丐帮。

“我为什么要恨，你又有什么资格值得我恨？”王走儿的情绪还是受到了赵准这句话的影响，音调渐渐升高，“其实我要感谢你，如果你不这样做，我现在也不会有机会站在这里。”

满脸光滑的佘余就站在王走儿的身边，像一条蛰伏的蛇，冷冷地看着这对父子。佘余丝毫不担心王走儿的声音会引起侍卫的注意，因为御书房周围的人已经被杀光了。

“你也是我的儿子，我当然会给你机会。”赵准道。

“你当然给我机会，给我机会进丐帮，给我机会杀程天甲，甚至给我机会进皇宫来杀你。”王走儿脸上闪现出阴险的神情，“因为我不仅是你的儿子，还是你的棋子。”

“你果然很聪明，只是既然你都猜到了，为什么还要来？”听到王走儿的话，赵准忍不住叹息道。

“因为我没有别的路可以走。自从得知自己的身份开始，我就已经没有路了。”王走儿的话说得很决绝。

“所以，你想要杀出一条路。”赵准当然知道王走儿的想法，或许可以说王走儿所做的一切都是在他计划之中的。

“对，但我也要感谢你，感谢你给我这个机会。”王走儿早就明白皇宫是一个陷阱，可是他还是要来。来了便有一线生机，不来他这一生注定万劫不复。

“看来我是来错地方了。”站在一旁的佘余突然开口说道。

“不知道燕国第一杀手为何发出如此感慨？”赵准看向佘余问道。

“因为这是你们父子之间的事情。”佘余答道。

“所以你后悔了？”赵准看着满脸光滑的佘余，觉得此时的佘余不像是鱼，倒像是一条泥鳅。

“后悔了。”佘余点头道。

“那你打算要走？”赵准笑问。

“要走。”佘余答得很肯定。

“看来你也要走了？”赵准对王走儿说道。佘余是王走儿闯皇宫的最大依仗，因为赵怀安不在，皇宫里便没有人可以拦住佘余。

“我不走。”王走儿答得也很肯定。

“为什么？”赵准知道，自从王走儿和佘余出现在御书房开始，他们已经走不了了。沈梦南已经带着皇宫所有的侍卫将这里重重包围。

“你死了，我就不用走了。”王走儿笑道。

听到这里，赵准也笑了。

这让他想起当年王走儿得知自己是皇子之后的冷静面容，而赵准在那面容背后看到的是一颗阴鸷的心。从那以后，今天的一幕便在赵准心中浮现过多次。

而当这一幕真的发生时，赵准心底还是闪过一丝悲凉。这丝悲凉就像此刻从赵准胸前划过的鱼肠剑一样，让人忍不住感到一阵透彻心扉的寒冷。

“不愧是佘余。”赵准看着佘余称赞道。

佘余还是站在原来的地方，如果不是他口中的鱼肠剑还带有一丝血光，谁也不知道佘余已经出过剑，刺了赵准之后又返身而回。

“你可以走了。”王走儿这话是对佘余说的。看到倒靠在龙椅之上的赵准，王走儿此时显得很平静，他慢慢朝赵准和赵准身下的龙椅走去。

“为什么？”佘余随意地问道。因为在王走儿和佘余的预料中，只要佘余帮他杀了赵准，便可自由离开大宋。

“你死了，我就不用走了。”佘余这句话王走儿听起来感觉很熟悉，又觉得有些陌生。

王走儿似乎想起了什么，也明白了什么，所以他感到自己的心很冷。他这个时候想回头看一下，可是已经回不了头。他想笑，可是也笑不出来。因为鱼肠剑的剑尖从他的胸口渐渐浮现，王走儿想起佘余现在的样子，觉得佘余真的很像一条泥鳅，丑陋而阴暗。

而自己胸口处汩汩而出的血液，仿佛泥鳅身上的黏液，让王走儿感到满心厌恶却又无可奈何。

“鱼肠剑，是你的了。”低沉的声音从王走儿身后响起，佘余知道王走儿一直想要他的鱼肠剑，因为鱼肠剑代表一个真正的杀手。

“你教的我都学会了。”王走儿极其艰难地说出这句话，他不明白为什么自己在佘余面前毫无反抗之力。

“因为你不是剑客，更不是杀手。”佘余的声音越来越远，王走儿知道，余余走了。

看着胸口的鱼肠剑和血泊之中的赵准，王走儿阴鸷的脸上抽搐了一下，便跪倒在御书房中。王走儿的身前，就是赵准和他身下的龙椅。

余余熟悉地沿着原路出宫，很快便来到了御花园的水池处，他像鱼一样潜入水里，毫无声息。

不知道是不是因为没有双手的缘故，余余在水中游得越来越慢，而浮出水面的气泡却越来越多，甚至气泡之中夹杂着一丝殷红的颜色。

鲜血从余余的七窍之中不停冒出，在水流的渲染下向整个水池扩散。余余知道自己回不了燕国了。因为王走儿从来没想过让他活着回去，因为鱼肠剑上有毒。

就像一条失去知觉的泥鳅一头栽进池底的淤泥，燕国第一杀手余余，这次真的走了。

当沈梦南冲进御书房之后，整个大宋皇宫一片大乱……

天空之中，黑色剑光和无形剑气恣意纵横，白青岚和申一游的交手让人热血沸腾，惊心动魄。

青火看到黑铭剑在白青岚手中挥出之后，宛如一道道黑线将整个天空切割成人与剑的世界。

在这个世界里，只有黑白两种颜色。

白色身影如烈日当空，不可直观；如高山流水，让人敬仰；如风卷云舒，只可意会；如空林竹影，不可言传；如海阔天空，神思飞舞；如烟波浩渺，不似人间。

黑色剑光如暗夜隐月，夺人心魄；如天沟纵横，睥睨世间；如海浪滔滔，宛负其重；如一叶扁舟，白驹过隙；如画龙点睛，点到即止；如浓墨重彩，包罗万象。

黑白的世界里只有黑白，一黑一白，一生一死。

黑白的世界便是一幅画，一幅虚实相生的山水画。

从白青岚出剑的时候，申一游就知道自己进入了白青岚的世界。但是，申一游没有任何担心，因为他也有自己的世界。

申一游的世界就在他的心里，心中有剑，便有了一切。

于是，申一游将自身投进白青岚的黑白世界之中。他要观察白青岚的世界，他要感悟白青岚的剑意，他要反驳白青岚的生死。

于是，申一游如一只鸟，一条鱼，一个人或是一柄剑，在黑白的世界里自由穿行，在白青岚的世界里看风花雪月，看悲欢离合，看爱恨情仇，看生离死别。

申一游就是一柄剑，他要看透这个世界，他要裁剪这幅画。

于是，天空中山水画般的剑意变成一张棋盘，剑气同样纵横交错，剑意同样黑白分明。

这是一个死局，白青岚依旧掌控着生死。但白青岚的剑意又留有希望，因为万事皆有一线生机。

于是，申一游化身为棋子，执子而行，他要破局。

于是，剑意再变，棋盘化为了太极。

太极黑中有白，白中有黑。黑黑白白，不分你我。

剑意生中有死，死中有生。生生死死，不分彼此。

申一游置身天地之间，仿佛处处都是黑白，又处处不是黑白。他知道，生死已不在白青岚的手上，生死只在自己的一念之间。

“我不如你，至少我赢不了你。”申一游突然说道。

随着申一游声音的响起，漫天剑意仿佛冰雪消融般消失得无影无踪，两道身影好像从来没有动过。

“我也没赢你。”白青岚道。

“你比我年轻，所以我不如你。”申一游道。

听到申一游这样说，白青岚不禁哑然失笑。

“我本想收青火为徒。”申一游看着白青岚说道，“现在我没有这个打算了。”

“青火还只是个孩子。”白青岚想弄清楚申一游为什么一直帮着青火的原因。

“所以，我不想他将来跟我一样。”申一游这次的语气很认真。

听到这句话，包括白青岚在内的所有人都一怔。尤其是燕武光，他似乎最先从这句话当中听出了什么，眼里充满了难以置信的神色。

青火现在的年纪、武功、身世任何一点都和申一游不同，那么唯一剩下的便是最后的答案。那就是，申一游跟青火一样，既是燕国人，又是大宋人。

大家惊异的同时也明白过来，为什么申一游出师之后就一直躲在边关。因为无论相助哪一边，对申一游而言都是一种难以言喻的痛苦和煎熬，所以他的心里只有剑。

大宋征西大元帅赵怀安的心里，此刻惦念的却是皇宫中的赵准。虽然赵准在他心中并不是一个完美的皇帝，但他一直都很支持赵准。

因为赵准为的是大宋，赵怀安最终的目的也是为了大宋。而且，赵怀安认为至少赵准当皇帝要比自己当得好。

所以，赵怀安这次明知道赵准是在走一步极其危险的棋，他还是一如既往的支持。现在，征西大军枕戈待旦，就等京城那边赵准的军令传来，即可西征燕国。

“王爷，京城来消息了。”军帐的帘幕被翻起，张远走进来说道。

“说。”赵怀安道。

“皇上遇刺。”张远低声说道。

“刺客是谁？”赵怀安虽然心中对此事早有所料，可他的心中还是有些不安。

“佘余。”张远答道。

“皇上如何？”赵怀安知道在佘余手下，皇宫中没有人可以活命，可他还是要问。

“皇上重伤，太医正在救治。”张远的声音很小很小，可赵怀安还是听到了。

听到这个消息，赵怀安沉默许久之后说道：“张远，传我军令，准备撤军。原贺兰山守军归位，镇南军与我一同回京。”

“王爷，此次乃破燕良机啊。”张远听到这条军令后，又惊又急道。

赵怀安摆了摆手，示意张远不要再说。张远无奈只得走出军帐传令。

“佘余虽然狠毒，却对燕国一片忠心。”张远走后，赵怀安独自一人念道。

赵怀安明白，如果赵准遇刺身亡，他根本无须等待军令，便可挥师西征，到时候天下的皇位便是赵怀安的。这也便是赵准在御书房暗中示意与他的。

如果赵准未死，那么军令照样会传来，天下便还是赵准的。但无论如何都是大宋的，也是赵家的。他赵怀安照样还是安逸王，只不过到时候是天下的安逸王。

可是佘余的这一剑却破坏了所有的局面，因为赵准重伤而不死，这便让赵怀安进退两难。

如果他挥兵攻燕，先不说京城有变会不会影响军心，便是京城之中的各派势力也绝对会先联合对付他。只有先除掉自己这个拥兵数十万的王爷，他们才可以安心争权夺位。

如此一来，征燕之战定然不会顺利，弄不好还会让燕国反客为主，到时候大宋堪忧。但他若此时撤兵回京保护赵准，那么征燕的大好时机就此错过。

无论如何，佘余这一剑将赵准伤得很重，也将大宋伤得很重。重得赵怀安不得不退兵勤王，因为赵怀安知道，现在只有保证赵准和他的皇位，大宋便还有机会。

包括白青岚在内，所有的人都没有想到大宋的五十万大军就这样退了回去。毫无征兆地退回了贺兰山边境。

申一游此刻还不知道大宋皇宫发生了大变，也不知道佘余此刻就像死鱼一般浮在大宋皇宫御花园的水池内。

但他知道，自己该走了。

申一游确实真心想收青火当徒弟，可是他知道白青岚以后一定会比他强，而青火一定不会跟自己走。所以，他只好自己走了。

“白青岚，我的剑在心里，你的剑在哪里？”临走之前，申一游突然问道。

“我的剑只在手中。”白青岚随口答道。

“哈哈哈哈……”申一游愣了一会儿，随即便大笑着飞身离去。

白青岚看着申一游离去的背影，摇头笑了一下。将归回剑鞘的黑铭剑递给马背上的青火，便向远方走去。

“驾。”青火高兴地接过黑铭剑，熟练地背在背上，牵动缰绳，紧紧跟了上去。

“白青岚，你要给我一个交代。”看到这一幕，慕容嫣忍不住喝道。

“你们不是要让青火自己选择吗？十年之后，他会给你们一个答案。”白青岚的声音从远处传来。

慕容嫣和慕容狄面面相觑，十年，又是十年。白青岚给青火十年，意味着慕容嫣和慕容狄要想办法对付慕容烈十年，还不能让燕国亡在他们手上。

不过，这些事也正是慕容嫣和慕容狄即将要去做的。所以，他们即使很气愤很怨恨，也得无奈地接受。因为带走青火的那个人是白青岚。

看着白青岚和青火就这样走了，木小灵睁着湿润的大眼睛，脸上不自觉地露出一丝淡淡的微笑。很淡，很浅，连她自己都不知道。

边关，月夜。

一道迷人的倩影在风沙之中静静等待。

良久，夜色之下，风尘之中，一颗熠熠生辉的光头出现在李空谷的视线里。

月夜，边关。

两道身影，一白一青，一大一小，在迷人的夜色之中静静行走。

旁边是一匹矫健的黑马，黑马不时甩几下脑袋，很是快活。

完